Alison Goodman

Galaxy Blues

Alison Goodman lebt in Melbourne, Australien, und unterrichtet Creative Writing an der Deakin University. Sie liebt Goldfische und ist allergisch gegen Schokolade. Ihre Ideen fürs Schreiben entwickelt sie beim Spazierengehen. Dabei denkt sie sich intensiv in ihre Figuren hinein und spricht Dialoge laut vor sich hin. Damit hat sie schon so manchen Jogger erschreckt.
Alison Goodman hat bereits einige Kurzgeschichten publiziert. »Galaxy Blues« ist ihr erster Roman. Er wurde in Australien und den USA schon mehrfach ausgezeichnet.

Alison Goodman

Galaxy *Blues*

Aus dem australischen Englisch
von Matthias Kußmann

Ravensburger Buchverlag

Als Ravensburger Taschenbuch
Band 58181
erschienen 2003

Die Originalausgabe erschien 1998
bei HarperCollins Australia
unter dem Titel »Singing the Dogstar Blues«

Umschlagillustration: Constanze Spengler
Redaktion: Petra Deistler

Printed in Germany

**Die Schreibweise entspricht den Regeln
der neuen Rechtschreibung.**

5 4 3 2 1 07 06 05 04 03

ISBN 3-473-58181-X

www.ravensburger.de

Für meine Mutter und meinen Vater,
Charmaine und Doug Goodman,
meine liebe Freundin Karen McKenzie
und natürlich für Ron.

Danksagung

Bei der Arbeit an diesem Buch haben mir viele wunderbare Menschen geholfen. Mein Dank geht an:

Charmaine und Doug Goodman für ihre nie nachlassende Unterstützung. Karen McKenzie für ihre Freundschaft und die strenge Redaktion dieses Buchs. Ron Gallagher für seine Neugier, seine wissenschaftlichen Kenntnisse und seine Geduld. June Wilson, Justin Healy und Tor Roxburgh für ihre Freundschaft und kritischen Anregungen. Bonnie Buxton für ihre Freundschaft und die elektronische Aufmunterung aus Toronto. Judy Duffy und die beiden RMIT-Romanklassen fürs Zuhören und ihre Anregungen. Fran Bryson, meine Agentin, und ihre Assistentin Lucy Williams für ihren Glauben an und ihr Engagement für mich. Anna McFarlane, Verlagsleiterin von HarperCollins, für ihren Enthusiasmus, ihre Einsicht und ihren freundlichen Blick auf mein Buch. Laura Harris, Lektorin bei HarperCollins, dafür, dass sie das Buch mochte und annahm. Lucy Sussex für ihr Interesse an meiner Arbeit und dafür, dass sie mir eine Chance gab. Gerald Murnane für seinen hervorragenden Unterricht und Rat. Chris Wilson, einen außerordentlichen Mundharmonikaspieler und Sänger, für seine Anregungen bei den Musikpassagen. Dank geht ebenfalls an einen freundlichen Doktor der IVF-Klinik, der alle meine Fragen beantwortete – leider ging der Zettel mit Ihrem Namen verloren. Und natürlich an meine Familie und meine Freunde, die immer wieder nach dem Buch fragten – und sich auch wirklich dafür interessierten.

1

Ich sah die Killerin, bevor sie mich sah. Sie aß Nudeln an einem Straßenstand und beobachtete den Eingang der Universität. Ich wusste, dass sie eine Killerin war, denn der gute alte Lenny Porchino hatte mich zwei Abende zuvor in der *Buzz Bar* auf sie aufmerksam gemacht.

»Hey, sieh dir die Dürre mit den krausen Haaren an«, hatte er gesagt und zur Tür hinter mir genickt.

Wir saßen in Lennys Privatnische, verborgen vor den Blicken der anderen Gäste. Ich drehte meinen Stuhl in Richtung Tür, bis ich sie sehen konnte: dürr, krause Haare und insgesamt ziemlich kümmerlich.

»Was ist mit ihr?«, fragte ich, während ich mit meiner Mundharmonika auf meine Handfläche klopfte. Ich hatte gerade eine Jam-Session mit der Band hinter mir und die Harp war noch voller Spucke.

»Das ist Tori Suka. Sie arbeitet als Killerin für die Familien der Oberschicht, die mit den Doppelnamen. Wenn sie in der Stadt ist, wird es bald einen Toten geben. So viel ist sicher.«

Tori Suka entsprach nicht gerade meinem Bild von jemandem, der für die Oberschicht arbeitete. Sie sah viel zu gewöhnlich aus. Sie trug die gleichen Klamotten wie unzählige andere Studenten auch – meine Wenigkeit eingeschlossen: schwarze Jeans, T-Shirt und eine passende Jacke. Durchschnittliches Zeug, das man an jedem Automaten kaufen konnte.

Einer von Lennys Kellnern kam an unseren Tisch. Er sah ziemlich fertig aus.

»Mr Porchino, auf dem Klo liegt ein Typ mit 'ner Überdosis. Sieht aus, als würd er gleich abkratzen.«

Lenny schüttelte missbilligend den Kopf.

»Ich kapier einfach nicht, warum sich diese Typen immer noch den alten Dreck reinziehen«, sagte er. Dann sah er mich ernst an. »Joss, lass bloß die Finger von dem altmodischen Zeug. Macht einen kaputt und schadet außerdem dem Teint.« Er wandte sich wieder an den Kellner. »Sag Cross und Lee, dass sie ihn rauswerfen.«

Der Kellner bahnte sich einen Weg durch die Menge zu zwei Türstehern, die an einer Wand lümmelten. Lenny wartete, bis die drei in Richtung Toilette verschwanden.

»Suka ist nicht gerade erste Wahl, aber sie zieht ihre Aufträge durch«, fuhr er fort. »Wüsste nur zu gern, wer diesmal das Opfer ist. Und natürlich wer sie angeheuert hat.« Er zog nachdenklich an den Enden seines Schnauzers. Das war typisch Lenny. Er versuchte immer herauszubekommen, wer auf wen einen Killer angesetzt hatte.

Ich sah wieder zu Tori Suka hinüber. Sie lehnte lässig an der Bar und knabberte Erdnüsse, die sie mit offenem Mund zerkaute. Wie war sie wohl zur Killerin geworden? Hatte man ihr bei der Berufsberatung gesagt, dass Mord ihrer Begabung am besten entspräche?

Lennys Sohn Porchi kam von der Bar zu uns geschlendert und setzte sich neben mich. Er presste seinen Oberschenkel an meinen. Ich rückte ein Stück weg. Vor etwa einem Jahr habe ich seinen Vater aus dem Fluss gezogen und seitdem versucht Porchi mich anzubaggern. Der gute alte Lenny war in die Yara »gefallen«. Nicht, was ihr denkt, er war nicht voll oder so – ein paar DeadHeads hatten ein wenig nachgeholfen. Lenny kam ihnen gerade recht, um ihren nächtlichen Randalen ein würdiges Finale zu geben. Tja, und ich war zufällig in der Nähe und fischte Lenny aus dem Fluss, quasi in letzter Minute, bevor das Reinigungssystem ihn zerschredderte.

Später erzählte mir Porchi, dass die Hälfte der DeadHeads draufging, als ihre Basis chemisch vernichtet wurde. Ziemlich übel! Aber Lenny hat seine Grundsätze: Wie du mir, so ich dir. Ich hab ihm damals das Leben gerettet und jetzt kümmert er sich eben ein bisschen um mich. Er hat mir sogar ein eigenes Zimmer freigeräumt oben, über der *Buzz Bar*. Als Zweitwohnung sozusagen. Ich glaube, Lenny hegt insgeheim die Hoffnung, dass Porchi und ich irgendwann mal lauter kleine Porchinos in die Welt setzen. Und sie lebten glücklich und zufrieden bis zu ihrem seligen Ende und so weiter … Tja, wie ich schon sagte, was das Kindermachen angeht – da wäre Porchi sofort dabei.

Lenny war vergangenes Jahr am ehesten so etwas wie »Familie« für mich. Meine Mutter habe ich nämlich seit fast achtzehn Monaten nicht mehr gesehen. Immer wenn ich sie anrufe, arbeitet sie gerade an einer Reportage oder ist in einer wichtigen Besprechung. Ich muss dann immer mit Lewis vorlieb nehmen, ihrem Sekretär. Wir telefonieren über CommNet, R-Gespräch natürlich.

»Tut mir Leid, Joss, aber Ingrid ist gerade unabkömmlich«, sagt er dann jedes Mal und sein Frettchenlächeln flimmert über den Bildschirm.

»Gut, richten Sie ihr aus, dass ich angerufen habe. Sie erinnert sich doch noch an mich, oder?«

»Ich bin mir sicher, sie erinnert sich dunkel. Ich geb's weiter.«

Dann legt er immer schnell auf, bevor ich meinen Kopf durch den Bildschirm ramme.

Machen wir uns nichts vor: Ingrid Aaronson wird sicher niemals zur »Mutter des Jahres« gewählt werden. Aber das hat sie auch gar nicht nötig. Sie hat stattdessen so ziemlich jede Auszeichnung erhalten, die es für Journalisten gibt. Sie wurde sogar mal zur Moderatorin mit dem größten Sexappeal gewählt – was einigermaßen witzig ist, wenn man bedenkt, dass sie niemanden an sich rangelassen hat, als ich gemacht wurde. Ich bin nämlich ein so genanntes Comp-Kid. Direkt aus der Petrischale. Lustfaktor: null. Bequemlichkeitsfaktor: zehn.

Manchmal frage ich mich, ob die Petrischalen nicht vielleicht vertauscht wurden und ich jetzt eigentlich mit Mami und Papi in irgendeiner trostlosen Hochhaussiedlung leben sollte. Meine Mutter hat nämlich goldblonde Locken, große blaue Augen, perfekte Kurven und einen honigfarbenen Teint (inzwischen zweimal geliftet, aber wen juckt's?). Ich dagegen habe glatte schwarze Haare, braune Katzenaugen und bin ziemlich blass, um nicht zu sagen bleich.

Einmal habe ich Ingrid gefragt, wie viele Leute an meiner Entstehung beteiligt gewesen wären. Ein Retortenkind wie ich kann nämlich bis zu zehn Genspender haben. Die Bioingenieure suchen einfach die besten Gene verschiedener Spender heraus und schweißen sie mit Viren zusammen. Ingrid hat mir damals geschworen, es hätte nur einen einzigen männlichen Spender gegeben. Name unbekannt, versteht sich. Wenn das tatsächlich so war, wurde Ingrids nordisches Erbe jedenfalls durch die Gene meines Vaters unterdrückt. Sie ist sich natürlich absolut sicher, dass ich meine »Verhaltensauffälligkeiten« ebenfalls von Mr X geerbt habe. Von zwölf verschiedenen Schulen zu fliegen, *muss* einfach genetisch bedingt sein, meint sie.

Manchmal stelle ich mir vor, mein Vater weiß, dass ich seine Tochter bin. Vielleicht behält er mich ja die ganze Zeit im Auge und wartet nur auf den richtigen Moment, um sich zu offenbaren. Klar, sicher, genauso wird es sein.

Ich schnappte meine Tasche und schlenderte betont lässig an dem Nudelstand vorbei Richtung Uni. Der Blick der Killerin folgte mir. Sie lächelte. Ich dachte gerade daran sie anzusprechen, um sie nach ihren Karriereaussichten zu fragen, als mich plötzlich jemand an der Schulter packte. Es war Tonio Bel Hussar-Rigdon – in Galauniform und völlig außer Atem.

»Bist spät dran«, keuchte er. »Camden-Stone ist auf hundertachtzig. Kann gut sein, dass er dich auf der Stelle rausschmeißt.«

Das war nichts Neues! Professor Camden-Stone drohte

ständig mit meinem Rauswurf. Man sollte doch meinen, dass der stellvertretende Direktor des Instituts für neohistorische Studien Besseres zu tun hätte, als auf einer mittelmäßigen Studentin herumzuhacken. Weit gefehlt! Der alte Widerling hatte es offensichtlich zur Chefsache erklärt, mir das Leben schwer zu machen. Tonio vermutet, Camden-Stone sei scharf auf mich. Das wäre nun wirklich der reinste Horror. Selbst Lenny hat mich einmal beiläufig vor dem lieben Herrn Professor gewarnt. Er erzählte mir, dass Camden-Stone vor ein paar Jahren ein Mädchen windelweich prügelte und danach eine Menge Schweigegeld zahlen musste. Da fragt man sich doch, wie es ausgerechnet so ein Ekelpaket zum Leiter des weltweit einzigen Instituts für Zeitreise-Training gebracht hat.

Tonio trat unruhig von einem Fuß auf den anderen, er wollte so schnell wie möglich zur Zeremonie. Nach allem, was bisher aus der Campus-Verwaltung durchsickerte, würde er mein Partner für den bevorstehenden Zeitsprung werden.

Jedes Jahr können sich die besten fünfzig Studenten des ersten Jahres darum bewerben, ihr Studium an Camden-Stones Institut fortzusetzen. Man muss dafür zusätzliche Kurse bei ihm besuchen und eine Menge Tests bestehen. Da es aber nur zwölf freie Plätze gibt, ist der Konkurrenzkampf enorm. Als Nummer elf hatte ich gerade noch die Hürde genommen. Tonio Bel Hussar-Rigdon war Nummer acht.

Dafür, dass Tonio aus der Oberschicht kam, war er eigentlich gar nicht so übel. Aber manchmal konnte er derart nerven, dass ich am liebsten laut losgeschrien hätte. Na ja, wenigstens war er nicht so ein verdammter Angeber wie die anderen Bonzen mit ihren exklusiven Doppelnamen. Andererseits – wenn man ihn zum Mr Nice Guy des gesamten Universums gewählt hätte, wäre mir das auch schnuppe. Aber glaubt mir: Das Letzte, was ich wollte, war Mr Bel-Hussar-Rigdon als Partner. Sechs Jahre im selben Wohnheim mit Tonio verbringen zu müssen – was für eine Horrorvorstellung! Übrigens auch mit jedem anderen – völlig ausgeschlossen!

»Komm endlich«, drängte Tonio. »Du musst dich noch umziehen und dann ab in den Dom. Die Zuteilung der Partner fängt gleich an.«

Ich sah zum »Dom« hinüber. Der große Kuppelbau war von Fernsehcrews umlagert und sogar eine kleine Gruppe protestierender Demonstranten mit einem Spruchband war aufmarschiert. Seltsam, irgendetwas schien anders zu sein als sonst. Die Zeremonie, bei der jeder Zeitsprung-Student seinen Partner zugeteilt bekam, rief normalerweise keine Fernsehleute oder Demonstranten auf den Plan.

»Ich dachte, das Partnering soll erst morgen stattfinden«, sagte ich.

»Du warst ja nirgends aufzutreiben, sonst hättest du es schon früher erfahren.« Tonio starrte kopfschüttelnd auf mein Handgelenk. »Ich kapier echt nicht, warum du keinen Screen trägst.« Er beugte sich zu mir vor. Diese Haltung kannte ich nur zu gut, gleich würde er vertraulich werden.

»Weißt du was? Sie haben die Zeremonie aus diplomatischen Gründen verschoben. Ein Schlappohr kommt in unsere Zeitsprung-Klasse.«

Tonio trat einen Schritt zurück. Ein selbstgefälliges Grinsen verzerrte sein kleines, bescheuertes Gesicht. Was er mir gerade gesagt hatte, war ein Hammer, und das wusste er. Die Universität hatte also endlich einen Alien zugelassen – ein Chorian. Und nicht nur das. Man hatte es auch noch kurzerhand in unsere Zeitsprung-Klasse gesteckt.

»Aber dann sind wir dreizehn in unserer Gruppe«, gab ich zu bedenken. »Er oder es oder was auch immer wird keinen Partner haben.«

»Robbie ist rausgeflogen«, flüsterte Tonio verschwörerisch. »Er war die Nummer zwölf auf der Liste. Seit ihm Stony seinen Rauswurf gesteckt hat, war er nicht mehr nüchtern, hab ich gehört.«

Armer Robbie. Er musste völlig fertig sein. Ein Glück, dass sie nicht gleich zwei Chorianer in den Kurs gelassen hatten. Dann hätte es garantiert mich erwischt.

»Jetzt komm endlich«, sagte Tonio und zerrte an meiner Jacke.

Ich ließ mich willenlos mitziehen. Was ich gerade erfahren hatte, war einfach unglaublich. Ein Chorian! Seit ich diese Aliens zum ersten Mal in einem Vid gesehen hatte, war ich total fasziniert von ihnen. Damals war ich zehn und hatte so etwas wie ein riesiges Insekt erwartet. Von wegen! Die Chorianer hatten zwei Arme, zwei Beine und einen Kopf mit zwei Augen, genau wie wir. Andererseits muss ich zugeben, dass ich nicht gerade viele Menschen mit zwei Nasen, zwei Mündern und zwei riesigen, mit Gelenken versehenen Ohren kenne!

Bei den Chorianern geht es wirklich zu wie auf der Arche

Noah: von allem zwei. Sie haben sogar zwei Geschlechter in einem, genau wie Schnecken. Als die Anti-Alien-Lobby davon Wind bekam, nannten sie die Chorianer nur noch »Schneckler«. Und die PR-Leute der Regierung setzten noch eins drauf – natürlich unbeabsichtigt, aber trotzdem. Ihre Plakate waren echt zum Schreien: Sie zeigten eine große rot durchgestrichene Schnecke. Wirklich subtil. Doch offensichtlich wirksam. Die meisten Leute nennen die Chorianer jetzt einfach »Schlappohren«.

Als ich das erste Mal hörte, dass Chorianer Zwitterwesen sind, dachte ich, sie würden ihren Nachwuchs mit sich selbst zeugen. Das klang mir dann aber doch zu schön, um wahr zu sein, also recherchierte ich ein wenig im Net und fand heraus, dass Selbstbefruchtung völlig out ist. Stattdessen befruchten sich zwei erwachsene Chorianer gegenseitig, worauf zwei Kinder entstehen, die dann zusammen ein so genanntes Geburtspaar bilden. Also ist jedes Chorian eine Art Zwilling. Ich habe mir immer einen Zwilling gewünscht – einen echten Freund, der einem quasi gratis mitgeliefert wird. Soweit ich weiß, bleibt dieses Paar dann ein Leben lang zusammen, denn Chorianer können nur zu zweit überleben.

Vor ein paar Jahren drehte Ingrid eine Dokumentation über die Chorianer mit dem Titel »Unsere neuen Freunde vom Hundestern«. Ein echt bescheuerter Name für einen Dokumentarfilm! Außerdem stammen die Chorianer gar nicht vom Sirius A, dem Hundestern. Sie kommen von einem Planeten, der Sirius A als Sonne und Sirius B als weißen Zwergstern hat. Wie alles, was bis jetzt über die Chorianer gedreht oder geschrieben wurde, hatte auch Ingrids Doku nicht gerade viele Sachinfos zu bieten. Aber wenigstens wurde die Originalaufzeichnung der ersten Begegnung zwischen Chorian und Mensch gezeigt. Es ist das verrückteste Doku-Vid, das ich je gesehen habe.

Vor sechs Jahren oder so tauchte die erste Delegation Chorianer in der Mall 26 auf. Die Chorianer dachten wohl, 26 wäre der Regierungssitz und die Konzertbühne das Parlament. An jenem Tag wurde auf 26 eine alte Disney-Pantomime aufgeführt und die jagte ihnen verständlicherweise entsetzliche Angst ein. Also mal ganz ehrlich: Eine riesige Maus, dic zu blecherner Musik durch die Gegend hüpft, ist nun wirklich nicht der Zenit menschlicher Kultur. Jedenfalls brach das Publikum sofort in Panik aus und stürmte in null Komma nichts aus dem Saal. Übrig blieb nur die gute alte Mickymaus, die ängstlich in der hintersten Ecke der Bühne kauerte, und eine Delegation hilfloser Chorianer.

Nach genau fünfeinhalb Minuten rauschte ein diplomatischer Stab an. Die Herren übergaben Micky in die Obhut eines Therapeuten und sondierten die Lage. Indessen versuchten die Chorianer, telepathisch »Hi« zu sagen, merkten aber ziemlich schnell, dass das bei Menschen nicht funktionierte. Also scannten sie das Hirn eines der anwesenden FBI-Agenten, um unsere Sprache zu lernen. Nun ist es aber so, dass Chorianer nicht wie wir sprechen, sondern ihre Worte gleichsam zweistimmig mit ihren beiden Mündern singen. Man stelle sich also eine Gruppe Aliens vor, die gemeinsam ein schluchzendes »Love me tender« anstimmen. Nebenbei, der FBI-Mensch war Elvis-Fan.

Etwa vor einem Jahr luchste ich einem Bekannten von Porchi einen Underground-Code ab. Eigentlich ermöglicht einem dieser Code lediglich den kostenlosen Zugang zu Rave-Revival-Seiten, aber mit ein bisschen Ahnung kommt man damit auch an die geheimen Nachrichten der Regierung ran. Und so fand ich schließlich heraus, warum die Chorianer wirklich hier waren. Die Aliens vom Hundestern besitzen nämlich irgendein System, mit dem sie sich im Universum auch ohne Raumschiff bewegen können. Jetzt wollen sie diese Technologie gegen unser Zeitreise-Knowhow tauschen. Sie wollen lernen, wie man Zeit möglichst exakt manipuliert. Und wir wollen von ihnen lernen, wie man die Erde ohne sündhaft teure Raumschiffe verlässt. Bis jetzt war in den öffentlichen Fernseh- und Infokanälen noch nichts über diese Verhandlungen zu hören. Und die Werbeleute schweigen sich ebenfalls dazu aus. Doch als mich Tonio heute an all den »offiziellen« Kamerateams vor dem Dom vorbeizerrte, wurde mir klar, dass die Schweigepolitik der Regierung wohl bald ein Ende haben würde.

»Das dürfte gehen«, sagte Tonio und blieb vor einem Reaktorzugang stehen. Ich öffnete die Tür. Unter meinen Füßen spürte ich das schwache Beben des Kühlsystems.

Endlich ließ Tonio meinen Arm los.

»Ich schätze, du hast jetzt etwa dreißig Sekunden, um dich umzuziehen und zum Dom zurückzukommen. Wir treffen uns dort.« Er drehte sich um und eilte auf die Menge zu.

Tonio hatte Recht. Ich sollte meine Uniform anziehen.

Zu dumm, dass sie immer noch in Lennys Büro in der *Buzz Bar* hing. Bei einer feierlichen Zeremonie in Jeans und T-Shirt zu erscheinen, würde nicht besonders gut ankommen. Damit würde ich direkt auf Schulverweis Nummer dreizehn zusteuern – aber dieses Mal freute ich mich ausnahmsweise nicht darüber. Und Ingrid würde endgültig ausrasten. Schließlich hatte sie eine Menge Geld für meinen Studienplatz an der Uni ausgegeben. Sie hatte sogar große Anteile am Institut gekauft; das halb fertige neue Verwaltungsgebäude wird von einigen bereits die »Aaronson-Administration« genannt …

Ich ließ meinen Rucksack auf den Boden fallen. Mir blieb nichts anderes übrig, als mich hier auf die Schnelle ein bisschen zu stylen und zu hoffen, dass Camden-Stone guter Laune war. Ich zog ein neues T-Shirt an und benutzte die verchromte Tür als Behelfsspiegel. Was hatte ich noch vergessen? Meine Mundharmonika! Sie würde mir Glück bringen! Ich schob sie in die Tasche meiner Jeans und verstaute meinen Rucksack unter einem Gewirr von Rohren.

Joss Aaronson war bereit, sich ihrem Schicksal zu stellen.

2

Als ich beim Dom ankam, war meine Klasse schon in den Festsaal gegangen. Der Haupteingang wurde von einigen Zeitspringern aus dem vierten Jahr versperrt, die unbedingt die Bühne sehen wollten. Ich versuchte mir gerade einen Weg durch die Menge zu bahnen, als ich Lisa entdeckte. Ich hatte sie vor ein paar Wochen in der *Buzz Bar* kennen gelernt, als wir dort mit der Band auftraten. Sie spezialisierte sich in ihrem Studium auf die Geschichte des Rock und ihr gefiel meine Art, Mundharmonika zu spielen. Ich tippte ihr auf die Schulter.

»Hey Lisa, warum schaust du dir das Ganze nicht auf dem Screen an? Da siehst du garantiert mehr.«

»Was geht dich das an?«, fragte sie, ohne sich umzusehen. Dann erst erkannte sie mich und machte große Augen. »Joss, warum bist du nicht mit den anderen auf der Bühne? Und warum hast du deine Uniform nicht an?«

»Die Farbe steht mir nicht«, erwiderte ich und grinste.

»Der alte Stony wird dich fertig machen.« Lisa stellte sich auf die Zehenspitzen und spähte zur Bühne. »Dieser Typ, Hussar-Rigdon, hält in der hinteren Reihe einen Platz für dich frei«, sagte sie. »Hier, nimm.« Sie zog sich ihr Barett vom Kopf und drückte es mir in die Hand. »Vielleicht schaffst du es ja noch nach oben, bevor hier jemand richtig ausrastet.«

Das war nett von ihr, doch ich wusste, dass Camden-Stone es gar nicht erwarten konnte, mich aus dem Programm zu werfen. Vielleicht hatte er den Termin sogar extra verschoben, um mich loszuwerden. Er war mir wirklich unheimlich. Ständig beobachtete er mich wie ein Geier, der gierig ein Stück saftiges Steak beäugt.

Doch jetzt hatte ich keine Zeit mir darüber Gedanken zu machen. Ich schlang meine Haare zu einem losen Knoten und steckte sie unter das Barett. Lisa wandte sich an ihren Partner, einen langen Typ mit einem kantigen Kinn, der auch öfter in der *Buzz Bar* abhing.

»Derry, kannst du erkennen, ob der Hintereingang geschlossen ist?«, fragte Lisa ihn. »Joss muss so schnell wie möglich auf die Bühne.«

Derry warf mir einen kurzen Blick zu und suchte dann mit seinen Augen die Bühne ab.

»Siehst du den Ausgang da drüben?«, fragte er und zeigte auf eine Tür nahe der rechten Bühnenseite.

Ich sah den Ausgang. Und ich sah noch etwas. Tori Suka saß im Publikum. Was hatte sie hier zu suchen? Wollte sie etwa während der Zeremonie zuschlagen? Vielleicht hatte ich ja Glück und sie würde Camden-Stone erledigen, bevor er sich auf mich stürzen konnte.

»Durch diese Tür kommst du hinter die Bühne«, sagte Derry. »Schau unter der Bühne nach einer Falltür, auf der R 16 steht. Dann kommst du ungefähr an der Stelle raus, wo jetzt dieser rothaarige Typ steht.«

Eine Festfanfare dröhnte aus den Lautsprechern. Ich legte Lisa dankbar eine Hand auf die Schulter und nickte Derry kurz zu.

Die Falltür war leicht zu finden. Genau wie eine Leiter, die in der Nähe lag. Alles lief wie am Schnürchen – fast alles. Als ich durch einen Schlitz in der Falltür spähte, stellte ich zu meinem großen Entsetzen fest, dass dieser rothaarige Typ, der auf Höhe von R 16 stand, Chaney Horain-Donlevy war, der Sohn einer der ekelhaft reichsten Familien der Stadt. Er würde mich garantiert lieber von der Leiter stoßen, als mir zu helfen.

Ich balancierte auf den beiden oberen Sprossen. Zuerst ein kleiner Testzug an der Falltür. Sie bewegte sich. Wenigstens stand Chaney nicht drauf! Das würde mir gerade noch fehlen, dass dieser Idiot auf mich krachte. Egal – jetzt musste ich es wagen. Ich holte tief Luft und zog. Die Falltür öffnete sich und ich sah Chaney, der mit weit aufgerissenen Augen zu mir herunterstarrte. Doch bevor er kapierte, was vor sich ging, hatte ich mich schon auf die Bühne geschwungen. Das war knapp! Die Tür klappte genau in dem Moment zu, als sein schwerer Stiefel auf meinen Fingern landete. Ich biss mir fast die Unterlippe durch, um nicht laut aufzuschreien. Chaney nagelte meine Hand mit seinem Stiefel auf den Bühnenboden und grinste mich dreckig an – aber so schnell gab ich nicht auf.

Ich schaute mich nach Tonio um. Er wurde von Jorel zurückgehalten, einem von Chaneys Jüngern – allerdings hatte es nicht den Anschein, als bemühte er sich ernsthaft freizukommen. Inzwischen war der Rest der Klasse auf uns aufmerksam geworden und wandte sich uns zu. Durch ihre Beine sah ich schon die zweite Hälfte der Chorian-Gäste und der Vertreter der Universität auf uns zukommen. Jetzt musste ich zuschlagen – und zwar richtig. Ein gezielter Karateschlag in Chaneys Kniekehlen genügte. Er knickte ein. Noch bevor er auf den Boden krachte, bekam ich meine Hand frei und stand auf.

Camden-Stone drehte sich gerade zur Klasse um, als ich meinen Platz erreichte. Wir starrten uns an. Drei lange Sekunden. Seinem Gesichtsausdruck konnte man keinerlei Gefühlsregung anmerken, aber seine linke Hand zuckte. An seiner Schläfe trat eine pochende blaue Ader hervor. Nach der Zeremonie würde ich hier so schnell wie möglich abhauen, damit es mir nicht erging wie diesem anderen Mädchen, das er verprügelt hatte. Schließlich wandte ich meinen Blick ab, doch aus den Augenwinkeln sah ich, dass Camden-Stone lächelte. Es war das Lächeln eines Geiers.

Von der ersten Hälfte der Zeremonie bekam ich dann so gut wie nichts mit. Ich war zu sehr damit beschäftigt mir einen möglichen Fluchtweg zu überlegen und wurde erst wieder aufmerksam, als Camden-Stone den Chorian-Studenten vorstellte.

»Es ist eine große Ehre für unsere Universität das Chorian Mavkel in das renommierte Institut für neohistorische Studien aufnehmen zu dürfen. Mavkel wird den Zeitreise-Kurs besuchen, an dem nur zwölf Studierende aus dem ersten Jahr teilnehmen, die bewiesen haben, dass sie dafür besonders geeignet sind.«

Alle klatschten.

»Da sich unser Institut nicht nur mit der neuen und neuesten, sondern mit der Geschichte aller Zeiten beschäftigt, ist es nur angemessen, dass solch ein historisches Ereignis gerade hier bei uns stattfindet.«

Erneuter Applaus. Das Chorian Mavkel stand etwas abseits von den übrigen Chorianern. Seine Ohren lagen flach am Kopf. Es sah aus, als wäre es entweder krank oder total genervt.

»Nun ist die Zeit für das alles entscheidende Partnering gekommen«, fuhr Camden-Stone fort. »Das heißt, wir bilden Zweiergruppen aus den Studierenden des Zeitreise-Kurses. Wie Sie sich denken können, wurden diese jungen Menschen nicht nur nach ihren Talenten, sondern auch auf Grund ihrer psychischen, körperlichen und intellektuellen Eignung ausgewählt. Eine Reihe von Tests sorgt dafür, dass ideale Partner-Kombinationen erreicht werden. Diese Partnerschaften garantieren in der Regel eine optimale Zusammenarbeit und sind die Basis für eine lebenslange Freundschaft.«

Camden-Stone hielt inne. Sein Blick glitt über die Gruppe Chorianer. Obwohl er lächelte, stand ihm sein Misstrauen deutlich ins Gesicht geschrieben. Tja, der liebe Herr Professor war ein Alienist.

»Wie dem auch sei«, fuhr er fort, »da unser neuer Chorian-Freund und Arbeitspartner diese Tests noch nicht abgeschlossen hat, hat der Ältestenrat der Chorianer darum gebeten, dass Mavkel seinen Partner selbst aussuchen darf – indem er seinen Fähigkeiten gemäß die Gedanken unserer Studenten scannt.«

Ein lautes Raunen ging durch die Menge. Camden-Stone drehte sich zu uns um.

Ein Gedankenscan. Shit. Das würde garantiert Ärger geben. Man hörte immer wieder die übelsten Gerüchte über die Gedankenscans der Chorianer – explodierende Köpfe, ausgelöschte Gehirne, Gesichter, die sich auflösen … derlei Müll eben.

»Falls jemand nicht möchte, dass seine Gedanken gescannt werden, hat er jetzt noch die Möglichkeit, seine Bewerbung um die Ehre, Mavkels Partner sein zu dürfen, zurückzuziehen. Wer von Ihnen also nicht dazu bereit ist, möge sich jetzt bitte auf die linke Seite der Bühne begeben.«

Ich war mir absolut sicher, dass Tonio einen Rückzieher machen würde. Chaney auch. Aber ich nicht. Was für eine fantastische Gelegenheit, einen Alien kennen zu lernen! Sozusagen von Hirn zu Hirn. Ich hätte nie gedacht, dass ich einem Außerirdischen einmal so nahe kommen würde – geschweige denn, meine Gedanken von ihm scannen zu lassen. Andererseits hätte es auch einen Vorteil, jetzt zur linken Bühnenseite zu gehen: Ich könnte mich unbemerkt davonmachen, während sich die Aufmerksamkeit aller anderen noch auf das Chorian richtete, und so aus Camden-Stones Augen verschwinden, bis er sich wieder beruhigt hatte. Tja, was tun?

Das Chorian siegte mit zwei knappen Nasenlängen Vorsprung.

Chaney war der Erste, der nach links ging. Dann Jorel. Das löste eine regelrechte Lawine aus. Alle Kids mit einem Doppelnamen marschierten zum linken Bühnenrand. So blieben gerade einmal vier Leute übrig: Peter, Sara, Jason und ich.

Das Chorian machte einen Schritt auf uns zu. Es wirkte nervös und schluckte hektisch mit seinem ersten Mund, während es die Lippen des zweiten fest zusammenpresste. Sogar seine Haut wirkte stumpf. Na ja, so stumpf glitzernd weiße Haut unter gleißenden Scheinwerfern eben sein kann. Camden-Stone legte ihm eine Hand auf die Schulter und schob es energisch zur Bühne.

»Sind Sie damit einverstanden, dass das Chorian Mavkel Ihre Gedanken scannt?«, fragte er. Es war offensichtlich, dass er versuchte, einen so großen Abstand wie möglich zu dem Alien zu halten. »Bitte antworten Sie laut und deutlich für unsere Aufzeichnungen. Sara Ferrins?«

Sara sah aus wie ein Kaninchen auf der Landstraße, kurz bevor es unter die Räder kommt. Sie ließ ihren hilflosen Blick von Mavkel zu Camden-Stone wandern und ging dann wortlos zur linken Bühnenseite. Da waren's nur noch drei.

Zuerst wurde Peter gescannt. Es war ziemlich enttäuschend. Mavkel machte eine komplizierte Handbewegung, worauf Peters Gesicht kurz zu erstarren schien. Das war alles. Mavkel verneigte sich vor ihm.

»Vielen Dank. Aber du bist nicht mein Partner.« Sein sonorer zweistimmiger Gesang drang bis in die letzten Ecken des Saales. Klang ein bisschen wie Billie Holiday mit einer Erkältung.

Als Nächstes war Jason dran. Er war ein totaler Schleimer und Camden-Stone liebte ihn. Aber Mavkel? Jason wurde mit dem gleichen Ergebnis gescannt wie Peter: nein, danke.

Dann kam ich.

Ich kann nur sagen: Vergesst alle Gerüchte über Gedankenscans, die ihr je gehört habt. Man spürt nichts als Wärme und einen leichten Druck im Kopf. Das ist alles. Mehr nicht. Es war irgendwie so, als legte einem jemand die Hände auf den Kopf und blies dann sanft durch seine Finger.

Wie auf Kommando stimmten die vier Repräsentanten der Chorianer ein vielstimmiges Gebrabbel an, hüpften auf der Stelle auf und ab und klappten mit den Ohren. Doch dann, von einer Sekunde auf die andere, hörten sie ebenso abrupt damit auf, wie sie begonnen hatten. Ich spürte einen unglaublichen Druck in meinem Kopf wie bei einem Migräneanfall. Für einen Augenblick wurde mir schwarz vor Augen. Mavkel packte mich am Arm.

»Partner, Double, wir ein Paar!«, begann es zu singen.

Camden-Stone wurde fast so weiß wie ein Chorian.

»Es, äh, muss sich um ein Missverständnis handeln«, sagte er, aber seine Stimme ging im Gesang des Ältestenrats unter. Die Chorianer waren zu uns herübergekommen und sangen uns ein Gratulationsständchen. Das größte Paar – es hatte Backen, die ihm bis auf die Brust hingen – blieb neben Camden-Stone stehen.

»Dieser Mensch ist garantiert die eine Hälfte eines Paares. Wie konnte das geschehen?«, sang eines der beiden lauthals. Es beugte sich fragend vor, sodass seine Stirn beinahe die von Camden-Stone berührte.

Camden-Stone machte einen Satz rückwärts.

»Ich weiß nicht, was ... was Sie meinen«, stammelte er.

Er warf mir einen grimmigen Blick zu. Ganz offensichtlich hatte ich seinen Plan ruiniert. Jemand anderes hatte Mavkels Partner werden sollen. Wahrscheinlich Jason.

»Aaronson ist keine gute Wahl«, knurrte Camden-Stone. »Mavkel muss es noch einmal versuchen.«

»Nein«, sang das Chorian. »Mavkel hat sein Double gefunden. Damit ist die Zweiheit des Lebens wieder hergestellt!« Sein eigenes Double nickte zustimmend.

Camden-Stone war nun nicht mehr weiß im Gesicht. Im Gegenteil. Er war knallrot angelaufen. Er wusste, dass ich von nun an am längeren Hebel saß. Ich war der ausgewählte Partner des ersten Chorian-Studenten auf der Erde und somit für ihn tabu: Er konnte mir nichts anhaben.

Der Druck in meinem Kopf hatte nachgelassen. Ich warf meinem neuen Partner einen Blick zu. Mavkel hatte sein halb durchsichtiges zweites Augenlid aufgeklappt und schaute ins Licht blinzelnd zu Camden-Stone.

Schließlich kapierte das Publikum dann doch noch, dass das Chorian seinen Partner bestimmt hatte, und begann zu klatschen. Camden-Stone bat um Aufmerksamkeit. Er ging auf uns zu und hob um Ruhe bittend die Arme.

»Sehr geehrte Gäste, Freunde und Studenten. Soeben wurde vor Ihren Augen Geschichte geschrieben. Das Chorian Mavkel hat Joss Aaronson als Partner gewählt. Joss ist die Tochter der hoch angesehenen Journalistin Ingrid Aaronson. Bitte feiern Sie nun mit mir zusammen diese neue Partnerschaft.«

Der Applaus verwandelte sich in donnernde Zustimmung. Mavkel beugte sich zu mir. Ich hatte den Eindruck, als flüsterte es mir »sei vorsichtig« zu; doch als ich mich ihm zuwandte, unterhielt es sich mit dem Chorian neben ihm.

3

Die Zeremonie war fast vorüber. Wir mussten nur noch feierlich den mittleren Gang entlangschreiten, dann sollten wir endlich entlassen werden. Ein hektischer Typ aus dem fünften Jahr, der mit einem offiziellen Ordner herumfuchtelte, versuchte uns in eine ordentliche Reihe zu bugsieren – jedoch ohne Erfolg. Chaney weigerte sich neben Mavkel Aufstellung zu nehmen. Und die anderen blieben hinter ihm und drückten sich an die Wand.

»Nachdem das Ritual vorüber ist, werde ich zwei eurer Vierundzwanzig-Stunden-Perioden weg sein. Dann komme ich zurück«, sagte Mavkel zu mir, ohne der flüsternden Chaney-Brigade auch nur die geringste Beachtung zu schenken.

»Wohin gehst du?«

»Meine offizielle Vorbereitung soll abgeschlossen werden.« Mavkel hielt inne und konzentrierte sich, während es den vorderen Teil seiner Ohren flach am Kopf anlegte. »In eurer Umgangssprache würdet ihr das wohl mit ›das große Gähnen‹ kommentieren.«

»Verstehe«, sagte ich lächelnd.

Mavkel beugte sich noch näher zu mir und beobachtete genau meinen Mund. Dann versuchte es ein breites Stereolächeln mit seinen beiden Mündern. Gar nicht so einfach für jemanden, der keine Lippen hat. Das Resultat war grauenhaft – aber für sein Bemühen war ihm trotzdem die Höchstnote sicher.

»Joss-Partner, sei vorsichtig mit deinem Prinzipal Camden-Stone«, sang es mit dem gleichen grotesken Lächeln.

»Ja, ich weiß. Der Typ hat's auf mich abgesehen. Aber keine Sorge: Da ich jetzt dein Partner bin, kann er mir nichts mehr anhaben. Danke, dass du mich ausgesucht hast.«

»Natürlich habe ich dich ausgesucht.« Das schnelle Anheben seiner Ohren drückte wohl das Gleiche aus wie hochgezogene Augenbrauen bei uns Menschen. »Du hast mich ja gerufen. Unser Ältestenrat hat es auch vernommen.«

Wie bitte? War mir da irgendetwas Wichtiges entgangen? Doch bevor ich nachfragen konnte, stieß der Typ aus dem dritten Jahr Chaney an seinen Platz und die ganze Klasse nahm wieder brav Position ein.

Als die Zeremonie schließlich beendet war, hatten Mavkel und ich leider keine Möglichkeit mehr, uns zu unterhalten. Die Presseteams stürzten sich auf uns und versuchten erste Interviews zu ergattern. Schon preschte Camden-Stone vor und gab eine Stellungnahme ab: keine Interviews zu diesem Zeitpunkt. Dann schirmte uns der Sicherheitsdienst von den Medienleuten ab und bewaffnete Bodyguards geleiteten Mavkel und die Chorian-Repräsentanten hinaus.

Plötzlich stand Camden-Stone hinter mir und packte meinen Arm. Für einen Typ in seinem Alter hatte er erstaunliche Kraft.

»Verlassen Sie sich nicht zu sehr auf Ihr Glück, Aaronson«, raunte er. »Kommen Sie morgen um zehn in mein Büro!«

Eine Gruppe aufgeregter Eltern eilte auf uns zu und Camden-Stone ließ meinen Arm los und machte einen Schritt zurück.

»Morgen um zehn«, wiederholte er. Dann wandte er sich einer kleinen schrillen Frau zu, die sich lautstark über die schlecht koordinierten Hovercraft-Verbindungen beschwerte.

Ich tauchte schnell in der Menge unter und schlenderte zum Büfett, wo es kostenlos Häppchen und Getränke gab. Doch der Appetit war mir gründlich vergangen.

Noch am gleichen Abend kontaktierte mich Lewis in der *Buzz Bar*. Ich nahm den Anruf in Lennys Büro entgegen. Offenbar wollte meine liebe Mutter ein Exklusivinterview mit mir über das Chorian, war aber zu beschäftigt, um mich selbst zu fragen. Ich sagte Lewis, dass ich darüber nachdenken würde. Dann unterbrach ich die Verbindung und ging an die Bar.

Ich erinnere mich noch, dass ich mir acht Sakis reinzog und Cross im Billard schlug, aber dann gingen die Lichter aus. Morgens erzählte mir Lenny dann, dass er mich ins Bett gebracht hatte, nachdem ich in Nische vier umgekippt war. Glücklicherweise hatte ich erwähnt, dass ich am nächsten Tag um zehn in der Uni sein musste. Lenny zog mich also um neun aus dem Bett und stellte mich unter die eiskalte Dusche. Es war die reine Tortur, aber danach war ich wenigstens wieder zurechnungsfähig. Sogar meine Kopfschmerzen sanken auf der Richterskala um knapp zwei Punkte.

Lenny erwartete mich in der Küche.

»Wohnst du von jetzt an auf dem Campus?«, fragte er, während er Speckstreifen in einer Pfanne wendete.

Ich nickte und sog den Fleischgeruch ein. Mein Magen rebellierte – irgendwie war mir nicht wirklich nach Frühstück.

»Morgen beginnt das Semester. Ich habe heute einen Termin bei Dr. Hartpury und bekomme dort meinen Stundenplan und mein Quartier zugeteilt.« Na ja, jedenfalls, wenn ich mein kleines Gespräch mit Camden-Stone überlebte …

Lenny reichte mir eine Tasse seines ultrastarken Kaffees – verdammt bitter, aber die Synapsen kommen richtig schön auf Touren.

»Komm anschließend wieder zu mir. Vielleicht hab ich schon ein paar gute Infos über Suka. Sie arbeitet ziemlich langsam. Aber bitte sei vorsichtig. Ich kann mir schon vorstellen, hinter wem sie her ist.« Er wischte einen Fleck von der silbrig glänzenden Theke. »Und das wird dir nicht besonders gefallen.«

»Was meinst du mit ›das wird dir nicht besonders gefallen‹? Ist sie etwa hinter *mir* her?«

Lenny lachte.

»Nur, wenn du ihr im Weg bist. Nein, ich glaube vielmehr, dass sie es auf deinen neuen Partner abgesehen hat.«

Das schien mir gar nicht so abwegig. All das Tamtam um

den ersten Chorian-Studenten. Die Protestaktionen. Suka im Publikum bei der Zeremonie ... Da hatte ich ja wieder einen Volltreffer gelandet: ein Partner, den jemand abmurksen wollte.

»Wie gesagt: Kann durchaus sein, dass sich Suka noch Zeit lässt, bevor sie zuschlägt.«

»Wie beruhigend«, sagte ich und schnappte mir meine Jacke. »Ich muss los, komm aber, so schnell es geht, wieder vorbei. Was meinst du: Wann weißt du sicher, ob sie's wirklich auf Mavkel abgesehen hat?«

Lenny zuckte die Achseln.

»Du weißt doch, wie das läuft. Die Infos kommen eben, wann sie kommen. Bis dahin kann ich dir nur empfehlen, ein Auge auf deinen Partner zu haben.«

Und auf mich auch, fügte ich in Gedanken hinzu. Ich griff mir ein Speck-Sandwich von der Theke und ignorierte das Rumpeln in meinem Magen.

Das kleine Wartezimmer vor Camden-Stones Büro sollte seinen Besuchern Respekt einflößen. Es gab eine Reihe gerahmter Diplome, eine Vitrine mit Medaillen und Auszeichnungen und ein Hologramm-Display, das verschiedene Ansichten des Campus zeigte. Der Raum *roch* sogar einschüchternd – markige Holztöne im Aromafilter machen es möglich. Als Krönung des Ganzen befand sich auch noch ein menschliches Wesen im Raum: der Sekretär Mr Gareth Welton, dessen einzige Aufgabe offenbar darin bestand, einen penetrant anzustarren, während man wartete. Ich versuchte den alten Welton zum Blinzeln zu bewegen. Aber entweder hatte er seine Lider an den Augenhöhlen festgeklebt oder er war bereits tot.

Da war das Holo schon interessanter.

Es erklärte unter anderem den Fusionsreaktor, der sich unterhalb des Universitätsgeländes befand. Dieser Reaktor liegt zehn Etagen tief unter der Erde. Ich war nur ein einziges Mal dort unten gewesen, bei einer der Führungen zu Beginn des Studiums. Man sieht nicht besonders viel, nur ein wassergefülltes Rohrsystem, das zur Wärmeisolation dient. Der Reaktor ist der größte Energieversorger Melbournes, hat aber auch ein absolut cooles Nebenprodukt: das Sunawa-Harrod-Zeitkontinuum-Feld.

Auf dem Holo-Display erschien jetzt ein Porträt des Mannes, der dieses Feld entdeckt hatte: Daniel Sunawa-Harrod. Sunawa-Harrod war auch der offizielle Direktor des Instituts für neohistorische Studien, aber es war mittlerweile kein Geheimnis mehr, dass er kurz vorm Abkratzen war. Camden-Stone hatte als seine Vertretung die Institutsleitung übernommen.

Das Holo zeigte Sunawa-Harrod bei einer seiner Vorlesungen an der Uni. Er beugte sich gerade vor, als wolle er etwas besonders betonen. Seine Augen schienen irgendeinen armen Studi zu fixieren, den er sich gleich vorknöpfen würde. Das Display gab lediglich eine Kopf-Schulter-Ansicht wieder, die Hände des Professors konnte ich nicht sehen. Aber ich wette, dass eine leichte Bewegung mit dem Zeigefinger genügte, um das Argument des armen Studentleins zu zermalmen. Kurz: Daniel Sunawa-Harrod konnte vernichten.

Ich ging um das Hologramm herum und beobachtete, wie der Lichtkegel mir folgte. Wer auch immer das Foto gemacht hatte – es war ziemlicher Pfusch. In Sunawa-Harrods Kopf klaffte nämlich ein schmales Loch. Ich ging näher heran und besah es mir genauer. Nein, es war kein Loch, es war eine Narbe. Eine Narbe, die durch ein Implantat entstanden war. Sofort begann meine Kopfhaut zu jucken. Tja, Danny-Boy war also offenbar auf einen gigantischen IQ scharf gewesen und hatte sich ein organisches Implantat gekauft. Die Wahrscheinlichkeit von eins zu fünf, dass das eigene Immunsystem dabei zusammenbrechen kann, hat ihn da wohl weniger interessiert. Inzwischen waren die Würfel gefallen: Daniel Sunawa-Harrod hatte verloren. Blieb zu hoffen, dass er jemanden hatte, der ihm die Haare kämmte und ihn beim Gehen stützte, mit Intelligenz allein kam er nun nicht mehr sehr weit.

Plötzlich verwandelte sich das Porträt auf dem Holo in ein Diagramm des Zeitkontinuum-Felds. Dem Kommentar war zu entnehmen, dass Professor Sunawa-Harrod mit Fusionstechnologie experimentiert hatte, als mehr oder weniger zufällig ein seltsames neues Feld entstanden war. Dieser Zufallstreffer stellte sich jedoch als größte wissenschaftliche Erkenntnis seit der Entwicklung von Absalom-Levys universalen Gesetzen heraus. Daniel Sunawa-Harrod hatte einen Weg gefunden das Zeitkontinuum zu verzerren. Eine Entdeckung, die grundlegend war für die Entwicklung der Zeitreisetechnik.

Und nun, zwanzig Jahre später, stand ich am Beginn meiner Zeitsprung-Karriere vor Professor Camden-Stones

Büro und wartete auf den derzeitigen Direktor des Instituts für neohistorische Studien. Was wollte er von mir? Hoffentlich nur wie üblich herumbrüllen. Ich hatte ganz offensichtlich einen seiner vielen kleinen Pläne durchkreuzt, wogegen er im Moment jedoch nichts ausrichten konnte. Mavkel und ich waren Partner. Rational betrachtet, wusste ich, dass er mir kein Haar krümmen konnte. Schließlich stand ich im Scheinwerferlicht der Medien. Aber tief in mir drin war ich überhaupt nicht überzeugt davon, dass alles gut gehen würde. Das Mädchen, das so drangsaliert worden war, ging mir nicht aus dem Kopf und kalter Schweiß rann meinen Rücken hinab. War das Zeitspringen diesen Horror wirklich wert?

Im nächsten Moment summte es und der alte Welton erwachte wieder zum Leben. Ohne eine Miene zu verziehen, zeigte er zur Bürotür.

»Professor Camden-Stone will Sie jetzt sehen.«

Die Schiebetür glitt automatisch auf und ich betrat das gefürchtete Büro.

Camden-Stone arbeitete an seiner Konsole.

»Setzen Sie sich, Aaronson«, sagte er zu dem Bildschirm vor seinem Gesicht.

Aha! Er benutzte also Zermürbungstaktik Nummer eins: Lassen Sie ihr Opfer erst einmal links liegen. Falls er mich damit zum Schwitzen bringen wollte, hatte er jedenfalls Erfolg.

Ich setzte mich in einen der großen Kunstledersessel und ließ meine Augen durch den Raum gleiten. Der Stil »altehrwürdiger Uniprofessor« schien es Camden-Stone besonders angetan zu haben. Ein riesiger Mahagonischreibtisch, echte Bücher an den Wänden, sogar ein Holo-Kamin mit einer antiken Analoguhr auf dem Sims. Der ganze Ort war eine einzige große Lüge. Alles war neu, aber auf alt und ein wenig schäbig getrimmt. Die einzigen Sachen im Raum, die echt wirkten, waren ein goldener Kugelschreiber und ein Hologramm-Bild von Desmona Cartwright. In der Lichtzeile des Holos stand: *Für meinen lieben Joseph, mit Dank für alle deine Hilfe, Desi.* Wie um alles in der Welt hatte Camden-Stone der berühmtesten Schauspielerin des Jahrhunderts geholfen? Ich habe sie vor Jahren einmal kennen gelernt. Damals, als meine Mutter noch dachte, es sei ganz nett, eine Tochter zu haben.

Desmona Cartwright war einfach eine tolle Frau. Sie redete überhaupt nicht von oben herab mit mir, steckte mir eine Extraportion Kekse zu und ließ mich mit ihrem Hund spielen. Wie konnte diese Frau nur meinen arroganten Professor mögen?

»Reizend, nicht?«, fragte Camden-Stone plötzlich.

Ich fiel fast vom Sessel. Zermürbungstaktik Nummer zwei: Sprechen Sie Ihr Opfer an, wenn es am wenigstens damit rechnet.

Er nahm das Hologramm vom Regal und musterte es.

Camden-Stone war ein gut aussehender Mann, aber irgendetwas an seinem Gesicht stimmte nicht. Als er sich mit der Zunge über die Lippen fuhr, wurde mir mit einem Mal klar, was mich daran störte. Er hatte einen Frauenmund – ziemlich klein, mit schön gezeichneten Lippen, die sein restliches Gesicht aber viel zu schwer wirken ließen.

Lächelnd stellte er das Holo wieder aufs Regal zurück.

»Man muss ihren Ehrgeiz und ihre Hingabe ans Höchste wirklich bewundern.«

»Ich habe sie einmal kennen gelernt, als meine Mutter sie interviewte«, sagte ich.

Camden-Stone hob interessiert die Augenbrauen. Ich quasselte weiter.

»Sie trat zu der Zeit in *Hamlet* auf, zusammen mit Harley Leonard. Ihre erste Spielzeit in London. Sie wissen doch, damals, als Carol Poynard auf der Bühne zusammenbrach und starb.«

»Ja, die Kritiker waren nicht gerade begeistert«, stimmte er mir zu. »Ich glaube, die Spielzeit in Sydney wurde besser aufgenommen. Keine unpässlichen Zwischenfälle, die die ganze Produktion ruinierten.«

Ich rang mir ein Lächeln ab, rutschte aber unbehaglich auf meinem Sessel nach vorne. Dieses verdammte höfliche Getue konnte er sich von mir aus gerne schenken. Mir wäre lieber, er käme endlich zur Sache.

Camden-Stone nahm seinen Kugelschreiber in die Hand und strich nachdenklich mit den Fingern darüber.

»Joss, ich möchte Sie etwas fragen.«

Na endlich.

»Wollen Sie wirklich der Partner dieses Chorians sein? Ich habe das Gefühl, dass Sie sich da etwas zumuten, auf das Sie noch nicht richtig vorbereitet sind.«

Was für ein Schauspieler Camden-Stone war! Seine Stimme klang tief und vertrauenswürdig. Wahrscheinlich übte er diesen Tonfall jeden Abend, bevor er ins Bett ging.

»Ich glaube, dass keiner von uns wirklich auf die Chorianer vorbereitet ist«, gab ich im gleichen pseudo-aufrichtigen Ton zurück. »Aber wie dem auch sei: Mavkel ist okay. Ich habe nichts dagegen, sein Partner zu sein.«

»Trotzdem hätte *ich* nichts dagegen, wenn Sie sich entschieden, diese Partnerschaft aufzugeben, und sich stattdessen mit dem jungen Bel Hussar-Rigdon zusammentun würden. Das war eigentlich unser Plan gewesen.«

»Nein, danke. Ich bin glücklich mit der jetzigen Konstellation.«

Camden-Stone lehnte sich in seinem Chefsessel zurück und spielte schweigend mit dem Kugelschreiber. Es lief nicht so, wie er wollte.

Ehrlich gesagt begann ich selbst langsam zu zweifeln, ob die Partnerschaft mit dem Chorian diesen ganzen Ärger wert war. Aber ich wollte mich auf keinen Fall auf Camden-Stones Plan einlassen. Schon aus Prinzip nicht.

Der Professor stand auf und ging um den Schreibtisch herum. Es war offenbar Zeit für Zermürbungstaktik Nummer drei: Schüchtern Sie Ihr Opfer auch physisch ein! Camden-Stone fand es wohl sehr wirkungsvoll, sich vor mir aufzubauen, seinen Schritt auf meiner Augenhöhe.

»Aaronson, Sie sind sich doch hoffentlich der Tatsache bewusst, dass Sie jederzeit aus der Zwölfergruppe rausfliegen können. Ja, sogar aus der Uni. Wissen Sie überhaupt, dass Sie nicht rechtmäßig in diesen Kurs gekommen sind? Also lehnen Sie sich nicht zu weit aus dem Fenster.«

Nicht *rechtmäßig*? Was zum Teufel meinte er?

»Nun spielen Sie mir hier nicht die Unwissende«, sagte

er und sah mir direkt ins Gesicht. »Wie sonst sollte eine Außenseiterin wie Sie an unserem Institut aufgenommen werden? Natürlich hat Ihre Mutter dafür bezahlt. Genau wie sie jede andere Schule bezahlt hat, in der Sie bis jetzt waren.«

Ich wusste zwar, dass meine Mutter meinen Platz an der Uni bezuschusst hatte. Aber auch den in der Zwölfergruppe der Zeitspringer? Ich hatte eigentlich gedacht, dass ich das alleine geschafft hätte. Schließlich hatte ich hart dafür gearbeitet. Zum Teufel mit ihr und ihrem verdammten Geld!

Camden-Stone beugte sich zu mir herunter. Sein Gesicht war meinem jetzt so nahe, dass es mir vor den Augen verschwamm. Ich wollte meinen Kopf zurückziehen und etwas Platz zwischen uns schaffen. Stattdessen saß ich einfach da und starrte auf diesen seltsamen sinnlichen kleinen Mund.

»Ich bin sicher, Sie wollen nicht, dass Ihre Mitstudenten von Mamis kleinem geschäftlichen Arrangement erfahren, oder?«, fragte er mit honigsüßer Stimme.

Ich rührte mich nicht. Sein nach Pfefferminz riechender Atem schlug mir voll ins Gesicht. Er bewegte sich langsam vorwärts. Die nächste Attacke.

»Meine liebe Joss, nun hören Sie mir mal genau zu: Ihre Mutter mag zwar Anteile an diesem Institut besitzen, aber das bedeutet für Sie noch längst keine Studienplatzgarantie. Es wird nicht mehr lange dauern, bis ich den Mehrheitsanteil besitze. Also, nehmen Sie besser meinen Rat an und wechseln Sie den Partner, solange Sie noch die Möglichkeit haben.«

Er lehnte sich wieder zurück und sah zu mir herunter.

Ich war kurz davor loszuheulen. Höchste Zeit, hier zu verschwinden. Lieber würde ich mir einen Laser in den Kopf schießen lassen, als vor Camden-Stone zu weinen. Warum wechselte ich nicht einfach den Partner? Das würde mir das Leben extrem erleichtern. Klar, verkauf dich selbst und du kannst dir nie mehr in die eigenen Augen sehen …

»Machen Sie, was Sie wollen, Sir, aber ich werde die Partnerschaft nicht aufgeben«, sagte ich.

»Warum sind Sie so stur?«

»Warum wollen *Sie* nicht, dass ich und das Chorian Partner sind?«

Wir starrten uns gegenseitig in die Augen. Nur das Ticken der altmodischen Uhr auf dem Kaminsims zerschnitt die Stille. Schließlich schaute Camden-Stone weg. Ein Punkt für mich.

Die Sprechanlage summte.

»Ja?«, bellte Camden-Stone.

»Dr. Hartpury ist da«, sagte Weltons Stimme.

»Einen Augenblick noch bitte.«

Aha, ich konnte die warmen Worte zum Abschied kaum erwarten.

»Wir sind noch nicht fertig miteinander, Aaronson. Denken Sie gut über das nach, was ich Ihnen gesagt habe.« Er ging um den Tisch zu seiner Konsole zurück, doch seine Bewegungen wirkten jetzt seltsam unbeholfen. »Sie können jetzt gehen.«

Im Empfangszimmer saß Welton an seinem Schreibtisch und starrte nun Dr. Hartpury an. Sie starrte zurück, begann jedoch zu lächeln, als sie mich durch die Tür kommen sah.

»Hi, Joss. Wie war's?«

»Gut«, sagte ich und versuchte den Kloß in meinem Hals hinunterzuschlucken. Hartpury warf einen Blick zur Tür von Camden-Stones Zimmer; sie konnte zwei und zwei zusammenzählen.

»Ich glaube, Sie haben in einer halben Stunde einen Termin bei mir. Ich sage Ihnen Bescheid, wenn ich zurück bin, dann können wir über alles reden, okay?« Sie berührte sanft meinen Arm.

Ich nickte. Die Sprechanlage summte und Welton spulte seinen Satz ab.

»Professor Camden-Stone will Sie jetzt sehen, Dr. Hartpury.«

Hartpury nickte ihm kurz zu, wandte sich dann aber wieder an mich.

»Kommen Sie um elf in mein Büro. Dann gehen wir direkt zu Ihrem Quartier hinüber.«

»Okay«, sagte ich.

Weltons Geduld war aufs Äußerste strapaziert. Sichtlich wütend deutete er auf Camden-Stones Büro. Hartpury ging ein paar Schritte darauf zu, blieb dann jedoch abermals stehen.

»Ach, und Joss: Glückwunsch, dass Sie als Partner von Mavkel ausgesucht wurden. Das muss Sie doch sehr freuen.«

Sie zwinkerte mir verschwörerisch zu, dann schloss sich die Tür hinter ihr.

4

Nach diesem Besuch in den heiligen Hallen brauchte ich erst einmal einen Drink. Das Gespräch mit Camden-Stone hatte mich ganz schön angegriffen. Mir blieben noch etwa vierzig Minuten bis zu meinem Treffen mit Hartpury – leider zu wenig, um in die *Buzz Bar* zurückzugehen. Also musste es für diesmal die Cafeteria tun.

Ich marschierte los und ließ mir noch einmal die Worte meines Professors durch den Kopf gehen. Camden-Stone hatte wirklich ein Talent, Leute fertig zu machen. Er käme sicher gut mit meiner Mutter aus. Sie schaffte es auch immer wieder, mir das Gefühl zu vermitteln, dass ich ein totaler Loser sei.

Hätte ich ohne ihr Geld überhaupt eine Chance auf das Zeitreisestudium gehabt? Vielleicht sollte ich mich in die Uniakten des vergangenen Jahres hacken und meinen tatsächlichen Rang herausfinden. Aber vielleicht sollte ich Ingrid einfach anrufen und ihr klipp und klar sagen, dass sie sich verdammt noch mal aus meinem Leben raushalten sollte.

Die Cafeteria war mit Zeitsprungstudenten überfüllt, die gerade beim zweiten Frühstück waren. Alle trugen den kleinen goldenen Bogen, das Abzeichen des Instituts für neohistorische Studien. Ich fuhr mit der Hand über mein eigenes: Was auch immer Camden-Stone sagen mochte, ich hatte hart dafür gearbeitet.

Ein kleiner, stämmiger Typ aus dem vierten Jahr balancierte mit vier dampfenden Bechern in den Händen an mir vorbei. Ich musste unwillkürlich schlucken, als mir der würzige Kaffeeduft in die Nase stieg. Warum ging es in der Schlange vor dem Kaffeeautomaten bloß nicht schneller voran? Während ich wartete, sah ich mir die verschiedenen Leute an, die sich um die Bistrotische drängten. Eine kleine Gruppe von Studenten aus dem vierten Jahr warf mir verstohlene Blicke zu. Sie flüsterten miteinander und ich konnte mehrmals das Wort *Alien* verstehen.

Chaney und vier seiner Freunde spielten in einer Ecke ein Videospiel. Tonio saß am Nebentisch, etwas abseits von einigen Typen aus dem zweiten Jahr. Ich winkte ihm zu, doch er wich meinem Blick aus. War er etwa immer noch sauer wegen des Partnerings?

Endlich war ich an der Reihe. Ich wählte einen Saft, bezahlte und schlenderte zu Tonio hinüber.

»Hey, Tonio, wie geht's denn so?«, fragte ich ihn, zog einen Stuhl an seinen Tisch und setzte mich.

Er fuhr sich mit der Hand durchs Haar. Oh nein, der Idiot hatte sich schon wieder einen dieser Glücksjoints reingezogen; die blauen Flecken an seinen Fingern verrieten alles. Dabei wusste doch nun wirklich jedes kleine Kind, dass sie einem das Hirn zerfraßen.

»Ganz gut, glaub ich«, sagte er und sah zu Chaney hinüber. Sein Bein wippte nervös gegen meinen Stuhl.

»Ich hoffe, du bist nicht sauer, weil ich mich mit dem Chorian zusammengetan hab? Ich weiß, alle dachten, dass wir beide Partner würden«, sagte ich.

Tonio zuckte die Achseln.

»Bin jetzt ein Team mit Sara.« Er stand auf. »Okay, ich muss los.«

Er war total zappelig, kurz vorm Abdrehen.

»Hey, Tonio, hängst du immer noch mit diesem Comp-Kid rum?«, hörten wir plötzlich Chaney rufen. Offenbar wollte er sich so schnell wie möglich für den Karateschlag von gestern revanchieren.

Tonio und ich drehten uns zu ihm um.

Comp-Kid. Es war nicht das erste Mal, dass Chaney mich wegen meiner Herkunft beleidigte, aber es traf mich jedes Mal aufs Neue. Ich erinnerte mich daran, was Meister Roland, mein Tai-Chi-Lehrer, mir gesagt hatte: »Atme tief durch und lass deine Wut mit dem Atem ausströmen.« Er war ebenfalls ein Comp und musste also wissen, wie man damit umging.

Als mich einmal ein anderer Mitstudent ein »Genmonster« nannte, hatte er mich beiseite genommen. »Lass dir bloß nichts von denen einreden, Joss«, hatte er damals gesagt. »Ihre Gene sind schließlich nur aufs Geratewohl zusammengewürfelt worden. Unsere dagegen sind vom Feinsten. Eine erlesene Auswahl. Kein Wunder, dass diese Typen neidisch sind und auch ein bisschen Angst vor uns haben.«

Tatsächlich fühlte ich mich danach einige Monate als etwas Besonderes. Aber dann traf es mich wie ein Schlag: Ingrid erzählte mir, dass sie nur *einen* Spender genutzt und die genetische Manipulation somit auf ein Minimum beschränkt hätte. Ich bin also weder ein richtiges Comp noch ein Mensch mit Mutter und Vater. Eine ziemlich verfahrene Situation.

Ich ignorierte Chaney, atmete tief ein und konzentrierte mich dann besonders aufs Ausatmen. Was für eine Zeitverschwendung! Meine Lust, diesen eingebildeten Affen zu erwürgen, war ungemindert. Kein Wunder, dass mich Meister Roland beim Tai-Chi nie aufs höchste Niveau eingestuft hat.

»Komm zu uns rüber, Tonio. Du solltest dich lieber mit deiner eigenen Spezies abgeben. Was würde deine Mutter sagen, wenn sie wüsste, dass du im Comp-Müll rumschnüffelst?«, höhnte Chaney.

In der Cafeteria war es auf einmal totenstill. Tonios Bein wippte doppelt so schnell wie zuvor. Er warf mir einen ratlosen Blick zu und starrte dann mit aschfahlem Gesicht auf den Boden. Mein Rücken verkrampfte sich und ich spürte, wie die Wut von meinem ganzen Körper Besitz nahm. Ich hatte zwei Möglichkeiten: eine Anklage wegen Beleidigung oder Nahkampf. Die Entscheidung war schnell getroffen, denn für Bürgerrechte habe ich mich noch nie besonders interessiert.

Chaney wandte sich von seinem Videospiel ab und grinste spöttisch. Er genoss es im Mittelpunkt der allgemeinen Aufmerksamkeit zu stehen.

»Also, wie sieht's aus, Tonio? Wir oder sie? Du musst dich entscheiden.«

Tonio schaute mich Hilfe suchend an, aber was sollte ich

sagen? Ich konnte mich ja selbst nur mit Mühe unter Kontrolle halten.

»Ich glaube«, krächzte er und schluckte schwer, »ich glaube, wir sollten einfach alle versuchen, miteinander auszukommen.«

Chaneys Gang brach in brüllendes Gelächter aus. Jorel begann Tonio nachzuahmen und schluckte dabei zwischen jedem Wort. »Ich ... glaube ... wir ... sollten ...«, dann brachte er vor lauter Lachen keinen weiteren Ton heraus.

Chaney hob die Stimme, um das Gelächter zu übertönen. »Ich ... glaube ... wir ... sollten ... einfach alle Comps vom Campus verbannen.« Er sah mich herausfordernd an. »Was meinst du, Aaronson?«

Unsere Blicke trafen sich. Seine Augen waren von einem seltsamen Hellblau. So hell, dass man fast keine Farbe mehr erkennen konnte.

»Ich glaube, wir sollten lieber alle bornierten Arschlöcher verbannen«, sagte ich und rutsche auf meinem Stuhl nach vorne.

»Okay, das reicht«, warf ein dunkelhaariger Typ aus dem sechsten Jahr ein und packte mich an der Schulter. Er wandte sich an Chaney. »Ich will, dass du und deine Clique hier abhauen. Und zwar sofort.«

Chaney zuckte nur mit den Achseln.

»Wir wollten sowieso gerade gehen«, sagte er, trank seine Tasse aus und ging zur Tür, dicht gefolgt von seinen Freunden. Als sie die Cafeteria verließen, klatschten ein paar Leute.

Ich atmete tief durch. Mein letzter Atemzug musste

Äonen zurückliegen. Der Typ aus dem sechsten nahm seine Hand von meiner Schulter.

»Lass dich besser nicht darauf ein«, sagte er und lächelte. »Er will dich doch nur provozieren, um dir später eine Klage anhängen zu können. Wenn man bei diesen Spielchen mitspielt, wird alles nur noch schlimmer.«

»Ja? Woher willst du das wissen?«

»Ich bin ebenfalls ein Comp«, sagte er und streckte mir die Hand hin. »Kyle Sandrall. Und du heißt …?«

»Joss Aaronson«, sagte ich und schüttelte seine Hand.

»Du bist die, die das Chorian beim Partnering ausgewählt hat, nicht?«, fragte er.

Ich nickte.

Kyle beugte sich zu mir vor und fuhr leise fort. »Ich bin so froh, dass einer von uns den Job bekommen hat. So können wir's ihnen zeigen, was? Es gibt einige Comps unter den Studenten und sie stehen alle hinter dir. Wir treffen uns manchmal und machen ein bisschen Party. Warum kommst du nicht mal dazu?« Er sah mir in die Augen, einige Sekunden länger als nötig. Das Angebot bezog sich eindeutig auf mehr als nur auf Partygeplauder.

»Klar«, sagte ich und wusste im selben Augenblick, dass ich die Einladung nicht annehmen würde. »Und danke für deine Hilfe.«

Kyle lächelte, winkte mir kurz zu und ging dann wieder zu seinen Freunden hinüber. Mir gefiel, wie elegant und sicher er sich bewegte. Er wirkte, als wäre er mit sich und der Welt im Reinen. Und 'nen hübschen Hintern hatte er auch.

»Tut mir Leid, Joss«, hörte ich plötzlich Tonios Stimme hinter mir. »Ich bin nicht besonders gut bei solchen Auseinandersetzungen.«

Ich drehte mich zu ihm um.

»Na ja, du hast es ja immerhin versucht«, sagte ich.

Er biss sich auf die Unterlippe und starrte auf die abgewetzte Tischplatte.

Ich stand auf. »Ich muss los.«

Bis zu meinem Treffen mit Hartpury waren es zwar immer noch zwanzig Minuten, aber von der Cafeteria hatte ich für heute erst mal genug. Allerdings knurrte mein Magen erbärmlich. Na ja, ich konnte ja was Schnelles aus dem Take-Away-Dispenser mitnehmen. Das 3-D-Display versprach: »Feinste Gerichte in weniger als einer Minute!« Ich entschied mich für eine Waffel und drückte den Knopf. Soße? Warum nicht? Aber aus der Maschine? Pflaumensoße erinnert mich immer an Louise. Jeden Freitagabend, wenn ich vom Internat nach Hause kam, machte sie mir Garnelenrollen mit einer ganz besonderen Pflaumensoße.

Die Maschine summte und die Waffel rutschte auf das Tablett hinter dem Ausgabefenster. Das Lämpchen sprang auf Grün und das Fenster öffnete sich. Ich nahm die Waffel heraus. Sie war so heiß, dass ich mir trotz der Zellstoffverpackung die Finger verbrannte.

Louise war lange so etwas wie ein Vater für mich gewesen. Sie lebte etwa fünf Jahre mit uns zusammen, bis sich Ingrid wieder mehr für Männer interessierte. Als Louise in unser großes Apartment in der Mall 15 zog, war ich sieben. Sie war klein und feingliedrig, mit einem exakt gestutzten schwarzen Bubikopf, der in der Sonne bläulich schimmerte.

Damals sah ich sogar ein wenig wie Louise aus und es kam öfter vor, dass Leute dachten, ich wäre ihre Tochter.

Louise stammt aus einer mächtigen japanischen Familie, aber sie hat deren Einfluss nie benutzt, um ihre Ziele zu erreichen. Im Gegenteil: Sie hatte ihrer Familie den Rücken gekehrt und war ihren eigenen Weg gegangen. Zu der Zeit hatte sie sich gerade auf Modedesign spezialisiert und entwarf verrückte Hüte für die oberen Zehntausend. Louise sagte immer, was sie dachte. Sie war sehr direkt und geradeheraus. Vielleicht ein wenig zu direkt für meine Mutter.

Die Pflaumensoße in der Waffel war der Hammer. Sie war so verdammt süß, dass mir der Kiefer wehtat. Louise wäre entsetzt gewesen.

»Für die Soße braucht man Pflaumen, die noch ein bisschen grün sind, keine ganz reifen«, hat sie mir einmal erklärt. Wir waren auf dem alten Queen-Victoria-Markt gewesen und hatten Früchte für ihre berühmte Soße gekauft. Sie nahm zwei Pflaumen aus einem Korb und gab mir eine.

»Hier, so macht man die Probe«, sagte sie und drückte ihren Daumen in das Fruchtfleisch. Es gab nach und zäher Pflaumensaft rann ihr den Finger hinunter.

»Die hier ist zu reif«, sagte sie. »Nimm immer nur die harten. Sie sind noch sauer, das gleicht die Süße aus. Die Soße lebt letztlich von der Mischung aus süß und sauer.« Sie legte die Pflaume in den Korb zurück. »Du verkaufst schon wieder den alten Scheiß, Bernie«, sagte sie zu dem Mann am Stand.

Mit dieser berühmten Pflaumensoße verhielt es sich genau wie mit Ingrid und Louise: Aus den Gegensätzen entstand ein Ganzes – zumindest für eine gewisse Zeit.

Meine Geschmacksnerven müssen irgendeine Art Erinnerungsvermögen besitzen. Denn jedes Mal, wenn ich in eine dieser widerlich süßen Waffeln biss, sehnte ich mich nach Louises Soße. Ich hatte sie jetzt schon etwa sechs Jahre nicht gegessen. Das ist ziemlich lange, wenn man etwas wirklich liebt. Ich warf die Waffel in den nächsten Recyclingbehälter. Zeit zu Hartpury zu gehen.

Hartpurys Büro befand sich in D 6, einem der alten Gebäude der Melbourne University. D 6 war eine dieser hässlichen Schachteln aus dem zwanzigsten Jahrhundert, mit jeder Menge getöntem Glas und grauem Sichtbeton. Der Architekt hatte sich damals offenbar gerade in einer schweren Depression befunden. Und so was stand unter Denkmalschutz!

Ich betrat den altmodischen Aufzug und drückte auf den Knopf für den sechsten Stock. Die Tür ruckte halb zu, ging dann wieder auf und schloss sich schließlich ganz. Vielleicht hätte ich doch lieber die Treppe nehmen sollen, aber jetzt saß ich in der Falle. Der Aufzug fuhr rumpelnd nach oben und ich beobachtete die Anzeige, die angab, in welchem Stockwerk man sich gerade befand. Tja, man braucht schon eine Menge Vertrauen in so einem vorsintflutlichen Kasten! Schließlich kann man darin ja jede Minute zu Tode stürzen oder durch das Gebäudedach gejagt werden. Also setzt man seine ganze Hoffnung in diese kleinen Zahlen über der Tür. Die Nummer 6 leuchtete auf und die Aufzugstür öffnete sich. Mein Vertrauen war belohnt worden. Ich war auf Hartpurys Etage.

Als ich den Gang entlangschlenderte, hörte ich schon von weitem Hartpurys aufgeregte Stimme. Ihre altmodische Bürotür stand einen Spaltbreit offen.

»Ich kann einfach nicht glauben, dass er diese Richtlinienkonferenz vom letzten Jahr noch einmal ausgegraben hat«, sagte sie gerade.

»Joseph ist eben ein Mann, der den richtigen Zeitpunkt abwartet.«

Das war die Stimme von Dr. Lindon. Er war der zweite Psychologe am Institut und Hartpurys Boss. Zehn zu eins, dass sie über Camden-Stone sprachen. Interessant! Ich versteckte mich hinter der Tür.

»Stellen Sie sich bloß vor, er hat mich tatsächlich wörtlich zitiert«, sagte Hartpury. »Na ja, ich glaube wenigstens, dass es der genaue Wortlaut war. Ich kann mich ja selbst nicht mehr exakt erinnern, was ich damals gesagt habe.«

»Sie können drauf wetten, dass es der genaue Wortlaut war«, entgegnete Lindon. »Joseph hat ein perfektes Gedächtnis. Ich habe ihn selbst getestet.«

Hartpury dämpfte ihre Stimme – es musste also um was Heikles gehen – und ich beugte mich vor, um sie besser verstehen zu können.

»Sie kennen ihn schon lange, nicht, Bob?« Sie zögerte. »Haben Sie nicht auch schon bemerkt, dass er sich in Institutsangelegenheiten meistens ziemlich seltsam verhält?«

»Seltsam? Was meinen Sie damit?«, wich Lindon aus.

»Sein Verhalten ist meiner Ansicht nach manchmal an

der Grenze zum Zwanghaften. Er nimmt jede Kritik am Institut persönlich. Wegen dieser Richtlinienkonferenz hat er mir sogar mit einem offiziellen Verweis gedroht.«

Es entstand eine längere Pause. Lindons mechanische Gehprothese surrte, als er durch den Raum stakste.

»Ich an Ihrer Stelle würde die Sache auf sich beruhen lassen«, sagte er schließlich. »Joseph mag es nicht, wenn Leute in seiner Vergangenheit herumwühlen und dann tratschen.«

»Welche Vergangenheit? Sie können mich nicht einfach so in der Luft hängen lassen«, sagte Hartpury.

»Kennen Sie die Vorgeschichte des Instituts?«

»Ich hab mir das übliche Zeug durchgelesen. Vor allem die Geschichte von dieser – wie heißt sie noch?«

»Das ist nur die offizielle Version. Die Wahrheit sieht ein bisschen anders aus. Wenn Sie wirklich interessiert sind, empfehle ich Ihnen eine Doppelrecherche über Sunawa-Harrod und Joseph. Gehen Sie etwa zwanzig Jahre zurück. Dann wird Ihnen so manches klar werden.«

»Was wird klar werden?«

»Warum Joseph so ... so, ähm, getrieben ist.«

»Na ja, so kann man es auch nennen ...«

»Ich gebe Ihnen ja Recht. Er ist besessen«, räumte Lindon ein. »Aber ich glaube, dass das Institut alles ist, was er hat. Es hält ihn am Leben. Ich schätze, Sie wissen auch nicht, dass er permanent unter starken Schmerzen leidet, oder? Machen Sie sich mal in verschiedenen Kanälen über die Entstehungsgeschichte des Instituts kundig, dann werden Sie verstehen, was ich meine. Also, trinken wir jetzt noch eine Tasse Tee zusammen oder nicht?«

Lindons Ton machte deutlich, dass die Diskussion über Camden-Stone für ihn beendet war.

»Tut mir Leid, das geht nicht. Ich bringe Joss Aaronson jetzt in ihr neues Quartier und weise sie ein.«

»Ach ja, natürlich. Tja, das wird ein interessantes kleines Experiment. Ich selbst kann mir ja keine schlimmere Kombination vorstellen als diese: ein Alien und eine Kriminelle.«

»Joss ist okay. Sie hat einfach eine starke Persönlichkeit«, sagte Hartpury.

Gute alte Hartpury. Kämpft für Joss Aaronson und bedrohte kleine Pelztiere.

Lindon schnaubte verächtlich. »Zu schade, dass sie nicht mit Bel Hussar-Rigdon zusammenkam. Er hätte einen stabilisierenden Einfluss auf sie gehabt.«

»Er hätte sie doch nur verrückt gemacht.«

»Gut, darüber werden wir wohl nie einer Meinung sein. Aber jetzt machen Sie sich mal keinen Kopf und lassen sich nicht von Joseph aus dem Konzept bringen. Er will Ihnen nur zeigen, wer hier der Boss ist, Janeen. Ich bin sicher, dass er es nicht zu einem Verweis kommen lässt.«

Das Gespräch war beendet. Ich klopfte genau in dem Moment an, als Hartpury die Tür ganz öffnete. Gutes Timing.

»Ah, Joss. Gleich habe ich Zeit für Sie.« Sie wandte sich zu Lindon um. »Danke, dass Sie vorbeigekommen sind. Wir sehen uns bei der Vorbereitung des Fondskomitees.«

Ich machte Lindon Platz, als er sich durch die Tür manövrierte. Er nickte mir zu.

»Aaronson. Glückwunsch zu Ihrer neuen Partnerschaft.«

»Danke, Sir.«

»Wiedersehen, Janeen. Und denken Sie bitte an die Recherche.«

Er winkte ihr zu und drehte seinen Oberkörper in Richtung Lift. Keine Ahnung, was Hartpury tun würde. *Ich* jedenfalls würde an die Recherche denken. Wenn es irgendeine Möglichkeit gab, Camden-Stone etwas anzuhängen, würde ich sie mir auf keinen Fall entgehen lassen.

Hartpury sah Lindon nach, der steifbeinig durch den Gang stakste. Sie runzelte die Stirn und rieb ihre Nasenwurzel so heftig, dass ein roter Fleck zurückblieb. Dann schien sie sich plötzlich wieder an mich zu erinnern.

»Sind Sie bereit, in Ihr neues Quartier zu gehen?«

»Kann's kaum erwarten.«

»Okay. Dann mal los.«

5

Die Zeitspringer aus dem ersten Jahr werden normalerweise im alten Janet-Clarke-Wohnheim untergebracht. Dort gibt es sechs Apartments, eines für jedes Paar, mit jeweils zwei Schlafzimmern, einem gemeinsamen Wohnraum und zwei Arbcitskonsolcn.

Ich schlug den Weg zum JC ein, doch Hartpury marschierte bereits in die entgegengesetzte Richtung.

»Wohin gehen wir?«, fragte ich überrascht. »Das JC ist doch da drüben!« Ich übersprang zwei Stufen, um sie wieder einzuholen.

Hartpury schenkte mir ihr gelernt verständnisvolles Psychologenlächeln. »Sagen Sie, Joss, wie geht es Ihnen eigentlich mit all dem hier?«, fragte sie. Sie beschrieb einen weiten Bogen mit dem Arm und deutete schließlich auf eine größere Gruppe von Demonstranten, die unten vor dem Eingangstor standen.

Ich merkte sofort, worauf sie hinauswollte: Die Gute versuchte mal wieder mich zu analysieren. So was hasse ich ja wie die Pest. Eigentlich hatte ich auch gedacht, sie hätte das aufgegeben, nachdem ich bei ihren Tests zu meiner außersinnlichen Wahrnehmung auf glatte 100 Prozent gekommen war.

»Oh, gut«, antwortete ich. »Und Ihnen? Ganz tief drinnen?« Ich legte meine Hände theatralisch auf mein Herz.

Hartpury blieb abrupt stehen.

»Jetzt mal im Ernst, Joss«, sagte sie, die Arme in die Hüften gestützt. »Sie sind gerade in einem diplomatischen Albtraum gelandet. Die nächsten Monate – vielleicht sogar Jahre – werden ganz schön hart für Sie werden. Sehen Sie sich bloß diese Demonstranten an!«

Wir wandten uns zum Eingangstor um, wo gerade ein Spruchband aufgehängt wurde. Es hing zwar noch nicht richtig, aber man konnte bereits erkennen, was draufstand: *Aliens Go Home*. Ich ließ meinen Blick über die Köpfe der Versammelten wandern. War Suka irgendwo in der Menge, beobachtete die Lage und bereitete ihren Anschlag vor?

»Das wird nicht so bald aufhören«, seufzte Hartpury. »Es gibt aber auch schon Gegenreaktionen innerhalb der Universität. Viele der Angestellten und Studenten freuen sich über die Entscheidung, Mavkel aufzunehmen.«

»Klar doch – einschließlich unseres illustren Führers«, schnaubte ich.

»Wie kommen Sie denn darauf? Professor Camden-Stone arbeitet sehr hart für den Erfolg dieses Projekts. Und das ist gewiss kein leichter Job.«

»Jedenfalls versucht er mich mit allen Mitteln dazu zu bringen, dass ich die Partnerschaft mit Mavkel auflöse.«

»Er fürchtet wahrscheinlich nur um Ihre Sicherheit. Das tun wir alle.« Sie beugte sich vor und war jetzt ganz nah an meinem Ohr. »Es hat bereits Drohungen gegen Mavkel gegeben. Fast hätten wir Sie nicht zusammen einquartiert.

Der Professor wollte Sie keinem Risiko aussetzen. Aber wir haben uns dann doch anders entschieden, da der Aufbau Ihrer Bindung erste Priorität hat. Also werden Sie jetzt beide in P 3 wohnen.«

Ich stöhnte auf. P 3 war das Gebäude mit den schärfsten Sicherheitsvorkehrungen. Dort wurden sonst nur irgendwelche VIPs untergebracht. Kurz gesagt: Ohne Unbedenklichkeitsbescheinigung kam man erst gar nicht in dieses Hochsicherheitsteil hinein.

Hartpury setzte ihr professionelles Alles-wird-gut-Lächeln auf. Offenbar war sie mit dieser Lösung sehr zufrieden. Doch das Vergnügen war in diesem Fall ganz auf ihrer Seite. Ich selbst wollte nämlich nichts weniger, als in P 3 einquartiert zu werden.

»Ich will da nicht wohnen«, sagte ich. »Da kommt man sich ja vor wie in einem Käfig.« Allein der Gedanke an P 3 beengte mich. Jede kleinste Bewegung wurde dort überwacht. Ich hatte gehört, dass es sogar in der Toilette Überwachungskameras gab.

»Joss, es geht nicht nur um *Ihre* Sicherheit, sondern auch um die Sicherheit des Chorian. Wir haben die Einrichtung extra für Mavkel umgebaut. Aber jetzt lassen Sie mal nicht den Kopf hängen. Wer weiß, vielleicht ist der ganze Rummel ja schon in einigen Wochen vorüber. Dann können wir Sie zu den anderen ins JC verlegen. Nur im Augenblick kann man nichts ändern: Der Konferenzbeschluss ist verbindlich.«

Wir gingen weiter. Ich beobachtete Hartpury aus den Augenwinkeln. Sie hatte eine riesige Nase, mit Nasenlöchern so groß wie Münzen. Warum wohl hatte sie sich nicht operieren lassen? Das war nicht allzu teuer und sonst war eigentlich alles an ihr okay. Aber vielleicht war sie ja gegen derlei Eingriffe und gehörte zu den Anti-Interventionalisten: keine Pillen, keine Chirurgie, keine Verjüngungskuren. Alles ganz natürlich.

Ich selbst hatte mich bis jetzt nur einer einzigen kosmetischen Operation unterzogen. Das war gleich nach meiner Geburt gewesen. Ich hatte kleine Hautläppchen über den Augen, fast wie zweite Lider. Ingrid ließ sie von ihrem Chirurgen entfernen. Sie erträgt derlei Unvollkommenheit einfach nicht.

Wir gingen die Rampe hinauf, die von der zentralen Allee der Universität abzweigte. Oben angekommen, sahen wir P 3. Das Gebäude erstreckte sich vor uns wie ein gigantisches Gürteltier: breit, gepanzert und mit einem Eingangsbereich, der wie eine Schnauze aussah.

»Ihr neues Zuhause«, sagte Hartpury.

P 3 würde definitiv ein Problem sein. Aber wie sagt Lenny immer? Keine Panik, solange man nicht alle Fakten kennt. Ich musste dieses so genannte Hochsicherheitsgebäude zuerst einmal genau unter die Lupe nehmen und herausfinden, ob eine kleine Ratte wie ich nicht doch irgendwie die Kontrollsysteme umgehen konnte.

Lenny sagt auch, dass man nur dann Fragen stellen soll, wenn man die Antwort schon kennt. So kann man nämlich herausfinden, ob die andere Person die Wahrheit sagt. Er hat diesen Trick aus einem alten Spionageroman und schwört, dass er damit immer gut gefahren sei.

»Wann kommt Mavkel zurück?«, fragte ich.

»Geplant ist morgen Abend«, sagte Hartpury.

Hartpury wusste also Bescheid und sagte die Wahrheit. Bis jetzt zumindest.

Sie blickte auf ihren Armscreen.

»Verdammt, wir sind schon viel zu spät für unseren Termin beim Sicherheitsdienst. Beeilen wir uns besser.«

Im Aufsichtsraum des Sicherheitsdienstes gleich neben der Schnauze von P 3 wartete Major Donaldson-Hono schon auf uns. Er drängte uns eilig zu der Konsole hinter dem Empfang. Hartpurys Entschuldigungen ignorierte er geflissentlich.

Keine Frage – Donaldson-Hono liebte seinen Job. Er liebte seine kleinen vergoldeten Abzeichen, betete sein Kodierungsgerät an und geilte sich vermutlich an Sicherheitsverstößen auf. Doch er war absolut *nicht* davon begeistert, Joss Aaronson einen Pass auszustellen. Das stand ihm nur zu deutlich in sein modisch zurechtoperiertes Gesicht geschrieben. Wahrscheinlich hatte er diesen spießigen Actionhelden-Look im Sinn gehabt, als er sich unter den Laser legte. Aber Pech gehabt – sie hatten seine Nase verpfuscht. Viel zu flach.

»Aaronson, ich hoffe, Sie wissen, dass ein Code-Greenpass eine große Verantwortung bedeutet«, sagte Donaldson-Hono.

»Ich denke den ganzen Tag an nichts anderes.«

Hartpury warf mir einen genervten Blick zu und knuffte mich in die Seite.

»In P 3 werden doppelte Sicherheitskontrollen vorgenommen. Zuerst durch einen Netzhautscan, dann durch einen Codeschlüssel wie diesen hier.« Donaldson-Hono schob den Ärmel seiner Uniformjacke hoch und legte seinen Zeigefinger auf ein dünnes Band aus Memory-Metall. Ich hatte so einen Code-Strip schon einmal gesehen. Er passte sich individuell dem Armgelenk des jeweiligen Trägers an.

»Wir haben festgestellt, dass diese Kombination die größtmögliche Sicherheit gewährt. Besonders, da man nicht nur beim Betreten, sondern auch beim Verlassen des Gebäudes gescannt wird. Für Externe ist P 3 ungefähr so zugänglich wie die Zeitsprung-Laboratorien.« Donaldson-Hono klatschte verzückt in die Hände. »Also, meine Damen, machen wir uns an die Arbeit.«

Er reichte mir einen Netzhautscanner. »Halten Sie das ans Auge und stehen Sie ganz still. Nicht blinzeln.«

Ich führte den Scanner an mein Auge. Dieses ganze Sicherheitsgetue war ja der reinste Albtraum. Ich musste unbedingt einen guten Spyder finden, der sich in das Sicherheitsprogramm hacken und meine Daten ändern konnte. Irgendwie musste es doch einen Weg geben, diese Netzhautüberprüfungen zu umgehen. Allerdings müsste das schon ein absoluter Top-Spyder sein. Jemand, der im Handumdrehen Sicherungsprogramme und Verschlüsselungen knackte und dabei keine Spuren hinterließ. Lenny würde bestimmt wissen, wo ich den besten auftreiben könnte.

Endlich akzeptierte der Computer meinen Scan. Mein Auge tränte. Donaldson-Hono schob ein Armband in eine Öffnung an der Konsole und gab meine Daten ein.

»Ich gleiche jetzt dieses Armband mit Ihrem Netzhautscan ab und spezifiziere Ihren Pass. Von nun an sind Sie befugt, jederzeit die Ledbetter Suite zu betreten und deren Einrichtungen zu benutzen.«

Die Ledbetter Suite? War sie etwa nach dem Künstler Damien Ledbetter benannt? Ich mochte seine Arbeiten. Ingrid hatte mir bei seiner ersten Ausstellung einen Originaldruck gekauft. Sie hatte damals gerade ihre »kulturelle Aufklärungsphase« und bestand darauf, dass ich mit ihr durch die virtuelle Galerie spazierte. Sie wollte mir sogar den »Geist« dieser Kunst nahe bringen, wie sie sich damals ausdrückte. Deswegen hat sie mir dann auch das Bild gekauft, das mir am besten gefiel – aufgehängt hat sie es allerdings nie.

Das Armband kam mit einem Klicken wieder zum Vorschein. Donaldson-Hono gab es mir. Ich streifte es über meine Faust und es passte sich in Sekundenschnelle perfekt an mein Handgelenk an.

Ich seufzte. »Ich wette, dieses Teil werde ich erst wieder los, wenn ich sterbe.«

»Machen Sie sich nicht lächerlich. Wenn Sie es entfernen möchten, müssen Sie nur zum Dienst habenden Officer gehen und es über diesen Scanner ziehen.« Donaldson-Hono zeigte auf ein kastenförmiges Ding neben der Konsole. »Natürlich sind Sie es auch los, wenn Ihnen jemand die Hand abhackt.«

Super. Plötzlich schoss mir ein wirklich übler Gedanke durch den Kopf. »Ist da eigentlich eine Wanze eingebaut?«

»Nein, wollen Sie eine?« Er lachte über seinen eigenen

Witz, räusperte sich dann und sah sich um, ob ihn jemand gehört hatte. »Nur VIPs bekommen Wanzen. Es wäre zu teuer, alle Code-Strips damit auszurüsten. Okay, damit sind Sie fertig.«

Er nahm ein größeres Armband, scannte es und gab es Hartpury.

»Hier ist Ihr Besucherband, Doktor.«

Es war ein schmuckloses Armband mit einem normalen Schnappverschluss. Hartpury klickte es um ihr Handgelenk.

»Wenn Sie Besuch haben wollen, Aaronson, müssen die Leute sich hier anmelden und solche Armbänder anlegen«, sagte Donaldson-Hono und deutete mir mit einer leichten Handbewegung an, dass ich vor seinen Computer treten sollte.

»Wir müssen sowohl akustisch als auch optisch dokumentieren, dass Sie über die Vorschriften für P 3 informiert wurden und sie ausnahmslos akzeptieren. Sind Sie bereit?«

Er richtete den Bildschirm auf uns beide, warf sich in die Brust und begann seinen Sermon.

»Kadett Joss Aaronson erhält hiermit die Zugangs- und Nutzungsberechtigung der Ledbetter Suite im Erdgeschoss von Gebäude P 3.«

Er wandte sich direkt an mich.

»Kadett Aaronson, Sie dürfen ausschließlich das Erdgeschoss betreten, nicht die oberen Stockwerke. Jegliche Zuwiderhandlung stellt einen Verstoß gegen die Sicherheitsbestimmungen des Hauses dar und zieht Sicherheitsmaßnahmen nach sich, mit denen sonst nur unbefugte Besucher unschädlich gemacht werden. Haben Sie, Kadett

Joss Aaronson, diese Bedingungen und Warnungen verstanden und erklären sich damit einverstanden?«

»Ja.«

Ich kam mir vor, als würde ich gerade verheiratet oder so ähnlich.

Schließlich gab Donaldson-Hono seine lächerliche offizielle Pose auf und loggte sich aus dem Computerprogramm aus.

»Haben Sie schon mal was von einer Neuronadel gehört?«, fragte er.

Ich schüttelte den Kopf. Er lächelte, nahm den Netzhautscanner und schob ihn zurück in die Schutzhülle.

»Das Obergeschoss ist damit gespickt. Also, folgen Sie meinem Rat und bleiben Sie auf Ihrem Stockwerk. Es dauert rund sechs Monate, bis man sich von so einer Nadel erholt hat. Totale Paralyse.«

»Danke für die Information, Major«, sagte Hartpury kühl. »Ich bin sicher, dass Kadett Aaronson nicht vorhat, gegen irgendwelche Sicherheitsbestimmungen zu verstoßen. Ist ihre Zugangsberechtigung jetzt im Computer gespeichert?«

»Natürlich«, sagte Donaldson-Hono.

Das wäre geschafft. Endlich waren wir diesen Security-Fetischisten los. Durch die Sicherheitsschleuse gingen wir in das Foyer von P 3. Wow! Alles war in schwarzem Marmor gehalten: die Wände, der Boden, sogar das Empfangspult.

Es gab nur eine Tür – und zwar die, durch die wir gerade gekommen waren. Keine Gänge, keine Aufzüge, nur vier kahle schwarze Marmorwände und eine Tür. Lenny wäre hier garantiert ausgerastet. Er betritt einen Raum erst gar nicht, wenn er nicht mindestens zwei Ausgänge hat.

Wir gingen zum Empfangspult. Der Typ vom Sicherheitsdienst nickte uns zu.

»Guten Morgen, Doktor.«

»Hallo, Sergeant. Das ist Kadett Aaronson. Sie ist hier neu einquartiert worden.«

Der Sergeant musterte mich von oben bis unten. Ich starrte zurück. Okay, wenn man Brikettschädel und einen Strichmund mag … Ich lächelte ihm gönnerhaft zu und lehnte mich an den Tisch.

»Joss, das ist Sergeant Vaughn. Er hat die Tagschicht«, sagte Hartpury.

»Na, alles klar, Sarge?«, fragte ich lässig.

Vaughn zuckte nicht einmal mit der Wimper. Die Haltung eines großen Pokerspielers. Vielleicht kämen wir ja mal ins Spiel.

Hartpury warf mir einen weiteren genervten Blick zu und führte mich zur Wand am anderen Ende des Raums.

»Ihr Quartier ist am Ende des Gangs«, sagte sie. Wie bitte? Das sollte wohl ein Witz sein. Ich sah nichts als eine glatte, schwarze Marmorwand.

»Welcher Gang?«, fragte ich.

»Warten Sie.«

Die Wand begann zu schimmern und öffnete sich plötzlich auf einen Gang, der ebenfalls ganz in fantasievollem schwarzen Marmor gehalten war.

»Unglaublich«, staunte ich. »Wie funktioniert das?«

»Der schwarze Marmor ist nur eine virtuelle Wand, hinter der sich ein Energiegitter verbirgt«, antwortete Hartpury. »Wenn man ohne Zugangsberechtigung durchwill, erhält man einen Elektroschock. Ihr Armband lenkt die Energie ab, sodass Sie passieren können.«

»Wie beruhigend.«

»Es ist ähnlich wie bei diesen Labyrinthen, die man früher in psychologischen Experimenten benutzt hat«, sagte sie.

Klar, und ich war das Versuchskaninchen.

Wir gingen den Gang entlang. Am Boden verliefen seltsame rote Lichtlinien. Ich blieb stehen und sah sie mir genauer an.

»Die würde ich lieber nicht übertreten«, warnte mich Hartpury.

Ich machte einen Satz rückwärts.

»Sie markieren den Sicherheitsabstand zum Energienetz«, erklärte sie. »Sie dürfen nicht vergessen, dass diese Wände nicht echt sind. Dahinter befinden sich Gänge und Suiten.«

Ich musterte die Wand. War da der schwache Umriss einer Tür zu erkennen oder täuschte ich mich? Lenny sagt ja immer, man soll niemandem glauben. Kein Wort. Jeder kann bluffen. Ich streckte eine Hand über die Linie. Ein Alarmsignal piepste, aber sonst geschah nichts. Ich streckte meinen Arm weiter aus und berührte die Wand.

Als ich wieder aufwachte, blickte ich in Sergeant Vaughns Pokerface. Ich lag am Boden und mein Kopf war in Hartpurys Schoß gebettet.

»Es ist alles okay, Joss. Sie waren nur etwa eine Minute

bewusstlos,« vernahm ich ihre Stimme. »Brauchen Sie einen Arzt?«

Ich schüttelte den Kopf. Abgesehen von einem Stechen in meinen Fingerspitzen und Zehen war ich okay.

»Das war dumm von Ihnen«, sagte sie. »Sie hätten ernsthaft verletzt werden können.«

»Nein, das glaube ich nicht. Das Netz verursacht keinen wirklich schweren Schaden«, entgegnete Vaughn. »Es ist nur Schwachstrom.«

Hartpury funkelte ihn an. »Nächstes Mal hören Sie besser auf mich«, sagte sie zu mir und strich mir die Haare aus dem Gesicht.

Vaughn hielt mir eine Hand hin und zog mich auf die Füße. Er musste einen speziellen Codeschlüssel tragen, denn die virtuellen Wände des Gangs waren auf einmal alle komplett verschwunden. Ich sah wiederum Türen und Gänge, dieses Mal allerdings in Safaribeige.

»Wenn Sie okay sind, geh ich wieder auf meinen Posten zurück. Und bitte versuchen Sie in Zukunft von den Wänden wegzubleiben«, sagte Vaughn. Das sollte wohl besorgt klingen, aber sein Gesicht war völlig ausdruckslos. Der Typ stand definitiv auf meiner Pokerliste.

Er ging in Richtung Foyer davon, während er etwas in den Screen an seinem Handgelenk eingab. Die schwarzen virtuellen Wände erschienen wieder.

Langsam hob ich meine Jacke auf und folgte Hartpury in die entgegengesetzte Richtung. Diesmal hielt ich respektvollen Abstand von den roten Linien. Ein zweiter Gang öffnete sich vor uns und wir gingen wie folgsame kleine Ratten hinein. Am Ende des Gangs verschwand plötzlich ein Teil der schwarzen Wand und die Tür zur Ledbetter Suite erschien.

»Die Tür lässt sich nur mit Ihrem Armband öffnen«, sagte Hartpury.

Ich wedelte mit meinem Handgelenk vor dem beleuchteten Feld herum. Die Tür glitt lautlos zur Seite.

»Alles klar?«, fragte Hartpury.

»Wollen Sie mich jetzt nicht über die Schwelle tragen oder so?«, fragte ich.

Hartpury schnaubte verächtlich und schob mich in den dunklen Raum.

6

Der beißende Geruch von neuem Plastik stieg mir in die Nase. Er war mit irgendeinem Moschusduft angereichert, den ich aber nicht einordnen konnte. Dann ging das Licht an. Wir standen in einem großen sechseckigen Wohnraum.

»Willkommen, Kadett Joss Aaronson. Willkommen, Dr. Janeen Hartpury«, sagte eine sanfte weibliche Computerstimme. »Diese Einheit ist für die Stimmen von Kadett Joss Aaronson und Kadett Mavkel codiert. Die Raumtemperatur wurde auf zweiundzwanzig Grad eingestellt, die Luftfeuchtigkeit auf dreiundfünfzig Prozent. Die Beleuchtung entspricht dem gegenwärtigen Tageslicht.« Die Stimme erging sich weiter über die Besonderheiten der Beleuchtung und mögliche Programmänderungen.

»Passiert das jedes Mal, wenn jemand reinkommt?«, fragte ich Hartpury.

Der Computer antwortete mit monotoner Stimme.

»Die Begrüßung erfolgt automatisch, kann aber jederzeit ausgeschaltet werden.«

»Dann schalte sie aus.«

»Erfolgt.«

Ich blickte mich um. Deshalb roch es hier also nach Moschus! Die Ledbetter Suite war mit organischen Computern ausgestattet. Die beiden Arbeitskonsolen befanden sich in gegenüberliegenden Ecken des Sechsecks. Jede war an einen Biotank angeschlossen. Das organische Gel darin hob und senkte sich und aus seinen Regenbogenfarben entstanden immer neue komplexe Muster.

Beim Anblick dieser pulsierenden Pampe wurde mir ein wenig übel. Leider kann man dieses Zeug nicht in einem undurchsichtigen Gehäuse verstecken, denn ohne genügend Luft und Licht stirbt es.

Der ganze Raum war im typischen Ledbetter-Blau gehalten. Selbst der Essensautomat, der im Küchenbereich an der hinteren Wand des Sechsecks angebracht war, war blau. Links und rechts davon befand sich je eine Tür. Wahrscheinlich führten sie in die ebenfalls blauen Schlafzimmer. Mein Kompliment an den Innenarchitekten – wirklich eine kreative Meisterleistung!

»Das Schlafzimmer und die Konsole auf der linken Seite sind extra für Chorian-Bedürfnisse umgestaltet worden«, sagte Hartpury. »Es gibt auch einen speziellen Essensautomaten für Mavkel. Also, schauen Sie sich kurz um. Dann möchte ich Ihnen etwas über die Recherchen erzählen, die wir durchgeführt haben.« Sie lächelte so stolz, als hätte sie selbst die Suite eingerichtet.

Ich hätte mir gern Mavkels Zimmer angesehen, aber herumzuschnüffeln macht nicht wirklich Spaß, wenn einen jemand dabei mit Argusaugen beobachtet. Also beschloss

ich zunächst meinen neuen Arbeitsplatz zu inspizieren. Als ich auf die rechte Konsole zuging, ertönte plötzlich ein leises Summen und der Bildschirm drehte sich automatisch in meine Richtung. Ich wich nach links aus. Der Monitor folgte mir. Dieses Gerät war wirklich erste Sahne! Sobald Hartpury gegangen war, würde ich seine Fähigkeiten testen.

Ich ließ meine Jacke fallen und warf einen Blick in mein Schlafzimmer. Große Überraschung: Der Raum war weiß. In der Mitte stand ein Bett, daneben ein Nachttisch, an der Wand hing ein blasser Ledbetter-Druck. Der Raum war groß genug für ein fürstliches Doppelbett, aber Studenten hält man eben grundsätzlich für enthaltsame Singles. Alles in allem kam mir das Zimmer ein bisschen kahl vor. Die einzig echte Farbe gab es im Badezimmer: Dort war alles aus gelbem Plastik. Aber wenigstens hatte der Innenarchitekt an eine große Badewanne gedacht. Ich hasse es nämlich, mich in diese Wasser sparenden Kleinwannen zu zwängen.

Der Ess- und Wohnbereich der Suite war ganz im »Schöner Wohnen«-Stil eingerichtet. Ingrid hätte sich gefreut. Ich sah mir die Auswahl auf Mavkels Essensautomat an. Die Namen und Zutaten der einzelnen Gerichte waren zwar übersetzt worden, aber ich konnte die Beschreibungen nicht verstehen. »Melch Daglon« – wie das wohl schmeckte?

Hartpury setzte sich an einen verstellbaren Tisch und winkte mich zu sich.

»Wie finden Sie die Suite?«, fragte sie.

»Ist ganz okay. Ein bisschen zu blau für meinen Geschmack.« Genau genommen war das Apartment im Vergleich zu anderen Studentenquartieren der reinste Luxus. Der Partner eines Aliens zu sein, brachte zwar einige Probleme mit sich, hatte aber durchaus auch gewisse Vorteile.

»Ich glaube, Sie werden sich hier wohl fühlen, Joss«, sagte Hartpury. »Das ist *die* Chance für Sie herauszufinden, welche Ziele Sie im Leben haben, wo Sie sich innerhalb unserer Gesellschaft sehen …«

Ich rutschte unbehaglich auf meinem Stuhl herum. Wie gesagt, ich hasse es, analysiert zu werden. Ich komme mir dann immer vor wie einer dieser aufgespießten Schmetterlinge.

»Lassen Sie doch mal die Psychonummer«, sagte ich.

»Das ist mein Job.«

Diesmal erwiderte ich ihr Lächeln nicht. Hartpury hob beschwichtigend die Hände.

»Okay, dann lassen Sie uns jetzt über Mavkel reden. Wir haben uns bemüht, so viele Informationen wie möglich zu bekommen, damit Sie sich ein erstes Bild von Ihrem Partner machen können.«

Na, endlich – das wurde aber auch mal Zeit! Während der kurzen Unterhaltung mit Camden-Stone war mir klar geworden, wie wenig ich eigentlich über das ganze Chorian-Projekt wusste.

»Leider haben wir auf offiziellem Weg nicht viel herausbekommen«, sagte Hartpury. Sie machte eine viel zu lange Pause und starrte auf die Tischplatte. Ich horchte auf.

»Warum nicht?«, fragte ich.

»Das Auswärtige Amt ist nicht gerade sehr kooperativ.«

»Warum?«

Sie zuckte die Achseln, mimte die Ahnungslose. Aber sie war eine verdammt schlechte Schauspielerin.

»Also gut. Was wissen wir inoffiziell?«, hakte ich nach.

Hartpury rieb langsam ihre Hände gegeneinander und suchte nach den richtigen Worten.

»Ich ... habe mich bei einem offiziellen Empfang mit einem Chorian unterhalten. Sein Name ist Refmol. Es sagte mir, dass Mavkel mehr oder weniger ein Außenseiter sei, weil sein Double bei einem Unfall getötet wurde. Wenn ein Chorian aus dem Geburtspaar stirbt, muss das andere offenbar ebenfalls sterben.«

»Muss es sich selbst töten?«, fragte ich. Einen Selbstmordkandidaten als Partner konnte ich nun wirklich nicht gebrauchen.

»Nein, ich glaube nicht. Meines Wissens handelt es sich dabei mehr um ein Trennungstrauma. Refmol ist eine Art Chorian-Arzt. Ein so genannter Chanter. Er hat Mavkel das Leben gerettet und dadurch wohl eine große Kontroverse auf Choria ausgelöst.«

Wie schrecklich musste das sein, jemanden zu verlieren, der einem so nahe stand! Damals, als Louise ging, hatte es mich innerlich fast zerrissen. Manchmal frage ich mich, wie es wohl sein würde, wenn Ingrid einmal starb; aber solche Gedanken sind einfach zu unangenehm. Mein Hirn drückt dann immer sofort die Stopp-Taste und wechselt schnell das Thema.

»Ich glaube, dass der Ältestenrat der Chorianer nicht genau weiß, was sie mit Mavkel machen sollen«, fuhr Hartpury fort. »Ein Chorian braucht einen Partner, um telepathisch kommunizieren zu können. Da Mavkel kein Double mehr hat, ist es von den anderen Chorianern völlig abgeschnitten. Es muss sich ausschließlich aufs gesprochene

Wort verlassen – und das ist etwas, was die Chorianer nicht besonders mögen.«

»Wir kommen doch auch ganz gut damit klar«, warf ich ein.

»Die Chorianer halten die gesprochene Sprache für sehr unbeholfen. Aber wie auch immer: Refmol hat durchblicken lassen, dass sie sich nicht sicher sind, welche Auswirkungen die Trennung auf Mavkels Gehirn hatte. Ich glaube, dass der Ältestenrat Mavkel ganz gezielt als Botschafter für diese Mission ausgewählt hat. Es versteht nämlich auf gewisse Weise, wie es uns Menschen ergeht: Wir sind auf unseren eigenen Verstand begrenzt und kommunizieren durch Laute.« Hartpury hatte die letzten Wörter gesungen, wie es die Chorianer tun.

»Die Chorianer halten nicht allzu viel von uns, oder?«, fragte ich.

»Sagen wir, sie halten sehr viel von unserer Zeitreisetechnologie.«

»Ist das alles, was Sie über Mavkel wissen?«

»Ja. Als ich mich mit Refmol unterhielt, hat es mich die meiste Zeit über Sie ausgefragt. Vor allem über Ihre Eltern.«

»Warum?«

»Ich weiß es nicht. Die Ahnen spielen bei den Chorianern eine wichtige Rolle. Vielleicht wollte Refmol ja Ihren Stammbaum genauer unter die Lupe nehmen.«

»Was haben Sie ihm gesagt?«

»Nicht viel, keine Sorge«, antwortete sie. »Ich weiß, dass Sie in dieser Angelegenheit etwas empfindlich sind. Aber wissen Sie, alles in allem traue ich Refmol mehr als diesen Typen vom Auswärtigen Amt. Refmol ist wenigstens freundlich und höflich. Es hat mir sogar eine ihrer Begrüßungsgesten gezeigt.« Hartpury nahm meine Hand in ihre. »Sie scheinen sich untereinander viel mehr zu berühren, als wir es tun.«

Sie spreizte die Finger und schloss meine Hand zu einer Faust.

»Denken Sie daran, dass die Chorianer zwei Daumen haben«, sagte sie, bedeckte meine Faust mit ihrer Hand und verschränkte unsere Daumen.

»Und was bedeutet das?«

»Refmol sagte, es sei eine Geste der Freundschaft.« Sie ließ meine Faust fallen. »Mehr kann ich Ihnen über die Chorianer leider nicht sagen. Es gibt zwar noch wenige weitere Informationen, die dürfen allerdings nur in Ausnahmefällen weitergegeben werden.«

»Soll das ein Witz sein? Sie meinen, ich bekomme nur diese paar Infos?« Ich schüttelte ungläubig den Kopf. »Das kann ja wohl nicht wahr sein! Schließlich bin ich diejenige, die mit Mavkel zusammenleben wird – also brauche ich auch alle verfügbaren Informationen!«

Hartpury nickte.

»Ich weiß. Ich weiß. Aber die Regierung hat unsere Anfragen immer wieder abgeblockt.« Sie beugte sich zu mir vor. »Ich glaube, man will, dass *Sie* alle Informationen weitergeben, die Sie über die Chorianer herausfinden.«

»Ich soll *spionieren*?«

Das wurde ja immer besser! Wenn die Regierung schon an Spionage dachte, wurde wahrscheinlich auch unser

Apartment überwacht und abgehört. Aber diese Peepshow würde ich ihnen schon gründlich vermasseln.

»Na ja, der offizielle Terminus der Regierung dafür ist Faktensammlung«, sagte Hartpury und verzog ihren Mund zu einem schiefen Grinsen. »Ich glaube, die wissen einfach noch sehr wenig über die Chorianer – und das macht sie nervös.«

Im Klartext hieß das also, dass die Regierung eine ganze Menge wusste, ihren Informationen aber nicht traute. Daraus folgt: Bestätigung durch eine weitere neutrale Quelle erforderlich.

Hartpury setzte wieder ihr professionelles Lächeln auf. »Sie haben meine volle Unterstützung, wenn Sie dazu nicht bereit sind, Joss.«

»Ich lass es Sie wissen«, sagte ich trocken.

Für jemand anderen herumzuspionieren war nun wirklich nicht meine Sache. Aber vielleicht war es gar keine schlechte Idee, bis zu einem gewissen Punkt mitzuspielen. So konnte ich nämlich umgekehrt auch etwas mehr aus ihnen herausbekommen. Im Augenblick war die Quelle namens Hartpury jedenfalls versiegt. Ich musste also im Net recherchieren.

»Wenn Sie nichts dagegen haben, packe ich jetzt meine Sachen aus und richte mich ein wenig ein«, sagte ich und setzte mein müdes, aber tapferes Gesicht auf. Doktor Hartpury würde sicher denken, dass ich jetzt »etwas Raum für mich« brauchte. Ja – sie biss an.

»Natürlich, Joss, das ist nur verständlich. Sie haben den Rest des Tages Zeit, sich einzurichten – wie die anderen Studenten auch«, sagte sie. »Kommen Sie heute Abend zur Semestereröffnungsparty?«

Ich zuckte die Achseln. Ich hörte zum ersten Mal davon. Offenbar schien ich nicht gerade an der Spitze der Partyliste meiner Klasse zu stehen.

»Ich hoffe, Sie kommen. Es würde Ihnen gut tun, sich ein bisschen unter die anderen Studenten zu mischen.«

Hartpury zögerte, als überlegte sie, ob sie das Thema vertiefen sollte.

»Ich sehe Sie dann morgen, Doktor«, griff ich ihren analytischen Spekulationen vor. Für heute hatten wir meiner Ansicht nach wirklich genug psychologisiert.

»Denken Sie daran, dass ich hier bin, um Ihnen zu helfen, Joss«, sagte sie. Das war's. Hartpury verließ die Suite und die Eingangstür schloss sich hinter ihr.

»Computer, die Eingangstür abschließen. Ich möchte keinerlei Besuch.«

»Eingangstür für jeden Besuch verschlossen.«

Ich würde diese Computerstimme ändern müssen. Sie erinnerte mich zu sehr an Louise.

Louise hätte meine Schnüffelei hier garantiert nicht gutgeheißen. Ich sehe immer noch diese kleine Falte zwischen ihren Augenbrauen vor mir, wenn ich etwas »Unrechtes« tat. Ingrid war da wesentlich abgebrühter, viel weniger emotional. Auch die Trennung von Louise schob sie zumindest mir gegenüber allein auf ihre Bosse. Offenbar bestanden die damals darauf, dass sie sich einen männlichen Partner suchte, weil ihre Einschaltquote gesunken war. Ingrid und Louise haben sich zum Schluss dauernd gestritten. Eines

Abends schrie Louise, dass sie sich nicht verstecken würde, um irgendeinem Testosteronbomber Platz zu machen. Kurz darauf ging sie. Ich auch. Internat Nummer vier.

Louise und mein Gewissen mussten sich also zurückhalten, während ich hier herumschnüffelte. Schließlich musste ich ja informiert sein.

Doch wo sollte ich anfangen? Sollte ich zuerst Mavkels Zimmer erkunden oder doch lieber an dieser Edelkonsole herumspielen? Ich entschied mich für den Computer.

Die Konsole besaß einen neuen großformatigen Flachbildschirm. Ich setzte mich davor und schob die Vid-Klappe beiseite. Dann drückte ich meine Finger auf das Scannerfeld.

»Bevorzugen Sie virtuelle, Stimm- oder Tastaturidentifikation?«, fragte der Computer.

Virtuelle Identifikation machte zwar Spaß, dauerte aber immer viel zu lange. Also, Stimmidentifikation. Doch halt – Johnny Oberschnüffler, Regierungsagent, könnte meine Gespräche mitverfolgen.

»Tastatur«, sagte ich entschieden.

Zuerst installierte ich eine Sicherheitssperre, damit Johnny meine Wanderungen durchs Net nicht nachvollziehen konnte. Mir war klar, dass es für ihn absolut kein Problem war, sie zu knacken, falls er das wirklich wollte, aber so verlor er wenigstens Zeit.

Vielleicht konnte mein Computer ja auch herausfinden, ob sich irgendwelche Wanzen in der Suite befanden. Ich gab eine Anfrage nach einer schematischen Darstellung der Sicherheitssysteme der Suite ein. Abgelehnt. Okay, so leicht ging es natürlich nicht. Das war ein Job für einen professionellen Hacker. Also schickte ich einen Code los, den mir Lenny einmal eingebläut hatte. Schon bald würde mich ein Spyder kontaktieren. Ohne Spuren zu hinterlassen, versteht sich.

Dann gab ich zwei Suchbegriffe ein: *Joseph Camden-Stone/Daniel Sunawa-Harrod* und *Chorian* und stellte den Computer auf Stimmidentifikation um.

Das Gel erzeugte einen schimmernden Regenbogen, während das organische Material die Webseiten der gesamten Welt zu durchsuchen begann. Ich wollte gerade aufstehen, um mich solange auf Zehenspitzen ins Mavkel-Land zu begeben, als der Computer sich schon zurückmeldete: »Suche beendet. Insgesamt 322 Treffer. Direkter Zugriff auf 308 Seiten möglich. Vierzehn retinaversiegelte Seiten. Wünschen Sie weitere Details?«

Meine Güte war das Teil schnell! Ich besah mir die Konsole genauer und öffnete dann ein Fach in der Nähe des Bildschirms. Eigentlich mussten da irgendwo Reader sein. Ich würde mir alles runterladen und mich später damit in Ruhe befassen. Als ich das zweite Fach aufzog, rutschte ein ganzer Stapel Reader nach vorne. Brandneu und noch nicht mal formatiert. Ich zog einen aus der Packung und schob ihn in den Computer.

»Reader in Port A formatieren und alle Treffer runterladen«, sagte ich.

»Nur zu Ihrer Information: Dieses Gerät erkennt Datentransfereinheiten automatisch und benötigt keine Portadressen«, antwortete der Computer.

Okay, okay, ich habe verstanden.

»Dieses Gerät formatiert zudem Datentransfereinheiten automatisch. Auf Anfrage kann auf ein Usermanual zugegriffen werden.«

Yes, Sir.

»Transfer beendet. Bitte entfernen Sie Datentransfereinheit aus Port A.«

»Ich weiß verdammt noch mal selbst, was ich tun muss«, murmelte ich.

»Notiert.«

Dieser Computer war so förmlich, dass mir allein vom Zuhören schlecht wurde. Vielleicht besaß er ja ein Programm, mit dem man die Sprache ändern konnte.

»Hey Computer, wie wär's ein bisschen lässiger, ein paar coole Sprüche oder so?«

»Dieses Gerät kann bis auf Level zehn des Slangwörterbuchs von Johnson-Hargrave gehen.«

»Schon besser, Computer. Und informiere mich sofort, wenn irgendwelche Nachrichten oder Anrufe für mich eingehen.«

»Okay. Gebongt«, sagte der Computer.

Level zehn – da fühlte ich mich schon viel entspannter. Ich zog den Reader aus Port A und schob ihn in meine Tasche.

Und jetzt in Mavkels Zimmer.

7

Mavkels Zimmer war wie eine schlechte Party: zu schummrige Beleuchtung und keiner da. Außerdem war es unerträglich heiß.

»Geht's vielleicht ein bisschen heller?«, fragte ich den Computer.

»Sorry, nichts zu machen. Das Dämmerlicht ist für diesen Raum fest einprogrammiert.«

»Und was ist mit der Temperatur?«, fragte ich.

»Die auch.«

Meine Augen mussten sich erst an die Dunkelheit gewöhnen. Falls Johnny mich beobachtete, konnte ich nur hoffen, dass er auch nicht mehr sah als ich.

Langsam zeichnete sich an der Rückwand des Raums der Umriss einiger sonderbar gebogener Behälter ab. Auf dem Boden lag eine Art Thermomatte, so ein Ding, das man unterkühlten Patienten in der Klinik gibt. Allmählich gewöhnten sich meine Augen an das schummrige Licht und ich ging weiter Richtung Bad.

Das Bad war der Hammer. Ich konnte mir nicht einmal *vorstellen,* wie Mavkel das seltsame Ding benutzte, das da aus der Wand ragte. Wenn es eine Toilette war, würde ich lieber nicht so oft pinkeln gehen. Falls Chorianer überhaupt pinkelten. Die Badewanne war aus Metall und alle Hähne sahen verschieden aus. Ich drehte einen auf. Nach einem kurzen Rumpeln schoss ein Sandstrahl heraus, der meinen Arm knapp über meinem Armband streifte und dabei ungefähr zwei Hautschichten herunterfetzte.

»Computer! SOS!«, schrie ich.

»Mensch oder Chorian?«

»Mensch. Schnell!«

Ultimativer Test für die schalldichten Wände und beste Unterhaltung für Johnny Oberschnüffler, live mit Joss Aaronson. Erst nach dem Einsatz von zwei Schmerzpflastern und etwas Pseudohaut, war ich wieder auf den Beinen, aber nicht weniger fest entschlossen meine Entdeckungstour fortzusetzen. Vom Sanitärbereich hatte ich allerdings erst mal genug. Also nahm ich mir die Behälter vor, die ich in Mavkels Schlafzimmer gesehen hatte.

Jeder Behälter hatte einen geschwungenen Boden, der genau auf den Deckel der darunter stehenden Box passte. Zusammen ergaben sie zwei violette Säulen, die ganz oben von einem breiten gebogenen Behälter zusammengehalten wurden.

Ich berührte einen Behälter. Er ließ sich etwas eindellen – genau wie menschliche Haut. Der ganze Turm war kaum höher als ich. Ich musste also nur die breite Box herunternehmen. Ich ruckte näher, um ihr Gewicht zu testen, und fand einen Schwebeschalter. Keine Minute später stand der Behälter auf dem Boden.

Er besaß kein Schloss, nur eine Schnalle aus zwei ineinander greifenden Ringen. Ich fummelte daran herum, bis der

Deckel aufging. Er faltete sich augenblicklich in sich selbst zusammen und war verschwunden. Ich tastete an der Öffnung herum, um herauszufinden, wo der Deckel geblieben war – aber er hatte sich einfach in Luft aufgelöst. Ein leichtes Kribbeln breitete sich über meine Kopfhaut und meinen Rücken aus, wie immer, wenn mir irgendwas Angst machte. Ich hatte es hier mit etwas zu tun, das so *anders* war, dass keines unserer physikalischen Gesetze darauf anzuwenden war.

Ich versuchte das Kribbeln zu ignorieren, griff in den Behälter und zog ein Musikinstrument heraus. Zumindest sah es aus wie ein Instrument. Es besaß mehrere Ventile und Löcher und zwei Mundstücke. Ich blies in eines hinein. Nichts. Es funktionierte wohl nur, wenn man in beide gleichzeitig blies. Das Instrument war aus einem mir unbekannten Material gefertigt, das wie Stein aussah, aber gleichzeitig biegsam war. Es war mit einer ganzen Reihe von Symbolen verziert, unter anderem entdeckte ich auch die beiden verschränkten Ringe, die sich auf der Box befanden. Ich legte die sonderbare Flöte vorsichtig neben mich auf den Boden.

Als Nächstes förderte ich einen kleinen mattschwarzen Würfel zu Tage. Ich klopfte dagegen. Schüttelte ihn. Suchte nach einem Verschluss. Dann hielt ich ihn an mein Auge.

»Es ist ein Gedankenwürfel«, sang eine Stimme hinter mir.

Ich wirbelte herum. Dort, an den Türrahmen gelehnt, stand Mavkel. Dumm gelaufen: Er hatte mich ertappt.

»Verdammt. Du hast mich zu Tode erschreckt. Wie bist

du hier reingekommen?«, fragte ich. »Computer, ich dachte, du hättest die Tür abgeschlossen.«

»War nicht mein Fehler, ey. Du hast sie ausdrücklich für alle Besucher verschließen lassen. Aber Mavkel wohnt schließlich hier, oder?«, entgegnete der Computer vorwurfsvoll.

Manchmal konnte diese Besserwisserei ganz schön nerven. »Also, in Zukunft gibst du mir bitte sofort Bescheid, wenn jemand sich unserer Tür nähert.«

»Geht in Ordnung«, gab der Computer zurück.

Mavkel hob seine linke Hand. An seinem Handgelenk befand sich ein Code-Strip.

»Dies öffnete die Tür. Tut mir Leid, dass ich Joss-Partner erschreckt habe.«

»Ja, gut. Ist schon okay. Du bist früh dran. Solltest du nicht erst morgen kommen?«

Das Chorian nickte. Seine Ohren wurden oben an den Spitzen flach. Für einen Moment sah es aus wie ein schuldbewusstes Kind.

»Ich konnte es nicht erwarten.«

»Du meinst, du hast den Abflug gemacht, ohne deine Alten zu fragen?«

Mavkel neigte seinen Kopf zur Seite; offenbar verstand es mich nicht.

»Ich meine, hast du deinen Ältestenrat verlassen, ohne dass sie es wissen?«

Es nickte und schenkte mir ein Stereolächeln.

»Ja. Mavkel kann problemlos tun, was es will, wenn es keine …« Es stockte, ihm fehlte das passende Wort. Dann berührte es seine Stirn, kam näher zu mir heran und berührte meine.

»Du willst vermutlich sagen, wenn es keine Telepathie gibt. So nennen wir die Gedankenverbindung zwischen Menschen«, half ich ihm weiter. Mavkel bot mir die ultimative Gelegenheit all die nervtötenden Pantomimenspielchen anzuwenden, die ich in meiner letzten Schule immer einstudieren musste.

»Ja. Ja. Keine Telepathie. Mag Joss-Partner diese Nicht-Telepathie?«

»Keine Ahnung. Ich bin in Sachen Telepathie absolut ahnungslos.«

»Vielleicht gibt es ja schon bald eine Telepathie«, sagte Mavkel.

Es kniete sich neben mich, für meinen Geschmack allerdings ein paar Zentimeter zu nah. Ich lehnte mich zurück, um etwas mehr Abstand zwischen uns zu schaffen. Mavkel ordnete seine schwere Kleidung und schien mein Unbehagen gar nicht zu bemerken. Ich wich noch etwas weiter zurück und sah zu, wie es etwa zehn Lagen von Thermopullovern und Wollschals neu arrangierte.

»Joss-Partner wird den Ältestenrat nicht informieren, wo Mavkel ist?«, fragte es. Sein erster Mund kräuselte sich ängstlich.

Irgendwie hatte ich das Gefühl, dass Joss-Partner den Ältestenrat gar nicht erst informieren musste. Dafür würden schon Johnny Oberschnüffler und Mavkels Code-Strip sorgen.

»Nein. Ich sage ihnen nichts.«

»Das ist gut. Mavkel wird Joss-Partner jetzt den Gedankenwürfel zeigen«, sang es.

Mavkel war sichtlich aufgeregt und summte kleine zweistimmige Tonleitern vor sich hin, als es den schwarzen Würfel vor sich auf den Boden setzte.

»Der Würfel setzt Erinnerungen frei«, sang Mavkel und tippte sich dabei mit einer Hand gegen die Stirn. »Er macht sie sichtbar, wie in einem … Vid?« Es schaute mich fragend an, ob dies das richtige Wort sei. Ich nickte ihm aufmunternd zu.

»Mavkel zeigt es Joss-Partner.«

Es beugte sich vor, bis der Würfel nur noch wenige Zentimeter von seinem Gesicht entfernt war. Sein schützendes zweites Augenlid klappte auf und Mavkel starrte auf die Oberfläche des Würfels. Der matte Würfel veränderte seine Farbe, bis er nass glänzend aussah. Dann stieg ein kleines rauchfarbenes Wölkchen auf und verwandelte sich wenige Zentimeter über dem Würfel in ein Bild. Man sah ein winziges Mavkel vor einem ebenso winzigen Refmol und einem – ebenfalls winzigen – mürrisch dreinblickenden Regierungsvertreter stehen. Refmol hüpfte auf der Stelle auf und ab.

Neben mir machte Mavkel ein Geräusch, als ob es lachte. Es klang wie indische Musik, rhythmisch und zugleich disharmonisch.

»Joss-Partner kann sehen, wie Mavkel gerade menschliche Laute lernt. Sehr kompliziert. Es ist schwierig, eure Laute zu erlernen.«

Die Wolke über dem Würfel wurde dichter und ein weiteres Bild erschien. Mavkel presste seinen ersten Mund zusammen und legte seine Ohren flach an den Kopf. Die nächste Erinnerung war offenbar nicht zum Lachen.

Ich starrte gebannt auf die Wolke. Vor mir spielte sich die Szene ab, in der Mavkel mich als Partner gewählt hatte. Es war seltsam nun eine winzige Wiederholung der Zeremonie aus Mavkels Sicht zu sehen.

Zuerst erkannte ich mich selbst beim Gescanntwerden. Plötzlich begannen die vier Mitglieder des Ältestenrats aufgeregt auf und ab zu hüpfen. Wild gestikulierend bewegten sie sich aufeinander zu und schienen sich kurz zu beraten. Dann hielten sie inne und konzentrierten sich.

»Der Ältestenrat hat mich noch einmal gescannt!«, sagte ich, als ich ihre Haltung erkannte. Mavkel nickte und warf mir einen kurzen Blick zu. Das Bild verschwamm wieder.

Während der Zeremonie hatte ich gar nicht bemerkt, dass ich ein zweites Mal gescannt wurde! Das musste diese plötzlichen Schmerzen ausgelöst haben, durch die ich ohnmächtig geworden war. Mavkel konzentrierte sich wieder auf den Würfel. Eine neue Rauchwolke stieg auf.

Ich sah, wie ich selbst in Ohnmacht fiel und wie Mavkel mich auffing. Die übrigen Chorianer kamen auf uns zugeeilt, aber es streckte seine andere Hand aus und hielt sie zurück. Also war es tatsächlich Mavkel gewesen, das mich von diesem dumpfen Druck befreit hatte, der sich schmerzlich in meinen Kopf grub.

»Warum haben sie mich noch einmal gescannt? Wussten sie nicht, dass es mir wehtun würde?«, fragte ich.

Mavkel richtete sich wieder auf. Sofort löste sich die winzige Szene auf und der Würfel nahm wieder seine ursprüngliche mattschwarze Farbe an. Mavkel zuckte heftig mit den Ohren und warf einen flüchtigen Blick über die Schulter – fast so, als habe es Angst, dass uns jemand belauschte.

»Joss-Partner hat Resonanz«, sagte es leise. »Die Ältesten haben es nachgeprüft. Aber sie sind zu tief gegangen.«

»Was heißt das, Resonanz? Ich verstehe dich nicht.«

Mavkel federte sanft auf den Zehenspitzen auf und ab und stieß ein unmelodisches Durcheinander aus dissonanten Tönen aus, die traurig und enttäuscht klangen. Wir sahen uns an. Plötzlich verbarg es seine Augen unter seinen milchigen zweiten Augenlidern. Kontakt beendet? Offensichtlich nicht, denn es nahm den Gedankenwürfel und stellte ihn vor mich hin.

»Der Gedankenwürfel ist für Joss-Partner. Mavkel hat von eurem Brauch gehört, sich Geschenke zu machen.«

Das traf mich mitten in mein elendes kleines Schnüfflerherz. Fast meinte ich Louise zu hören, die mir sagte, dass ich mich entschuldigen sollte.

»Es tut mir Leid, dass ich mir deine Sachen angeschaut habe«, sagte ich. »Ich wollte einfach etwas mehr über dich erfahren.«

»Mavkel hat auch die Bedeutung von Entschuldigungen gelernt. Eine Entschuldigung ist hier aber nicht angebracht.« Es räusperte sich.

»Joss-Partner und Mavkel sind jetzt ein Paar. Vor dem Feuer waren Mavkel und Kelmav ein Paar. Jetzt sind es Mavkel und Joss-Partner.«

»Tut mir trotzdem Leid, dass ich die Box geöffnet habe.«

Mavkel wippte sanft auf und ab.

»Nein. Es ist keine Entschuldigung nötig«, sagte es und schob mir den Gedankenwürfel hin.

Der Computer unterbrach uns.

»Joss, du hast ’ne Nachricht von Diana Rosso-Pike. Sie ist ein hohes Tier im Auswärtigen Amt. Scheint ziemlich aufgeregt zu sein und will nicht auflegen. Außerdem kommen ein paar Leute mit einem Mastercode auf die Suite zu.«

Okay, jetzt hatten wir ein Problem …

»Probier es aus«, sang Mavkel und schob mir den Gedankenwürfel zu. »Joss-Partner muss versuchen, Bilder entstehen zu lassen.«

»Hast du die Nachricht nicht gehört? Ich wette, dein gesamter Ältestenrat wird hier gleich aufkreuzen!«

»Die Ältesten kommen?« Mavkel streichelte behutsam über den Würfel und steckte ihn dann in eine seiner Taschen. »Joss-Partner muss es später versuchen«, sang es mit flach an den Kopf gelegten Ohren.

Was hatte es nur mit diesem Würfel auf sich? Mavkel benahm sich, als hätte er die Wirkung irgendeiner Glücksdroge oder so.

»Vielleicht interessiert es euch«, dröhnte die Computerstimme, »dass Professor Camden-Stone, die Ältesten Gohjec und Jecgoh, Chanter Refmol und Sergeant Vaughn in fünf Sekunden durch eure Eingangstür spazieren.«

»Danke«, sagte ich trocken. »Komm, Mavkel. Gehen wir besser hin und sagen Hallo.«

»Refmol kommt?«, fragte es.

»Bingo«, antwortete der Computer.

Mavkels Ohren gerieten in Bewegung. Erleichterung

oder Angst? Die Ohren der Chorianer verrieten ja angeblich viel über ihre Gefühle.

Ich packte Mavkel am Arm und zog es aus dem Zimmer. Wir waren gerade in der Mitte des sechseckigen Wohnraums angekommen, als auch schon die Tür aufglitt.

»Sag lieber nichts«, flüsterte ich. »Sei einfach kühl und gelassen.«

Mavkel begann zu zittern.

»So?«, flüsterte es zurück.

»Nein, ich meine, tu so, als sei nichts passiert.«

Mavkel stellte das Zittern wieder ein.

»*So tun* hcißt so viel wie heucheln?«, fragte es.

Ich nickte.

Und da waren sie auch schon – unsere ersten, gleichwohl ungeladenen Gäste.

Ich verstand nichts von dem, was die Chorianer sagten, denn Camden-Stones Stimme übertönte sie laut und deutlich.

»Was glauben Sie eigentlich, was Sie hier tun, Aaronson?«, brüllte er.

Die Chorianer verstummten augenblicklich. Sie ignorierten Mavkel, aber ihre Ohren ragten senkrecht in die Luft. Waren sie verärgert oder besorgt? Dieser Ohrentheorie musste ich baldmöglichst auf den Grund gehen. Refmol wirkte nicht so aufgeregt, wahrscheinlich hatten sie ihn als eine Art Vermittler mitgebracht.

»Mavkel ist ohne Erlaubnis weggegangen. Dann finden wir heraus, dass es bei Ihnen ist! Also, was schließen wir daraus?«, fragte Camden-Stone. Auf welche Stimmungslage sein hochroter Kopf schließen ließ, wusste ich auch ohne ein Diplom in Körpersprache.

Refmol beugte sich zu mir vor. Seine Ohren zuckten, während die übrigen Chorianer einen schrecklich disharmonischen Singsang anstimmten, der mit Sicherheit nichts Positives ausdrücken sollte.

»Mavkel hat die Anweisungen der Ältesten nicht befolgt. Das kann zu einem Verweis führen«, sang Refmol leise.

Warum sagte Refmol *mir* das? Ich musterte sein Gesicht, aber das war Zeitverschwendung. Es verzog keine Miene. Auch die Ohren des Chanters befanden sich auf neutralem Halbmast.

Ich schluckte. Ich musste unbedingt verhindern, dass Mavkel vom Institut verwiesen wurde. Diese Partnerschaft war schließlich das Einzige, was mir Camden-Stone in nächster Zeit vom Hals hielt. Außerdem genoss ich es auch irgendwie im Rampenlicht zu stehen. Dieses ganze Tamtam, das die Partnerschaft mit einem Chorian brachte, kam mir gar nicht ungelegen. Im Augenblick war es aber wahrscheinlich besser, die Reumütige zu mimen.

»Es tut mir Leid, Sir«, sagte ich daher laut. »Es ist mein Fehler, dass Mavkel ohne Erlaubnis weggegangen ist.«

Die Chorianer blickten nervös zwischen meinem Prof und mir hin und her, sagten aber kein Wort.

»Ich habe Mavkel gebeten, schon früher als vereinbart zu mir zu kommen«, erklärte ich.

Refmol hob seine Ohren und warf Mavkel einen entschuldigenden Blick zu. Ich hatte also richtig gehandelt, auch wenn das arme Mavkel völlig verwirrt wirkte. Es öffnete protestierend seinen Mund, aber Refmol zuckte kurz mit den Ohren. Mavkel verstand.

Camden-Stone nickte befriedigt.

»Das habe ich mir schon gedacht«, knurrte er und verbeugte sich vor den Chorianern. »Es ist nicht Mavkels Fehler, sondern der von Kadett Aaronson. Verstehen Sie jetzt, dass Aaronson keine gute Wahl als Partnerin ist? Ich hoffe, Sie nehmen meine aufrichtige Entschuldigung an. Aaronson wird natürlich dafür diszipliniert werden.«

Tja, damit hatte ich Camden-Stone also zu einem erfolgreichen Tag verholfen. Er hatte nicht nur *Recht*, er durfte mich auch noch bestrafen. Sein liebstes Hobby.

Refmol machte einen Schritt vorwärts. »Refmol sieht, dass dieses neue Paar das Bedürfnis hat, möglichst schnell zusammen zu sein.« Es verbeugte sich vor mir. »Das zeigt, dass Mavkel richtig gewählt hat. Vielleicht sollte das nicht bestraft werden. Schließlich stellt diese Partnerschaft eine Brücke zwischen unseren Völkern und Kenntnissen dar.«

Die Ältesten gaben singend ihre Zustimmung. Kein Wunder, dass Mavkel Refmol mochte. Der war wohl echt in Ordnung. Aber Camden-Stone gab sich nicht so leicht geschlagen.

»In unserer Kultur muss jemand, der etwas falsch gemacht hat, auch die Konsequenzen tragen«, sagte er und sah mich durchdringend an. »Stimmt's, Aaronson?«

Refmol hob beschwichtigend die Arme. »Genau wie in unserer Kultur«, sagte es. »Dennoch hat dieses neue Paar nur dem Gesetz der Natur gehorcht: Die zwei gehören zusammen. Und sie haben niemandem geschadet. Vielleicht hat das neue Paar ja Recht. Es ist Zeit, dass sie zusammenkommen. Das Universum richtet sich nicht nach unseren Zeitvorstellungen oder unseren Absichten.«

Keine Frage: Refmol wusste, was es wollte. Tja, Pech für den alten Camden-Stone, denn gegen den weisen Chorian konnte er einpacken. Sein verbissener Gesichtsausdruck sprach Bände.

»Sie haben mich überredet, Refmol. Kadett Aaronson und Kadett Mavkel haben hiermit offiziell ihre Partnerschaft begonnen. Vergessen wir diesen Zwischenfall.«

Refmol verbeugte sich erneut. Mavkels Ohren richteten sich wieder etwas auf. Wir waren entlastet.

»Der offizielle Empfang für Mavkel findet morgen Früh vor der Einführungsvorlesung statt«, sagte Camden-Stone zu Mavkel und mir. »Sie beide sollten jetzt die Gelegenheit nutzen, sich ein wenig kennen zu lernen und in Ihrem Quartier einzugewöhnen. Ich werde Mavkel morgen offiziell dem Rest der Klasse vorstellen. Und es wäre sicher nicht falsch, wenn Sie bis dahin in Ihren Räumlichkeiten blieben.«

Klartext: Unterstehen Sie sich, das Apartment zu verlassen, bevor ich Begleitschutz für Mavkel organisiert habe.

»Diana Rosso-Pike ist immer noch online. Sie will auch ihren Senf dazugeben«, meldete sich der Computer.

Camden-Stone warf dem Computer einen leicht irritierten Blick zu. »Ich kümmere mich darum.«

Ich konnte mir ein Grinsen nicht verkneifen. Nicht schlecht, Level 10.

Während Camden-Stone Rosso-Pike beruhigte, entschuldigte sich Mavkel summend bei den Chorianern. Die sangen jedoch bereits wieder in den schrägsten Tönen durcheinander und beachteten es gar nicht. Ich verdrehte die Augen. Was für ein Irrenhaus! Da berührte Refmol meinen Arm.

»Refmol hat die Resonanz gespürt«, sang es. »Das Universum ist für das Zusammenkommen unserer beiden Völker bereit und Refmol hat gelobt, dabei zu helfen.«

Diese immer neuen kryptischen Botschaften machten mich ganz verrückt. Doch gerade, als ich nachfragen wollte, was das nun wieder bedeutete, rief ihn Gohjec zu sich. Na, wunderbar! Wieder ein Rätsel mehr – ich hatte ja sonst den vollen Durchblick!

Nach einigen Verbeugungen und aufgeregtem Singsang verließen sie schließlich allesamt die Suite. Mavkel und ich waren wieder allein.

»Das war knapp«, sagte ich und ließ mich erschöpft auf einen Stuhl fallen.

Mavkel streichelte flüchtig meinen Arm. »Mavkel dankt Joss-Partner.«

»Ich glaube, wir sollten beide Refmol danken«, sagte ich und zog meinen Arm aus Mavkels Reichweite. »Okay, ich packe jetzt erst mal meine Sachen aus. Wir sehen uns später.«

Ich hob meine Jacke auf. Mavkel folgte mir.

»Will Joss-Partner jetzt den Würfel ausprobieren?«, fragte es und hielt mir den Gedankenwürfel auf seiner ausgestreckten Hand hin.

»Nein, jetzt nicht. Ich will zuerst auspacken. Das solltest

du auch«, sagte ich, ging in mein Zimmer und tastete nach dem Türsensor. »Wir können später etwas zusammen unternehmen.« Mavkel begann eine leise, seltsam monotone Melodie zu summen. Seine Ohren fielen in sich zusammen, bis sie wie schlaffe Schweineschwänzchen aussahen. Meine Hand fand den Sensor und die Tür schloss sich zwischen uns. Ich lehnte meine Stirn an den kühlen Gipskarton und rollte meinen Kopf langsam zur Seite, bis mein Ohr an der Tür lag. Auf der anderen Seite summte Mavkel noch immer traurig vor sich hin. Das einsame Geräusch zerrte an meinen Nerven wie ein Alarm, den niemand abschaltet.

Ich streckte noch einmal die Hand nach dem Sensorfeld aus, ließ sie aber wieder sinken. Ich musste Mavkel jetzt draußen lassen – ich musste überhaupt *alles* draußen lassen und ein wenig allein sein. Ich ließ meine Jacke aufs Bett fallen und suchte sämtliche Taschen durch, bis ich meine Mundharmonika fand.

Wenn ich den Blues spiele, vergesse ich die restliche Welt. Ich folge einfach der Melodie, bis sie meinen Kopf ganz ausfüllt. Kein trauriges Summen mehr. Keine weiteren unbeantworteten Fragen. Kein Camden-Stone. Die Harp füllt alle Leerstellen aus.

Ich streckte mich auf dem Bett aus und blies einige Tonfolgen, rau und hart, wie bei einem Blues-Solo. Ich wechselte von einem A auf ein As und ließ den Ton durch meine Knochen vibrieren. Es war der Anfang des Duetts, das ich zurzeit schrieb. Die Grundidee war einfach die, dass sich zwei Melodielinien ineinander flochten wie beim zweistimmigen Gesang der Chorianer. Ich wollte das Duett sogar den »Chorian Blues« nennen, bis diese blöde Band mit dem sommersprossigen Sänger den Titel für einen ihrer Popsongs klaute. Wie ging er doch gleich?

Sei kein Alien für mich, Baby,
sei kein Alien,
sei kein Alien für mich, Baby,
weil Aliens keine Lippen haben.

Was für ein Müll – und ein Blues war es auch nicht. Schließlich hatte ich mich für einen anderen Namen entschieden. Ich nannte mein Duett den »Dogstar Blues«. Gar nicht schlecht, wenn ich das mal so sagen darf.

Die Band in der *Buzz Bar* hat mir schon versprochen den »Dogstar Blues« mit mir zu spielen, wenn er fertig ist. Ich habe sogar schon Jonas, den Altsaxofonisten, überredet, dass er die zweite Mundharmonika spielt. Das einzige Problem war jetzt nur noch, dass ich keinen Schluss für das verdammte Stück fand.

Ich spielte den Triller, den ich als Einleitung zum Schlussteil der ersten Stimme gedacht hatte. Es klang gut, doch ich musste den ganzen Song hören, um sicher zu sein, dass er passte. Also fing ich noch mal von vorn an und summte im Kopf den Part der zweiten Stimme mit, um zu sehen, ob es funktionierte.

Plötzlich flog die Tür auf und Mavkel stürzte ins Zimmer. Es stieß einen zweistimmigen Ton aus, der durch meine Melodien schnitt und die Akkorde ruinierte. Ich kam mir vor, als hätte man mich mit kaltem Wasser übergossen.

»Ist Joss-Partner krank?«, rief Mavkel schrill, die Ohren flach am Kopf. »Mavkel ruft Refmol. Refmol wird singen!« Es eilte zu mir und legte seine Hände auf meine Ohren.

»Mir geht's gut«, ächzte ich. »Und hör bitte auf, meine Ohren zu tätscheln!«, fügte ich hinzu und schob seine Hände weg.

»Warum macht Joss-Partner dann Heilklänge?« Mavkel hatte seine zweiten Augenlider hochgeklappt und beäugte genau mein linkes Ohr.

»Ich spiele nur ein bisschen Blues.«

»Was ist Blues?«, sang es. Seine Hände schwebten immer noch in der Nähe meiner Ohren. Mavkel schien nie schnell aufzugeben.

»Eine besondere Art Musik. Hör zu.«

Ich spielte den Refrain des »Dogstar Blues« und machte mich darauf gefasst, seine Hände mit meinen Ellenbogen abzuwehren. Doch das war nicht nötig. Mavkel hatte sich auf den Boden gesetzt und hörte mir ganz ruhig zu.

»Ahhh, in diesem Blues gibt es viele Töne, mit denen Mavkel Gedanken heilt«, sang es, als die letzte Note verklungen war.

»Ihr heilt Menschen durch Musik?«

»Ja, Mavkel und Kelmav waren Chanter. Wofür brauchen Menschen Musik?«

»Für alles Mögliche. Meistens, um Spaß zu haben und zur Entspannung.«

Mavkel setzte sich hin. Ich musste die Ohrensprache der Chorianer nicht verstehen, um zu sehen, dass es entsetzt war.

»Wie heilen die Menschen dann?«

»Wir haben Ärzte, die lernen, wie man heilt. Sie operieren oder verschreiben Medikamente. Solche Sachen.«

»Ärz-te.« Mavkel wiederholte das Wort einige Male. »Ärzte heilen?«

Ich nickte.

»Dann haben Mavkel und Kelmav gelernt, *Ärz-te* zu werden.«

»Du wolltest Arzt werden?«

»Ja. Mavkel und Kelmav lernten die Chants zu singen, bis aus dem Paar ein Einzelnes wurde.«

Ich wollte Mavkel gerade nach Kelmav fragen, da erhob es sich.

»Jetzt ist eine Entschuldigung angebracht, ja? Entschuldige die Störung«, sagte es leise. Die Tür schloss sich hinter ihm.

Warum hatte mir eigentlich keiner gesagt, dass die Chorianer Musik als Medizin einsetzten? Oder dass Mavkel einer ihrer Chanter-Ärzte war? Warum erzählte mir niemand was über Mavkels Vergangenheit? Ich kam mir vor, als irrte ich durch ein Vid-Labyrinth ohne Hilfe-Funktion. Ich klopfte meine Mundharmonika aus und schob sie in ihre Hülle zurück. Vielleicht fand ich ja in den Dateien, die ich heruntergeladen hatte, weitere Informationen. Ich zog den Reader aus meiner Manteltasche.

Es war höchste Zeit, mit der Recherche zu beginnen.

8

Am nächsten Morgen war ich total erledigt. Geschah mir allerdings ganz recht, warum hatte ich auch bis vier Uhr lesen müssen? Aber immerhin hatte ich einige sehr interessante Artikel und Interviews über Camden-Stone und Sunawa-Harrod gefunden.

Zuerst stieß ich auf einen zwanzig Jahre alten Netnews-Artikel, der über eine schreckliche Explosion an der Universität berichtete. Bei einem Experiment war ein Student aus den oberen Semestern, namens Joseph Camden-Stone, schwer verletzt worden. Sein Freund Daniel Sunawa-Harrod hatte ihn aus dem brennenden Labor gezogen und ihm so das Leben gerettet. Es hieß, dass Camden-Stone schwere Gesichts- und Kopfverletzungen erlitten hätte und sich in einem kritischen Zustand befände.

Vielleicht war das ja die Erklärung für Camden-Stones seltsamen Mund. Total rekonstruiert.

Dann fand ich ungefähr dreißig Artikel, die berichteten, wie Daniel Sunawa-Harrod an den Ort des Unglücks zurückgekommen war und das Zeitkontinuum-Feld entdeckt hatte. Fünfzig weitere Artikel handelten von seinem Nobel-Takahini-Preis und Sunawa-Harrods Leitung des neu gegründeten Instituts für neohistorische Studien. Die meisten davon überging ich, da ich die Geschichte unseres Instituts bereits in den Einführungskursen eingetrichtert bekommen hatte.

Schließlich öffnete ich die interessanteste Datei: ein dreiteiliges Vid-Interview mit Sunawa-Harrod, das vor fünfzehn Jahren aufgezeichnet worden war.

Das Interview führte eine Frau namens Joanna Tyrrell-Combes. Sie sah aus wie Ingrids große Schwester: eine Hochglanzblondine mit üppigen Kurven und noch üppigeren Lippen. Sie war damals sicherlich eine ziemlich bekannte Journalistin, doch ich hatte noch nie von ihr gehört. Sunawa-Harrod saß ihr in einem hellgrauen Anzug gegenüber, den irgendein Designer seinerzeit wohl für das Modell »seriöse Wissenschaft« oder so gehalten hatte. Joannas riesiger Mund lächelte unentwegt.

Sunawa-Harrod sah deutlich jünger aus als auf dem Hologramm in Camden-Stones Büro. Er schien zwar müde zu sein, strahlte aber dennoch viel Energie und Zuversicht aus. Der größte Teil des Interviews war allerdings ziemlich langweilig und ich konnte meine Augen kaum noch offen halten. Ich hatte schon beschlossen, den Computer abzustellen, als ich auf eine merkwürdige Stelle stieß. Mit einem Schlag war ich wieder hellwach: Sunawa-Harrod hatte gelogen.

»Wie wir alle wissen«, sagte Joanna Tyrrell-Combes, »führte der schlimme Unfall, bei dem Joseph Camden-Stone so schwer verletzt wurde, dazu, dass Sie das Zeitkontinuum-Feld entdeckten.«

Sunawa-Harrod nickte vorsichtig. Er war auf der Hut.

»Ja, eines meiner Fusionsexperimente ging schief«, murmelte er.

Joanna beugte sich zu ihm vor. Sie lächelte, aber ihr Blick nagelte ihr Gegenüber quasi fest. Ich kannte Ingrid in der gleichen Pose. Flucht ausgeschlossen.

»*Ihr* Experiment? In meinen Unterlagen steht, dass es Dr. Camden-Stones Experiment war, das zu der Explosion führte.«

Sunawa-Harrods Augen flackerten kurz. Er zuckte nervös mit den Füßen. Ingrid sagt immer: Wenn sie mit den Füßen scharren, glauben ihnen nur die Narren …

»Nein«, entgegnete Sunawa-Harrod kühl. »*Ich* habe das Experiment geleitet. Der arme Joseph assistierte mir lediglich.«

Plötzlich warf Joanna jemandem neben oder hinter der Kamera einen Blick zu. Sie runzelte kurz die Stirn, wechselte dann aber das Thema.

Für mich bestand kein Zweifel: Sunawa-Harrod hatte gelogen. Allerdings schien es mir auch kein *so* wichtiges Detail zu sein, welcher von beiden nun das Experiment geleitet hatte. Doch meine Müdigkeit war verflogen und ich beschloss, auch noch den zweiten Teil des Interviews anzuschauen, der eine Woche später aufgezeichnet worden war.

Joanna Tyrrell-Combes war verschwunden. Man hatte sie durch einen langweiligen Typ ersetzt, der seine Fragen ganz offensichtlich von einem Teleprompter ablas. Was war nur mit Joanna geschehen? Auch der dritte Teil des Interviews wurde nicht von ihr geführt. Merkwürdig!

Also trottete ich um halb drei Uhr morgens zu meiner

Konsole und sah in den Archiven nach. Ergebnis: Nach dem Interview mit Sunawa-Harrod ging es mit Joanna Tyrrell-Combes' Karriere steil bergab. Sie führte keine Interviews mehr und durfte nur noch irgendwelche Naturdokus moderieren.

Hoffentlich meldete sich bald ein Spyder bei mir. Jede Faser meines Körpers sagte mir, dass an dieser Sache irgendetwas faul war.

Ich war noch bei meinem ersten Kaffee, als Mavkels vier Bodyguards anmarschiert kamen, um uns zum Hörsaal zu bringen. Gar nicht übel, dachte ich anerkennend, während ich sie eingehend musterte. Alle vier hätten ganz gute Chancen bei der Wahl zum Mister Universum gehabt. Ganz abgesehen von dem optischen Vergnügen befreiten mich ihre breiten Schultern ein wenig von der Sorge um Mavkel: Fünf Augenpaare würden einen Killer leichter erkennen als eines. Allerdings meinte Lenny ohnehin, dass Suka jetzt noch nicht zuschlagen würde.

Das Institut für neohistorische Studien ist das einzige Institut, an dem keine Net-Studenten eingeschrieben sind. Alle müssen auf dem Campus sein und der größte Teil der Lehre findet in altmodischen Seminaren und Vorlesungen statt. Laut Camden-Stone führt das zu engeren Partnerschaften und mehr Kameradschaft.

Flankiert von den Bodyguards marschierten wir durch

die weiten Gänge von P 3. Mavkel war sehr still. Es ließ die Ohren hängen und hatte seine zweiten Augenlider geschlossen. Es beugte sich immer näher zu mir herüber, aber ich wich immer weiter zur Seite, bis ich mit dem Bodyguard neben mir zusammenstieß. Er wirbelte instinktiv herum und richtete seine Pistole auf mich.

»Immer langsam. Sie scheinen ein bisschen nervös zu sein«, sagte ich und hielt die Hände hoch.

Mr Universum ließ die Waffe sinken.

»Ich *muss* nervös sein. Das ist Befehl«, sagte er lächelnd.

»Glauben Sie wirklich, dass Mavkel ernsthaft in Gefahr ist?«, fragte ich.

Er zuckte die Achseln und musterte eine Gruppe Studenten, die Mavkel groß anstarrten, als wir vorbeigingen.

»Hier gibt's jede Menge Verrückte. Man weiß nie, ob eine Morddrohung ernst gemeint ist oder nur ein dummer Scherz.«

Mavkel stieß ein rasselndes Geräusch aus und seine Ohren begannen wie wild hin und her zu schlagen. Das pillengebräunte Gesicht von Mister Universum lief dunkelrot an.

»Ihrem Freund wird nichts passieren«, sagte er schnell.

Er wandte sich Mavkel zu. »Keine Sorge, Kleiner, wir passen schon auf dich auf.«

Mavkel verbeugte sich.

»Es ist dem Paar eine große Ehre«, sagte es.

»Könnte ich auch ein Ziel sein?«, fragte ich leise.

Der Leibwächter zögerte und blickte sich verunsichert um.

»Kommen Sie schon, ich hab ein Recht, das zu wissen«, drängte ich.

»Nein, man hält Sie nicht wirklich für ein Ziel. Wir sind

hier wegen des Schlapp… ich meine, wegen Ihres Freundes. Ich glaube, Sie selbst sind mehr oder weniger austauschbar.«

»Danke für das Kompliment«, gab ich zurück.

Er lachte. »Besser lebendig, als was Besonderes und tot.«

Nicht schlecht. Irgendwie gefiel mir der Typ.

»Hey, wie heißen Sie eigentlich?«, fragte ich ihn – doch zu spät, wir waren bereits am Hörsaal angekommen, wo das Begrüßungskomitee schon auf uns wartete. An der Spitze Camden-Stone, der demonstrativ auf seine Uhr schaute. Ich musterte kurz sein Gesicht. Wer auch immer es wieder zusammengeflickt hatte – er hatte gute Arbeit geleistet.

Als wir den Eingang erreichten, merkte ich, dass sich Mavkel neben mir anspannte. Ich konnte ihn nur zu gut verstehen. Nachdem ich durch insgesamt zwölf Schulen gegangen war, wusste ich, was es bedeutete, zum ersten Mal ein neues Klassenzimmer zu betreten. Die ersten paar Minuten waren immer der schiere Horror. Alle Blicke richten sich auf dich, taxierend, prüfend, richtend. Vor einigen Jahren, als ich neu an so einem Eliteinternat war, zeigte ich ihnen gleich am ersten Tag den Finger, drehte mich auf dem Absatz um und ging wieder. Es war mit Abstand der kürzeste Aufenthalt eines Schülers, den es dort je gegeben hatte.

Die Leibwächter stellten sich im Hintergrund in einer Reihe auf, während Camden-Stone und Refmol uns langsam entgegenkamen. Einen Moment lang dachte ich, Refmol hätte mir zugezwinkert, aber vielleicht versuchte es auch nur, sein opakes Augenlid auf das veränderte Licht einzustellen.

»Danke, Sergeant Wolfendon. Ich hätte gerne, dass einer Ihrer Leute mit in den Hörsaal kommt, während die anderen hier draußen ihre Posten einnehmen«, sagte Camden-Stone.

Er schob mich zur Tür.

»Aaronson, Sie und Mavkel nehmen die beiden leeren Sitze in der ersten Reihe. Wir sind ein bisschen spät dran.«

Mavkel folgte so dicht hinter mir, dass seine Füße gegen meine Fersen stießen. Es summte den gleichen monotonen Ton wie gestern Abend – einen ängstlichen Ton.

»Denk dran, einfach cool sein«, flüsterte ich.

Das Summen hörte auf.

»Wieder heucheln?«, flüsterte es zurück, seinen Atem an meinem Ohr. Ich nickte.

»Du heuchelst ziemlich oft, nicht?«

Nicht schlecht, Partner, aber du durchschaust mich noch lange nicht. Im Augenblick tat ich zum Beispiel gerade so, als bemerkte ich Chaney nicht. Er fixierte mich und kicherte über irgendetwas, was Jorel ihm gerade ins Ohr flüsterte. Tonio saß eine Reihe hinter ihnen und winkte mir kurz zu. Sara saß neben ihm und lächelte nervös.

In der ersten Reihe hatten die Professoren und Dozenten Platz genommen – in voller akademischer Kluft, versteht sich, mit Talaren, flachen Hüten und allem. Hartpury saß neben Lindon. Sie nagte verlegen an ihrer Unterlippe. Wäre mir auch peinlich, wenn ich so einen bescheuerten schwarzen Karton auf dem Kopf tragen müsste.

Während wir durch den voll besetzten Hörsaal nach vorne gingen, ließ ich meinen Blick durch die Reihen wandern. So viele unbekannte Gesichter, die uns anstarrten. Dort hinten war ja Kyle Sandrall! Er nickte mir zu. Unter den Studenten des vierten Jahres entdeckte ich Lisa. Sie hielt eine Hand mit erhobenem Daumen in meine Richtung, bis Derry sie hinunterdrückte und auf Camden-Stone deutete.

Ich führte Mavkel zu den beiden leeren Plätzen in der ersten Reihe. *Wir sind ganz Ohr, Professor!*

»Heute ist der offizielle Beginn des akademischen Jahres«, begann Camden-Stone auch sogleich seine Begrüßung. »Wie Sie alle bereits wissen, bringt uns dieses Jahr viele Veränderungen. Zwei Partnerschaften von großer historischer Bedeutung wurden eingegangen. Zunächst eine Partnerschaft zwischen Joss Aaronson und Mavkel, unserem ersten Chorian-Studenten.«

Er machte eine Geste in unsere Richtung. Mavkel sah mich an; jeder Quadratzentimeter seiner Ohren drückte Widerwillen aus. Wir dachten offenbar das Gleiche.

»Was muss Mavkel jetzt heucheln?«, fragte es leise.

»Einfach lächeln«, flüsterte ich.

Als wir aufstanden und uns zu den anderen umdrehten, fragte ich mich, ob der Rest der Menschheit wohl für Mavkels Stereolächeln bereit wäre. Immerhin – der Applaus folgte mit nur kurzer Verzögerung. Chaney verzog angewidert das Gesicht, bis ihm Camden-Stone einen vernichtenden Blick zuwarf. Mavkel und ich setzten uns wieder.

»Ich bin sicher, dass Sie alle mit mir zusammen Mavkel freundlich willkommen heißen und wünschen, dass es schon bald Teil unserer Institutsfamilie wird«, sagte Camden-Stone mit einem Seitenblick auf Chaney.

»Wir haben auch noch eine weitere Partnerschaft zu feiern«, fuhr er nach einer kurzen Pause fort. »Die Partnerschaft zwischen Erde und Choria. Durch diese Partnerschaft können wir unsere wissenschaftlichen Erkenntnisse und Technologien austauschen – und unser Institut wird dabei weltweit Vorreiter sein. Neben mir steht Chanter Refmol, der offizielle Botschafter von Choria. Chanter Refmol wird unser Projekt beobachten und Mavkel bei seiner Integration unterstützen. Bitte helfen Sie alle mit, dass sich Chanter Refmol hier gut aufgenommen fühlt.«

Refmol würde also erst einmal eine Weile hier bleiben. Das freute Mavkel garantiert. Ich stand gemeinsam mit den anderen auf und wir klatschten.

Refmol verbeugte sich und ging dann zum Rednerpult, was Camden-Stone offenbar überraschte. Er machte ihm verlegen Platz und deutete dem Auditorium an, sich wieder zu setzen.

»Refmol dankt dem Institut für die Begrüßung. Choria freut sich über die Partnerschaft mit der Erde und sieht viele Gemeinsamkeiten. Vor unserem Kontakt mit Ihnen hat Choria schon viele andere Völker besucht. Wir besuchten zum Beispiel ein Volk, dessen Zeitbegriff sich gänzlich von dem Chorias und der Erde unterschied. Ein anderes bewegte sich nicht so im Raum wie wir. Aber Choria und die Erde haben vieles gemeinsam. Jemanden gefunden zu haben, der das Universum ähnlich wie wir versteht, ist wie das Zusammenfinden eines Paares.«

Alle klatschten und Refmol verbeugte sich.

»Vielen Dank, Chanter Refmol«, sagte Camden-Stone. Er räusperte sich und senkte dann seine Stimme. »Leider habe ich auch eine schlechte Nachricht. Der Gründer unseres Instituts, Professor Daniel Sunawa-Harrod, ist schwer erkrankt. Ich habe gerade gehört, dass sich sein Zustand weiter verschlechtert hat. Ich bin mir sicher, dass Sie alle mit mir auf seine baldige Genesung hoffen.«

Das Video von Sunawa-Harrod ging mir durch den Kopf. Eigentlich kannte ich ihn ja gar nicht, aber trotzdem stimmte es mich irgendwie traurig, dass es ihm so schlecht ging. Schließlich war er derjenige gewesen, der das Zeitspringen erst ermöglicht hatte. Camden-Stone schien die Nachricht von der Verschlechterung seines Zustands sehr nahe zu gehen. Vielleicht hatte Joanna Tyrrell-Combes ja auch Unrecht gehabt und es gab gar keine Verschwörung. Andererseits hatte sie nach jenem ersten Interview sofort ihren Job verloren …

»Nun, es ist Zeit, an die Arbeit zu gehen«, sagte Camden-Stone. »Würden die Studenten des ersten Jahres bitte sitzen bleiben, damit wir gleich mit der Einführung beginnen können? Alle anderen möchte ich auffordern in ihre Seminare und Vorlesungen zu gehen. Ich wünsche allen – Lehrenden und Studierenden – ein erfolgreiches Jahr.«

Die einzelnen Klassen standen auf und gingen zur Tür. Lisa kämpfte sich zu uns durch, Derry im Schlepptau.

»Hi, Joss. Ich würde sehr gerne deinen Partner kennen lernen«, sagte Lisa. Derry blieb etwas abseits stehen und beobachtete nervös den Bodyguard am Eingang. Feigling.

Lisa lächelte Mavkel an, das sich verbeugte.

»Es ist eine Ehre für Mavkel, von dir und deinen Ahnen zu lernen«, sang es.

»Die Ehre ist ganz meinerseits«, gab Lisa zurück. Ihre Höflichkeit gefiel Mavkel, seine Ohren hoben sich sofort. Lisa hatte sich also bereits über die Chorianer informiert. Eine Gleichgesinnte.

»Komm schon, Lis, wir müssen los«, drängte Derry.

Lisa nickte und legte ihm beruhigend eine Hand auf den Arm. Neben ihrem Partner wirkte sie ziemlich winzig, hatte aber zehnmal mehr Ausstrahlung als er. Und offenbar auch zehnmal mehr Mumm.

»Okay. Bin gleich so weit.« Sie wandte sich noch einmal Mavkel zu. »Ich hoffe, bald das Vergnügen zu haben, mich mit dir unterhalten zu dürfen. Ich interessiere mich sehr für eure Kultur.«

Mavkel verbeugte sich abermals.

»Dieses Paar freut sich schon auf das Treffen.«

Derry zog Lisa zu der Schlange von Leuten, die sich vor dem Ausgang drängten. Sie sah über ihre Schulter zu uns zurück, bis ihr ein Typ aus dem vierten Jahr die Sicht nahm.

»Scheint so, als hättest du gerade eine neue Freundin gewonnen«, sagte ich.

Mavkels Ohren antworteten mit einem zustimmenden Zucken. Er beobachtete aufmerksam, wie die Zeitsprung-Studenten den Raum verließen. Die Schlange kam nur langsam voran, da Refmol an der Tür seine PR-Arbeit fortsetzte.

»Warum ist Refmols Double eigentlich nicht hier?«, fragte ich.

»Molref bleibt in Choria«, sagte Mavkel. »Refmol bereist mit dem Ältestenrat andere Welten und Molref bleibt zu Hause und empfängt seine Gedanken. Das Paar ist sehr stark. Chanter haben immer den stärksten Geist.«

»Eure Gedankenverbindung funktioniert also sogar über solche Distanzen«, sagte ich. »Echt unglaublich.«

»Das können nur einige. Nur starke Paare. Aber selbst ein starkes Paar kann den Kontakt verlieren.«

»Was passiert dann?«

»Wenn ein Paar den Kontakt verliert, stirbt es.«

»Aber bei dir war es nicht so.«

»Mavkel ist ein Sonderling«, sagte es rau. »Geburtspaare müssen eigentlich zusammen sterben.«

Ich lehnte mich auf meinem Stuhl zurück und verschränkte die Arme hinter dem Kopf. Vielleicht hatte Hartpury ja Recht. Vielleicht sehnte sich Mavkel nach dem Tod. Jedenfalls schien es ziemlich dicht am Abgrund entlangzubalancieren. Mavkel bürstete mit abgewandtem Gesicht an seiner schweren Jacke herum.

»Die Ältesten hoffen, dass die menschlichen Erkenntnisse über Zeit das Problem lösen können«, sang es schließlich.

»Ich wette, Refmol hofft das auch«, sagte ich.

Mavkel sah zu Refmol hinüber. Es hatte die Studenten verabschiedet und unterhielt sich nun mit Camden-Stone und Hartpury.

»Mavkel hofft das auch.«

»Hey, Aaronson«, unterbrach uns plötzlich Chaney.

Ich drehte mich um. Chaney hatte sich auf den Platz

hinter mir gesetzt und seine Füße gegen meine Lehne gestützt. »Vielleicht kannst du einen Streit beenden. Stimmt es, dass ein Comp seine Ahnenlinie nicht zurückverfolgen kann?«

Auf was wollte er denn jetzt wieder hinaus? Jedes Kind weiß doch, dass die meisten Comps ihren Stammbaum nicht zurückverfolgen können. Das ist einer der Nachteile, wenn man maßgeschneidert wurde. Man hat vielleicht ein Haarfarbe-Gen von Mr A, Hautpigmente von Mr B und IQ-Fähigkeiten von den Künstlern X, Y und Z. Was kommt dabei raus, wenn man das Ganze mit einem Virus zusammenklebt? Ein Migräneanfall für einen Ahnenforscher – wie ihr euch vorstellen könnt.

»Stimmt es, dass du niemals wissen wirst, wer dein Vater ist? Oder sollte ich eher sagen, dein Hauptspender?«, fragte Chaney weiter, starrte währenddessen aber Mavkel an.

Chaney wollte auf irgendetwas Bestimmtes hinaus, aber was?

»Ich bin sicher, dass ich es herausfinden könnte, wenn ich wollte. Aber ich will nicht«, sagte ich vorsichtig.

Neben mir versteifte sich Mavkel, seine Ohren waren steil aufgerichtet, ihre Enden zitterten.

»Warum willst du das wissen?«, fragte ich Chaney.

»Nur interessehalber«, sagte er achselzuckend.

Er hatte klein beigegeben. Hinter mir bat Camden-Stone um Ruhe. Chaney nahm seine Füße von meiner Stuhllehne, grinste sein hämisches Grinsen und eilte gebückt zu seinem Platz neben Jorel zurück.

Mavkel hatte sich seine oberste Jacke eng um den Körper

gezogen und rutschte unruhig auf seinem Platz neben mir hin und her. Plötzlich griff es nach meinem Arm.

»Keine Sorge, Joss-Partner«, sagte es grimmig. »Dein Sulon wird gefunden werden.« Es streichelte meinen Arm mit seinen beiden Daumen. »Mavkel wird dabei helfen, das Sulon zu finden.«

Sulon? Was sollte das nun schon wieder bedeuten?

»Aaronson, beabsichtigen Sie eigentlich den ganzen Morgen mit Mavkel zu plaudern?«, fragte Camden-Stone spitz.

»Nein, Sir«, murmelte ich und setzte mich aufrecht hin. Mavkels Ohren zitterten immer noch.

Als Camden-Stone dann über den Zeitsprung-Kurs zu dozieren begann, vergaß ich das Sulon und Chaneys seltsame Fragen. Erst viel später erkannte ich, wie wichtig diese Fragen für Mavkel gewesen waren – und nicht nur für meinen Partner …

9

Es war Freitag und immer noch hatte sich kein Spyder bei mir gemeldet. Vielleicht war ja der Code, den ich benutzt hatte, nicht mehr gültig. Also rief ich erst mal Lenny an und bat ihn, den Code zu überprüfen. Von den heruntergeladenen Dateien auf dem Reader hatte ich bis jetzt auch nur ein Drittel gelesen. Es war gar nicht so einfach, das noch zwischen meine Kurse und Hausaufgaben zu schieben, zumal Mav dauernd wie ein Schatten um mich herumschwebte. Gut möglich, dass ich ihm mindestens zweimal pro Tag auf die Füße trat, aber das schien ihn nicht weiter zu stören. Er folgte mir sogar in die Toilette, bis ich ihm erklärte, dass dieser Ort privater Meditation vorbehalten sei.

Immer häufiger zog ich mich also in meine »Meditationsbox« zurück, um dort in Ruhe zu lesen. Aber außer den Artikeln über Camden-Stone und Sunawa-Harrod war mir das meiste bereits bekannt. Über die Chorianer fand ich kaum was Brauchbares. Ich hatte nur zwei interessante neue Fakten herausgefunden.

Fakt Nummer eins: Wenn sie angegriffen werden, kann eine Gruppe Chorianer ihre Gedanken vereinigen und den Feind mit einer Art megakräftigen psychischen Gedankenschlag töten. Sie nennen das Rastun.

Fakt Nummer zwei: Chorianer besitzen zwei Gehirne: Riko und Rikun. Das Riko ist sozusagen ihr öffentliches Hirn, das wahrnimmt, was um sie herum so geschieht. Und das Rikun ist das Hirn, das in permanentem Kontakt mit dem Double steht. Dieses Doppelhirn hat auch zur Folge, dass Chorianer nie schlafen müssen. Sie können Teile eines Gehirns abschalten, um es gewissermaßen »aufzuladen«, während sie das andere Hirn benutzen. So ähnlich wie Delfine, deren eine Gehirnhälfte sich ausruht, während sie dank der anderen putzmunter sind.

Fakt Nummer zwei erfuhr ich allerdings nicht aus einer meiner Dateien. Mav erklärte es mir, als ich es um drei Uhr morgens beim Englischlernen antraf. Es lernte gerade, wie man Pronomen gebraucht und nieste sich fast den Kopf vom Hals. Bei jedem Niesen stieg ein kleines Puderwölkchen von seiner Haut auf.

»Bist du krank oder was?«, fragte ich und legte mir meine Bettdecke um die Schultern.

»Ich habe kein Geschlechtspronomen«, sagte Mav.

»Und das bringt dich zum Niesen?«, witzelte ich.

Sein disharmonisches Lachen ging in das Niesen des Jahrhunderts über. Weißes Puder hing in der Luft.

»Ich niese wegen der Kälte«, sang Mav schniefend. Es blinzelte mit seinen zweiten Augenlidern, weil ihm der nächste Nieser schon in der Nase kitzelte.

»Erklär es mir. Du bist eine *Sie*. Stimmt das?«

»Ja. Ich bin weiblich, also bin ich eine *Sie*.«

»Und was bin ich?«, fragte Mav.

Gute Frage.

»Ich nehme an, ein *Es*. Du bist weder das eine noch das andere.«

Mav schüttelte den Kopf.

»Aber ein *Es* ist ein Objekt. Keine Person.«

»Wenn du es so rein technisch sehen willst, stimmt das wohl.«

»Ich bin eine Person – kein Es-Objekt.«

»Okay, dann musst du dir ein Geschlecht aussuchen.«

Mav überdachte das Problem.

»Du bist weiblich. Ein Weibliches paart sich mit einem Männlichen. Ist das korrekt?«

Du lieber Himmel, wo sollte das noch hinführen? Dieses Gespräch könnte ziemlich heikel werden. Ich lehnte mich auf einer der Couchs zurück.

»Die meisten Menschen paaren sich mit dem anderen Geschlecht. Männlich mit weiblich und andersrum. Aber manche paaren sich auch mit dem eigenen Geschlecht. Und manche mit beiden«, sagte ich.

»Also gibt es zwei Geschlechter und zwei Paarungsarten: Gleich und entgegengesetzt?«

»Grundsätzlich schon.«

Mav kam zu mir auf die Couch und rückte mir dabei mal wieder viel zu nah auf die Pelle. Ich rutschte ein Stück von ihm weg und nahm mir vor, ihm unbedingt zu erklären, was es mit dem bei Menschen üblichen persönlichen Freiraum auf sich hatte.

»Wir haben auch viele Paarungsarten«, sagte Mavkel. »Wie paarst du dich? Entgegengesetzt oder gleich?«

»Ich bin mehr der entgegengesetzte Typ.«

»Um die menschliche Dualität zu vervollkommnen, müsste ich also männlich sein. Also gut: Dann bin ich ein *Er.*«

Ich räusperte mich. »Okay, Mav, akzeptiert. Von jetzt an bist du ein *Er.*«

»Wie hast du mich gerade genannt?«

»Mav. Das ist ein Spitzname. Ich dachte nur, dass Mavkel ein bisschen förmlich klingt.«

»Ein Spitzname?«

»Ein Name, den ein Freund für einen anderen Freund gebraucht.«

»Aber wo bleibt Kel in diesem Mav-Namen? Er respektiert den Kel-Anteil nicht!«

»Wenn du nicht willst, dass ich dich Mav nenne, lass ich es einfach sein«, sagte ich achselzuckend.

Mavkel sang den Namen ein paarmal vor sich hin. Er nickte ernst.

»Er ist in Ordnung. Ich habe nach wie vor den Kel-Anteil, aber Kelmav ist ja nicht mehr da. Also bin ich jetzt einfach Mav. Und wie soll ich dich nennen, Joss-Partner?«

»Nenn mich einfach Joss. Das genügt.«

Die einzige Person, die mir jemals einen Spitznamen gegeben hat, war Ingrid. Sie nannte mich etwa zwei Jahre lang Jo-Jo. An das erste Mal kann ich mich noch genau erinnern. Es war an meinem sechsten Geburtstag. Ingrid hatte uns in den Wildlife-Park eingeladen. Wie immer war ihr ganzer Fanclub mit dabei. Zwanzig Leute lagen ihr und dem Geld, das sie verdiente, zu Füßen.

Ich war total außer mir: Diese riesigen Bäume, all die

Tiere, der rote Sand und ein faszinierendes Loch, das ich neben einem alten Baumstumpf gefunden hatte. Natürlich musste ich das sofort näher untersuchen. Also griff ich nach einem Stock in der Nähe. Der Stock erhob sich auf sechs Füße und rannte meinen Arm hinauf. Ich schrie so lange, bis ich fast wegen Sauerstoffmangel umgefallen wäre. Ingrid kam zu mir herübergerannt.

»Alles in Ordnung, Jo-Jo«, sagte sie, zog mich hoch und drückte mich an sich. »Es ist nur ein Insekt. Eine Gespenstheuschrecke.«

Sie beugte sich herunter. Ich klammerte mich weiter an ihrem Nacken fest.

»Sieh mal«, sagte sie und hob das Insekt vorsichtig auf. »Es tut so, als sei es ein Stöckchen, damit die großen Tiere es nicht auffressen.«

Das war wahrscheinlich der letzte Geburtstag, den Ingrid mit mir zusammen feierte. Zwischen sieben und siebzehn verbrachte ich meine Geburtstage in den diversen Internaten, in die sie mich gerade gesteckt hatte. Ingrid schickte mir immer ein Geschenk, konnte aber jedes Mal »den Dreh nicht verlassen«. Meine Klasse sang dann immer Happy Birthday, würgte trockenen Rührkuchen hinunter und ließ mich allein. Tja, und in zwei Tagen war mein achtzehnter Geburtstag. Kein Zweifel, dass Ingrid auch diesmal »den Dreh nicht verlassen« konnte und Hartpury meinen Mitstudenten ein Happy Birthday abquälen würde – selbst trockener Rührkuchen war nicht ausgeschlossen.

Die einzige Person, die jemals meinen Geburtstag zu etwas Besonderem gemacht hatte, war Louise. Solange sie bei uns wohnte, kam sie alljährlich in mein jeweiliges Internat und schenkte mir einen speziellen Geburtstagshut. Mal war es ein Paar Pelzohren, mal ein mit reichlich Schmuck verziertes Barett. Ich hab sie alle aufgehoben.

»Joss, hast du bemerkt, dass ich Personalpronomen gebrauche?«, fragte Mav.

»Klar, super«, sagte ich gähnend. Zeit, wieder ins Bett zu gehen.

»Das Pronomen *ich* scheint mir besonders interessant. Es fängt mit dem gleichen Symbol an wie eure Nummer eins. Schau.«

Er zeichnete mit einem Finger vorsichtig ein großes I und eine 1 auf die Couchlehne.

»Die Symbole haben Recht«, sagte er. »Nur ein Einzelnes kann auch ein Ich sein.« Er beugte sich näher zu mir heran, sodass ich die weißen Puderteilchen auf seiner Haut erkennen konnte.

Machen wir uns nichts vor – linguistische Theorien sind normalerweise bestenfalls langweilig. Um drei Uhr morgens sind sie schlichtweg unerträglich. Ich versuchte mich in mein Schlafzimmer zu verkrümeln, aber Mav rieb praktisch seine Nase an meiner.

»Immer langsam, Mav. Du rückst mir immer viel zu nah auf den Pelz«, knurrte ich.

Mav legte die Ohren flach an den Kopf und machte einen Satz rückwärts. Er trällerte irgendeine Art Entschuldigung. Okay, jetzt hatte ich wenigstens Luft zum Atmen. Nur fühlte ich mich damit jetzt auch nicht richtig wohl.

»Tut mir Leid, Mav«, sagte ich. »Aber, du darfst einfach

nicht vergessen, dass Menschen sich im alltäglichen Leben nicht so nahe kommen wie ihr. Es geht uns auf die Nerven.«

»Ihr mögt Nähe nicht?«

»Nicht dauernd. Manchmal mögen wir Nähe, manchmal sind wir lieber allein«, sagte ich.

»Allein?«

»Das bedeutet, ohne Gesellschaft zu sein.«

Mavkel nickte.

»Zeig mir die Symbole dafür«, sagte er und klopfte auf die Couchlehne.

Ich schrieb das Wort darauf und nannte laut die einzelnen Buchstaben.

Mav stieß ein triumphierendes Geräusch aus.

»Joss, in *allein* steckt *ein*. Wenn du das Wort trennst, wird *all-ein* daraus. Das ist sehr wahr. Wenn man nur einer ist, fühlt man sich ganz allein.«

Das war eine hübsche Theorie. Mav war ganz aufgeregt und kam wieder viel zu nahe an mich heran, erinnerte sich dann aber an meine Worte und wich ein Stück zurück.

»Seit Kelmav gegangen ist, habe ich mich sehr allein gefühlt«, sagte er leise.

Ich nickte, hin- und hergerissen zwischen Neugier und Taktgefühl. Ratet mal, was gewann.

»Wie ist Kelmav gestorben?«, fragte ich.

Mav schwieg so lange, dass ich schon dachte, ich hätte ihn verletzt. Ich wollte mich gerade entschuldigen, als er plötzlich meine Hand berührte; seine Ohren hingen unsicher herunter. Ich bin zwar nicht besonders scharf auf Händchenhalten und so, aber Mav sehnte sich ganz offensichtlich nach Trost. Also nahm ich seine Hand. Schnell hakte er seine beiden Daumen um meine Finger.

»Im Sonnensturm«, sang er schließlich. Seine Stimme klang wehmütig, wie in einer alten Ballade. »Kelmav starb im Feuer.«

Mav ließ seine Schutzlider zuklappen und hielt die letzte Note so lang, dass sie sich in eine Totenklage verwandelte. Plötzlich klappten seine Lider wieder auf.

»Ich darf das nicht tun!«, keuchte er und grub seine Daumen in meinen Handrücken. »Musik ist zum Heilen da.«

»Wenn du dich durchs Singen besser fühlst, ist das dann keine Heilung?«, fragte ich ihn.

Ich bewegte meine Hand hin und her und versuchte Mavs harten Griff zu lockern. Er gab ein wenig nach.

»Ich bin allein!«, rief er und die letzte Silbe wurde zu einem langen traurigen Bluesakkord.

Jede Note ließ meine eigene Einsamkeit schmerzhaft in mir hochkommen. Meine Kehle war rau und meine Augen brannten.

Mav begann auf die Melodie zu improvisieren. Er wiegte sich mit eng an den Hinterkopf gelegten Ohren und geschlossenen Lidern hin und her. Ich erkannte den Song. Mav sang meinen »Dogstar Blues« – zweistimmig und zum Weinen schön.

Ich konnte mich nicht rühren. Ich konnte nur zuhören. Mit einer Hand, die wehtat. Einer Kehle, die wehtat. Mavkels Lied berührte in mir etwas, an das ich nicht gern erinnert wurde. Es machte mich weich und verletzlich und das konnte sich Joss Aaronson nicht erlauben. Dennoch würde nach dieser Nacht mein eigener Blues nie mehr derselbe sein.

10

Am nächsten Morgen wachte ich mit Kopfschmerzen auf, die selbst einen Elefanten umgehauen hätten. Mavs Gesang hatte mich vollkommen aus der Bahn geworfen. Nur der Gedanke an einen extrastarken Kaffee brachte mich überhaupt aus dem Bett, aber halt – vielleicht war Mav ja gerade in der Küche! Was sollte ich zu einem Typ sagen, der letzte Nacht einen totalen Seelenstriptease vor mir hingelegt hatte? »Schöner Tag heute, was?« wäre wohl nicht besonders passend.

Ich zog eines der T-Shirts mit aufgedrucktem Institutsabzeichen über den Kopf und fand meine Jeans unter dem Bett.

Nein, am Besten wäre es, wenn ich den ganzen Vorfall einfach ignorierte.

Ich angelte nach meinen Stiefeln. Nach einigem Suchen machte ich sie ebenfalls unter dem Bett ausfindig.

Aber was, wenn er darauf zu sprechen kam?

Ich ging zur Tür. Sie glitt auf, ich spähte um die Ecke. Gut, im Wohnzimmer war er jedenfalls nicht.

»Was geht ab, Joss? Während du in der Falle liegst und pennst, sind schon drei Nachrichten für dich hier angekommen«, begrüßte mich die Computerstimme.

Ich brummelte etwas Unverständliches und schlich mich in die Küche. Auch hier kein Mav.

»Willst du, dass ich dir die Nachrichten vorspiele?«, fragte mein freundlicher Computer. *Nein, danke. Lass mich in Ruhe!*

Die Küche sah genauso aus wie gestern Nacht. Mannshohe Tellerstapel neben der Spülmaschine, Reader auf dem Tisch verstreut. Normalerweise machte Mav dort jeden Morgen irgendeinem durchgeknallten Ritual folgend sauber. Vielleicht war er ja auch noch nicht wach. Tolle Erklärung – bei dem erwiesenermaßen stark ausgeprägten Schlafbedürfnis der Chorianer ... Ich lehnte mich an meinen Essensautomaten und drückte den Kaffee-Knopf.

»Computer, wo ist Mav?«, fragte ich.

»Mav hat um vier Uhr früh die Fliege gemacht. Soll ich dir jetzt die Nachrichten vorspielen?«

»Okay, okay, stell mir die erste Nachricht auf die Küchenkonsole durch«, sagte ich. Der Bildschirm drehte sich in meine Richtung.

Wohin war Mav um vier Uhr morgens gegangen? Langsam wurde ich doch ein wenig unruhig. Hoffentlich war nichts passiert.

Der Automat piepste und das Ausgabefenster ging auf. Ich nahm den Kaffeebecher heraus.

Bis jetzt war Mav in der Uni noch keinen direkten Angriffen ausgesetzt gewesen. Chaney und seine Gang verhielten sich ruhig. Auffällig ruhig. Selbst mich hatten sie in den letzten Tagen in Ruhe gelassen – obwohl ich natürlich ein paar schiefe Blicke und Gekicher bemerkt hatte. Wahrscheinlich bastelte Chaney an seiner Revanche für den Karateschlag bei der Partnering-Zeremonie ...

Der Bildschirm auf der Konsole flackerte und Lennys Gesicht erschien. »Hi, Joss. War ganz schön schwierig, dich zu erreichen. Ein alter Freund von dir ist in der Stadt. Warum kommst du nicht am Samstagabend vorbei und hörst dir die Neuigkeiten an? Bye.«

Sein Gesicht verschwamm und verwandelte sich in das CommNet-Logo. Ich nahm einen Schluck Kaffee. Im Klartext bedeutete Lennys Nachricht wohl, dass er in Kontakt mit einem Spyder stand und für Samstagabend ein virtuelles Treffen in der *Buzz Bar* verabredet hatte. Prima, auf Lenny war Verlass.

»Nächste Nachricht«, sagte ich.

Der Bildschirm wurde zuerst schwarz, dann lächelte mir plötzlich Ingrid entgegen.

»Hallo Joss-Darling«, flötete sie.

»Nachricht einfrieren«, sagte ich. Ingrid stoppte mitten im Satz. Sie sah toll aus. Hatte offenbar erneut ihre Augen richten lassen.

»Wann kam diese Nachricht rein?«, fragte ich.

»Sieben Uhr sechzehn«, antwortete der Computer.

Die Konsolenuhr zeigte zwanzig vor acht an. Das erste Mal seit zwei Jahren, dass Ingrid mich persönlich anrief – und ich hatte es verpennt. Wieder mal versagt.

»Nachricht fortsetzen.«

»Tja, morgen wirst du also achtzehn«, sagte Ingrid. Sie hob ihre Augenbrauen und versuchte interessiert zu wirken. »Tut mir Leid, aber ich schaffe es nicht zur Party. Ich schick dir ein Geschenkchen per Kurier. Hoffe, du hast einen wunderschönen Tag.«

Sie sah plötzlich zur Seite. Offenbar redete irgendjemand auf sie ein, der nicht auf dem Schirm zu sehen war.

»Ach, ja. Darling, schau doch mal, ob du Professor Camden-Stone überreden kannst, dass er mich ein Interview mit dir und dem Chorian, äh ... wie heißt es doch gleich, machen lässt. Das wäre wirklich ein Coup! Ich meld mich bald wieder, Süße.«

Sie hob ihre Handfläche zum Mund und warf mir einen Kuss zu. Er ging wohl irgendwo im Datendschungel verloren.

Das CommNet-Logo erschien.

»Computer, diese Nachricht speichern.«

Ich hatte schließlich kein aktuelles 3-D-Bild von Ingrid. Das Bild, wie sie mir gerade den Kuss zuwarf, würde sich gut auf meinem Holo machen. Der Kaffee war brühend heiß. Immer noch Kopfweh. Immer noch kein Mav. Wenn er nicht bald auftauchte, würde ich den Wachmann nach ihm fragen müssen.

»Okay, Nachricht gesichert«, sagte der Computer. »Hast du noch Bock auf die dritte Nachricht?«

»Mach schon.«

Ich erkannte Louise nicht sofort. Sie hatte jetzt lange Haare und die harten Konturen ihres Gesichtes waren weicher geworden.

»Joss, Liebes, wie geht's dir? Es ist so lange her.« Sie beugte sich hinunter und hob ein Baby hoch.

»Ich will dir Mr Perri Akinaro vorstellen, meinen kleinen

Jungen.« Das Baby grabschte nach ihren Haaren. Sie zog ihren Kopf weg und küsste dann seine winzige Hand.

»Ich weiß, dass du morgen Geburtstag hast. Ich hatte gehofft, dass wir uns vielleicht auf einen Kaffee treffen und ein bisschen feiern könnten. Wie wäre es im *Mario's* in Mall 14? Um elf? Ruf mich an.«

Sie nannte ihre Nummer und winkte mir zum Abschied mit der Hand des Babys zu. Auf dem Bildschirm erschien wieder das Logo.

Louise hatte sich also doch noch gemeldet. Der Kaffee schwappte über und verbrannte mir die Finger. Ich ließ den Becher auf die Bank fallen. Guter Tipp für den Tag: Nicht zu zittern anfangen, wenn man gerade eine Tasse heißen Kaffee in der Hand hält.

Ich befahl dem Computer, zurückzuspulen und das letzte Bild der Nachricht einzufrieren. Louise wirkte ultraglücklich mit ihrem Baby. Ihre Augen strahlten und ihr Lächeln verzauberte ihr ganzes Gesicht. Hatte Ingrid mit mir jemals ähnlich glücklich ausgesehen? Sie hatten sich oft über Babys gestritten. Louise hatte eines gewollt, für Ingrid war es ausgeschlossen gewesen – ein Kind genügte ihr völlig. Also musste Louise sich mit mir begnügen. Aber jetzt hatte sie ihr eigenes Kind – warum machte sie sich dann die Mühe, mich anzurufen? Nach sechs Jahren! Vielleicht hatte sie ja warten wollen, bis ich dem Gesetz nach »erwachsen« war. Ich konnte mir eigentlich nicht vorstellen, dass meine Mutter es Louise aus schierer Bosheit verboten hatte, mich vorher zu sehen. Es gab aber auch noch eine andere Möglichkeit: Louise selbst hatte mich bis jetzt nicht sehen wollen.

Vielleicht hatte sie meinen Geburtstag all die Jahre einfach vergessen. Dieser Gedanke gefiel mir allerdings ganz und gar nicht.

Ich würde sie anrufen und absagen. Ich sagte dem Computer, dass er mich ins CommNet einloggen sollte. Keine zwei Sekunden später erschien die Frage nach der Nummer.

Vielleicht sollte ich ja doch kurz mit ihr plaudern, damit sie wusste, dass es mir gut ging. Nur aus Höflichkeit. Ich wiederholte Louises Nummer und wartete. Eine Fremde erschien auf dem Bildschirm.

»Hallo. Kann ich Ihnen helfen?«, fragte sie.

Sie war stämmig, mit großen weit auseinander liegenden Augen. Ihre hochgezogenen Augenbrauen und der etwas misstrauische Gesichtsausdruck ließen sie aussehen, als glaubte sie niemandem auch nur ein Wort. War sie Louises neue Freundin? Wenn ja, dann war sie – zumindest was das Äußere anging – kein Vergleich zu Ingrid.

»Louise hat mich angerufen«, sagte ich zögernd. »Kann ich mit ihr sprechen?«

»Du musst Joss sein. Hi, ich bin Barb.« Sie lächelte. »Ich fürchte, Lou ist gerade nicht da. Willst du ihr eine Nachricht hinterlassen?«

Verdammt, sie war nicht zu Hause. Eine Nachricht wäre höflich. Ja, ich würde ihr eine Nachricht hinterlassen. Ich nickte.

Sie drückte eine Taste auf ihrer Konsole.

»Okay, fang an«, sagte sie.

Das Nachrichtenlogo und ein Countdown bis zum Beginn der Aufnahme erschienen. 3, 2, 1 …

»H-hi Louise«, stotterte ich.

Was sollte ich nur sagen? Ich brachte keinen Ton heraus. Die Pause verlängerte sich zu einem Schweigen. Ich musste etwas sagen, schnell.

»Ich würde dich gern treffen. Um elf im *Mario's* ist prima. Bis dann.«

Ich unterbrach die Verbindung. So viel zum Thema Coolbleiben.

Der Kaffee hatte nun endlich Trinktemperatur, also trank ich ihn aus, während ich das Frühstücksmenü drückte. Ich wartete gerade auf meine Müslischale, als Mav in die Küche kam.

»Hallo, Joss. Wie geht's?«, fragte er. Keine Spur von Verlegenheit wegen letzter Nacht.

»Gut«, sagte ich lässig und versuchte ein möglichst unbeteiligtes Gesicht zu machen. »Wo warst du?«

»Rowley bringt mir eure Umgangssprache bei.«

Rowley war eine der Nachtwächterinnen und ein wirklich harter Brocken. Sie brachte Mav wahrscheinlich einen Wortschatz bei, für den man ihn in der nächsten Bar kurzerhand abmurkste.

Mav nieste und wischte sich die Nasen mit einer Hand voll Taschentücher ab.

Er besah sein Spiegelbild in der verchromten Seite seines Essensautomaten.

»Schau mal, ich habe meine Nasen so oft geputzt, dass gar kein Toqua mehr drauf ist.«

Toqua? Das war doch diese weiße Puderschicht, oder? Nicht schlecht, Joss, so langsam hast du den vollen Durchblick, was dieses Chorian-Latein angeht, lobte ich mich im Stillen. An Mavs Nasenspitze war das Toqua verschwunden, sodass ein Stück glitzernd weiße Haut zum Vorschein kam. Es sah aus, als hätte er seine Nase in irgendwelchen Glitzerkram gesteckt.

»Wofür ist der weiße Puder eigentlich?«, fragte ich ihn.

»Das ist Toqua«, antwortete er.

»Ja, ja, ich weiß. Aber wofür ist Toqua?«, fragte ich und stolperte dabei über den fremden Klang des Wortes.

»Auf unserem Planeten ist es viel heißer als bei euch. Toqua schützt unsere Haut vor dem Verbrennen.«

»Ein Sonnenschutz?«

»Ja, aber der hilft mir hier nichts. Ich glaube, ich habe einen Schnupfen. Hoffentlich geht dir das nicht auf die Nerven?«

Er rieb sich die Seite eines Ohres. Er schien verlegen zu sein.

»Nein, ist okay.«

»Kann vielleicht einer eurer *Ärz-te* dieses Niesen abstellen?«, fragte er.

Ich schüttelte den Kopf. »Wir haben bis heute kein Mittel gegen Schnupfen gefunden. Man muss einfach warten, bis er vorbei ist.«

»Refmol kennt auch keinen Chant gegen den Schnupfen. Refmol ist ziemlich unzufrieden.«

Bevor ich nachfragen konnte, warum, piepste der Essensautomat. Ich nahm mein Müsli heraus.

»Wir haben heute unser erstes Körpertraining«, sagte ich. »Ich hab gehört, dass man dabei ziemlich hart rangenommen wird. Du solltest dir also lieber noch ein paar Kohlenhydrate reinziehen.«

»Was sind Kohlenhydrate? Schmecken sie gut?«

Ich hatte jetzt keine Lust auf eine Lehrstunde in Sachen menschlicher Ernährung.

»Iss einfach etwas, was dir besonders viel Energie verleiht.«

Ich schaufelte einen gehäuften Löffel Müsli in meinen Mund. Für einen Bauchfüller, der als »Hochleistungsnahrung« angepriesen wurde, schmeckte das Zeug gar nicht mal schlecht.

Mav sah sein Menüangebot durch, gab einen Code ein und wartete.

Ob man Mav in seiner Kultur wohl für gut aussehend hielt? Aber vielleicht machten sie sich auf Choria auch gar nichts aus Äußerlichkeiten. Wenn ich an die Ältesten mit ihren Hängebacken dachte, wirkte Mav wie ein Filmstar. Andererseits gab es auf Choria wahrscheinlich gar kein Kino. Ich nahm einen weiteren Löffel Müsli, während Mav sein Essen aus dem Ausgabefenster zog.

»Joss?«, sang er zögernd.

Ich grunzte. Mein Mund war voller Müsli, sodass ich kein Wort herausbrachte.

»Ich bin froh, dass du das heilende Lied gehört hast. Jetzt bin ich viel weniger allein.«

Ich schluckte schnell mein Müsli herunter.

»Ich bin froh, dass du dich besser fühlst«, murmelte ich.

Mav lächelte, hielt aber seinen zweiten Mund geschlossen. Er lernte schnell. Dann formte er seine beiden Daumen zu einer Schaufel, lud eine Hand voll Essen darauf, schob es in seinen zweiten Mund, zerkaute es und stülpte dann den ersten Mund darüber. Grauenhaft. Ich lächelte tapfer zurück und nahm mir vor, nie mehr mit offenem Mund zu essen. Wir frühstückten schweigend zu Ende.

11

Eine halbe Stunde später kamen Sergeant Wolfendon und ihre fidelen Jungs, um uns zum Körpertrainingskurs zu bringen. Ich suchte gerade unter meinem Bett nach meinem zweiten Sportschuh. Mav rief mir aus dem Wohnraum hilfreiche Vorschläge zu, aber irgendwie glaubte ich nicht recht daran, dass mein Schuh in den Lüftungsschlitz gesprungen oder in den Müllschlucker gekrabbelt sein konnte.

Wolfendon war nicht so einfühlsam.

»Los, machen Sie schon, Aaronson. Wenn ich Dienst habe, kommt keiner zu spät.«

Mit welchem Karateschlag würde ich sie wohl am besten zum Schweigen bringen können? Ich hob meine andere Jeans auf. Vielleicht steckte der Sportschuh ja irgendwo in einem Hosenbein. Ich habe nämlich die Angewohnheit, alles auf einmal auszuziehen. Wolfendons Armscreen piepste. Sie ging in den Wohnraum zurück und sprach leise ins Mikrofon. Ich fuhr mit der Hand ins erste Hosenbein und förderte eine Unterhose zu Tage.

»Okay, Aaronson, Sie brauchen nicht weiterzusuchen«, bellte Wolfendon an den Türrahmen gelehnt. »Der Tagesplan wurde geändert. Statt Körpertraining erhält Ihre Klasse heute Morgen eine Führung durch die Laboratorien.«

Ich ließ meine Jeans auf den Boden fallen. Wow! Endlich würden wir einen Jumper zu sehen bekommen. Vielleicht könnten wir ihn sogar berühren. Ich hatte natürlich schon jede Menge Hologrammdarstellungen von Zeitsprung-Geräten gesehen, aber noch nie einen echten Jumper. Die bekamen grundsätzlich nur Mitarbeiter und Studenten des Instituts zu sehen. Ich hob mein Abzeichen auf und strich über den gebogenen Goldpfeil. Okay, von jetzt an *war* ich Studentin an diesem Institut – und in fünf Jahren würde ich perfekt im Zeitspringen sein. Dann würde der Spaß erst beginnen. Ich könnte die Jazzkonzerte der 1930er besuchen, Toots Thielmans mit Quincy Jones auftreten sehen und sogar bei der berühmten Jamsession von Rogue Henry und Dada Wells dabei sein.

Das war jedenfalls mein Plan. Ich hatte mich eingeschrieben, um mich in Musikgeschichte zu spezialisieren – Blues und Jazz –, aber das war erst im zweiten Jahr möglich. Nach meinen Überlegungen müsste es eigentlich zu schaffen sein. Es gab nur sechs weitere Studenten am Institut, die Musikgeschichte gewählt hatten: vier davon Klassik, einer östliche Musik und eine Rock – Lisa. Eine Blues- und Jazzexpertin fehlte also noch.

Wolfendon und ihre Männer nahmen uns in die Mitte und wir marschierten aus der Suite. Mav war so aufgeregt, dass er gleichzeitig zu gehen und zu hüpfen versuchte. Der Bodyguard neben ihm wurde beinahe durch ein hochklappendes Ohr in die virtuelle Wand gestoßen.

»Benützen wir das Zeitbewegungsgerät schon heute?«, fragte mich Mav atemlos, als wir uns aus P 3 ausscannten.

»Zeitsprung-Gerät«, korrigierte ich ihn. »Nein, vor Ende des zweiten Jahres kommen wir in der Regel noch nicht mal in die Laboratorien.«

Er stieß ein seltsames Geräusch aus, eine Mischung aus einem hohen A und einem verächtlichen Schnauben. *Mav, du sprichst mir aus der Seele!*

Die vier Laboratorien befanden sich im Daniel-Sunawa-Harrod-Gebäude, genau in der Mitte des Campus. Das Zeitgebäude, wie es auch genannt wurde, hatte keine Fenster und nur zwei Eingänge, einen vorne, einen hinten. Die Sicherheitsmaßnahmen waren meiner Meinung nach paranoid. Dr. Harris, unser Führer, wartete am vorderen Eingang auf uns.

»Guten Morgen. Sergeant, der Rest der Klasse ist wie besprochen bereits im T-2-Labor«, sagte er.

Wolfendon nickte.

»Okay. Allman und Greene«, sagte sie zu zwei Bodyguards, »Sie scannen sich zuerst ins Gebäude und sichern es. Geben Sie Bescheid, wenn alles okay ist.«

Mav hüpfte mit flach angelegten Ohren auf und ab und beobachtete aufmerksam, wie die beiden Wachleute sich durch die Sicherheitsröhre scannten. Ich lächelte ihm beruhigend zu – vermutlich war er wegen des Ganzkörperscans etwas nervös. Wolfendons Screen piepste. Sie erhielt die Nachricht, dass drinnen alles okay sei, und wandte sich an Mav.

»Gut, Sie scannen sich zuerst ein«, sagte sie zu ihm.

Da Mav keine Netzhaut besaß, musste er sich natürlich auch keinem Netzhautscan unterziehen; aber er hüpfte so aufgeregt auf und ab, dass der Körperscan ihn dreimal nicht durchließ. Schließlich musste ich ihn an den Schultern packen, seine Füße flach auf die Scannerfläche drücken und ihm übelste Konsequenzen androhen, wenn er nicht still hielte. Endlich akzeptierte ihn der Scanner und er konnte passieren.

Dann war ich dran. Ich trat auf die Scannerfläche und die Tür glitt zu. Eine ruhige Computerstimme sagte: »Bitte nicht bewegen. Level-3-Scan beginnt.«

Sofort begann es mich überall zu jucken. Ich musste gegen das übermächtige Bedürfnis ankämpfen, mich am ganzen Körper zu kratzen. Ich spannte die Muskeln an und schloss meine Augen, während das Scannerlicht an mir auf und ab glitt.

»Bitte legen Sie den Netzhautscanner an ihr rechtes Auge. Nicht blinzeln.«

Wie immer begann mein Auge zu tränen, bevor der Scan akzeptiert wurde.

»Bitte legen Sie Ihr Armband an Port A, damit die Zugangsberechtigung heruntergeladen werden kann.«

Ich drückte mein Armband gegen den Schlitz und wartete.

»Kadett Joss Aaronson, hiermit sind Sie zum einmaligen Betreten und Verlassen des T-2-Zeitlabors berechtigt. Vielen Dank.« Die innere Tür glitt auf.

Das Erste, was ich sah, war Mavkel. Er hüpfte auf mich zu und berührte meine Schultern. Er wollte sich wohl selbst Mut machen, aber ich hatte auch nichts gegen ein wenig Beistand einzuwenden. Einer der Wachleute, ein junger Typ, der bereits ziemlich viele graue Haare hatte, führte mich von der Scannertür weg. Als die Tür der Röhre zuschlug, machten Mav und ich einen Satz zurück.

Wir standen in einem langen zentralen Gang mit mindestens zehn Türen an jeder Seite. Die Bodyguards hatten den Ort perfekt gesichert: Der Gang war menschenleer und geradezu unheimlich still. Irgendwie lag eine beklemmende Spannung über uns. Schweigend warteten wir auf Wolfendon, Harris und den anderen Bodyguard. Dann gingen wir gemeinsam zur Tür von T 2.

Es war verdächtig einfach, in das Labor hineinzukommen. Eine Bewegung mit dem Armband über das Scannerfeld und die Tür glitt auf. Nicht zu vergessen natürlich das unwesentliche Detail von zehn in den Türrahmen eingebauten Neuronadeln. Keine niedliche Alarmanlage. Hier machte man Nägel mit Köpfen. Entweder man hatte Zutritt oder man war erledigt.

Als wir durch die Tür gingen, drehte sich der Rest der Klasse zu uns um und musterte uns. Sie standen am anderen Ende einer eleganten Konsole, die sich fast über die ganze Länge der Frontwand zog. Chaney flüsterte Jorel einen Kommentar zu, worauf der in Gelächter ausbrach. Aber ich hatte jetzt keine Zeit für diese Clowns. Ich war nur wegen einer Sache hier: Ich wollte endlich den Jumper sehen.

Und da war er! Hinten, an der entgegengesetzten Wand, umgeben von einem Ring nicht aktivierter Kraftfeldstäbe. Ich hatte eigentlich gedacht, dass er den größten Teil des Labors einnehmen würde, aber er war nur etwa so groß wie eine Sport-Hovercraft. Im Vergleich zum schnieken Erscheinungsbild des übrigen Labors wirkte er ziemlich armselig, sah eher aus wie eine platt gedrückte Zwiebel. Und abgesehen von der glatten Kuppel seiner Plexiglaskabine war er total verbeult. In den offiziellen Holos wirkten die Jumper immer schmal und elegant. Aber das wirkliche Ding war viel kompakter und massiver. T 2 erinnerte mich irgendwie an einen Boxer. Potthässlich und mit eingedellter Schnauze. Ich muss zugeben, ich war fast ein bisschen enttäuscht. So oft hatte ich mir diesen Moment in den buntesten Farben ausgemalt und jetzt das! Aber abwarten! Vielleicht würden mich Boxers Kunststückchen ja überzeugen.

Neben dem Jumper kniete eine Technikerin, die in einer winzig kleinen Luke herumstocherte. Plötzlich flackerten vier Fixierstrahler auf, die T 2 am Boden sicherten. Die Technikerin setzte sich auf ihre Fersen und lächelte zufrieden. Dann tippte mir jemand auf die Schulter.

»Hey, wie geht's euch so?«

Ich drehte mich um. Es war Lisa.

»Hi. Was machst du denn hier?«

»Derry und ich sind dazu verdonnert worden, euch bei der Führung zu begleiten«, sagte sie und nickte zu ihrem Partner hinüber. Derry stand an der Konsole und unterhielt sich gerade mit Tonio und Sara. Tonio sah zu mir herüber und winkte.

»Schnell, sieh dir das an«, sagte Lisa, packte meine Schultern und drehte mich wieder zu T 2 um. »Sie schalten das Kältefeld wieder an.«

Die Technikerin an der Luke wandte sich mit erhobenem

Daumen zur Konsole um. Es gab einen lauten Knall, worauf vom Ring der Kraftfeldstäbe ein schwacher violetter Nebel aufstieg, der T 2 bald vom Boden bis zur Decke bedeckte.

»Kältefeld?«, fragte Mavkel, der mit weit aufgerissenen Mündern neben mir stand.

»Das ist ein Sicherheitskraftfeld, das einen total lähmt, wenn man es berührt«, erklärte Lisa. »Es friert einen buchstäblich an dem Fleck fest, an dem man gerade steht, bis die Sicherheitskräfte kommen.«

»Tut es weh?«, fragte ich.

Lisa lächelte. »Sie sagen Nein, aber ich bin nicht gerade scharf darauf, es auszuprobieren.« Sie wandte sich wieder an Mav. »Also, wie gefällt dir der Jumper, Mavkel? Ist sie nicht eine Schönheit?«

»Wirklich eine Schönheit«, sang Mav, aber seine hängenden Ohren sagten was anderes.

»Was ist los?«, fragte ich ihn.

»T 2 hat ein Pronomen«, sang er. »T 2 lebt. Wir müssen sie also förmlich begrüßen. Wie ist ihre Ahnenlinie?«

Lisa schaute mich verwirrt an.

»Mav hat gerade die Pronomen entdeckt«, sagte ich und presste meine Lippen zusammen, um nicht loszulachen. »Es ist okay, Mav. T 2 lebt nicht. Es ist nur so ein Brauch, dass man alle Schiffe als weiblich bezeichnet.«

»Warum?«

 Ich zuckte die Achseln. »Keine Ahnung. Ist einfach eine Tradition«, sagte ich.

Mav nickte. »Ja, Mavkel versteht Traditionen.«

Er wandte sich an Lisa.

»Entsprechend der menschlichen Tradition bin ich ein *Er*, weil Joss eine *Sie* ist.«

Lisa sah mich mit hochgezogenen Augenbrauen an.

»Sagen wir einfach, dass Mav sich entschieden hat, von jetzt an ein *Er* zu sein«, erklärte ich.

»Verstehe«, sagte Lisa und lächelte Mav an.

Dann klatschte Harris, der sich gerade mit einem stämmigen Mann unterhalten hatte, in die Hände und bat um Aufmerksamkeit.

»Okay, bitte kommen Sie alle zur Hauptkonsole. Das ist Mr Roan. Er ist der Chef der T-2-Ingenieure und wird Sie jetzt in die Arbeitsweise des Labors einführen.«

»Sorry, muss an die Arbeit«, sagte Lisa und eilte zu Derry hinüber.

Wolfendon schickte ihre Wachleute auf ihre Posten im Raum und winkte Mav und mich zur Konsole. Chaney und seine Bande hatten sich vor Roan aufgereiht und besetzten wieder mal die besten Plätze. Ich stellte mich hinter Jason, der nicht so groß wie die anderen war, und ließ meinen Blick durch den Raum wandern. Über der Konsole befand sich eine verglaste Galerie mit einer Reihe Plüschsessel. Der VIP-Bereich. Außerdem überwachten vier bewegliche Wandkameras das Labor, während auf Knöchelhöhe in regelmäßigen Abständen zusätzliche Infrarotstrahler den Raum kontrollierten. Schwerstes Sicherheitsgeschütz.

»Lisa und Derry«, fuhr Harris fort und zeigte auf das Paar neben ihm, »sind Studenten im vierten Jahr, die sich freundlicherweise bereit erklärt haben, nach der Tour Ihre

Fragen über das Zeitspringen zu beantworten. Okay, damit gehört die Klasse ganz Ihnen, Mr Roan.«

Roan lächelte etwas verlegen.

»Wie Sie sich denken können«, begann er, »ist dies das Kontrollpult von T 2. Während eines Sprungs wird das Schiff immer von drei Mitarbeitern überwacht, die wiederum einem erfahrenen Zeitspringer unterstehen.«

Er ging hinter die Konsole und zeigte auf eine Reihe von Monitoren und Displays. Peter, Chaney und Jorel hatten Jason zur Seite gedrängt und bauten sich jetzt direkt vor Mav und mir auf, sodass uns die Sicht versperrt war. Ich stellte mich auf die Zehenspitzen, konnte aber trotzdem nicht erkennen, welches Display Roan gerade beschrieb. Mav war noch schlimmer dran. Er versuchte sich ebenfalls auf die Zehenspitzen zu stellen, aber seine Krallen ließen ihn immer wieder abrutschen.

»Hey«, flüsterte ich Chaney zu, »mach Platz. Mav und ich sehen nichts.«

»Ach«, sagte Chaney nur.

So ein Idiot. Roan begab sich zum nächsten Abschnitt der Konsole. Ich sah immer noch nichts und versuchte mich zwischen Peter und Chaney zu drängen. Peter schob mich beiseite, genau in einen Rippenstoß von Chaney.

»Aua«, sagte Chaney laut und übertönte damit mein schmerzhaftes Aufstöhnen. »Du drückst mich direkt gegen die Konsole, Joss.«

»Aaronson, hören Sie mit dem Unsinn auf«, sagte Harris. »Wir sind nicht zum Spaß hier.«

Chaney war nicht gerade zimperlich. Ich zog mich zurück, ohne an Boden gewonnen zu haben. Natürlich könnte ich mich jetzt einfach bei Harris beschweren – aber damit hätte ich mich geschlagen gegeben. Und ich konnte Chaney nicht mit diesem Rippenstoß davonkommen lassen. Ich rechnete mir aus, dass Mav und ich zwar momentan ganz hinten standen, aber später, wenn wir zur T 2 hinübergingen, in der ersten Reihe wären. Ein befriedigender Gedanke – so könnte ich es ihm heimzahlen. Wenn Mav zustimmte, hätte ich eine interessante Aufgabe für seine Ohren. Er versuchte gerade verzweifelt, durch den Spalt zwischen Jason und Peter zu spähen. Als er meinen Blick bemerkte, kam er sogleich einen Schritt zu mir herüber.

»Ich kann nichts sehen«, sang er leise. Er drückte an einer seiner Nasen herum, um ein Niesen zu unterdrücken.

Ich nickte und rieb meinen Brustkorb. »Chaney ist ein totaler Idiot – aber ich hab einen Plan. Willst du mir helfen?«

Mavs Ohren hoben sich etwas.

»Ich helfe dir bei allem. Du bist mein Partner«, sagte er und schenkte mir ein Stereolächeln.

»Ich habe mir gerade überlegt, dass wir Chaney die Sicht versperren können, wenn wir zu T 2 gehen. Vielleicht mit deinen Ohren. Wie breit kannst du sie denn machen?«

Mav begann seine Ohren auf volle Breite und Höhe auszufahren. Es sah aus, als öffnete man einen Sonnenschirm am Strand.

»Lass sie unten!«, flüsterte ich ihm mit einem schnellen Blick auf Harris zu. Glücklicherweise war der gerade damit beschäftigt, einen Fussel von seiner Jacke zu schnippen.

»Öffne sie nur so weit, dass Chaney nichts sieht, wenn wir vor dem Jumper stehen.«

»Warum tun wir das?«, fragte er.

»Um es ihm heimzuzahlen.«

Mav neigte seinen Kopf zur Seite und sah mich fragend an.

»Rache«, fuhr ich fort. »Zurückschlagen, Revanche.«

»Aaah, das ist ein Spiel«, sang Mav nickend.

Na ja, mehr oder weniger. Ich begann mich rückwärts zu tasten und zog Mav dabei am Ende seines Wollschals hinter mir her. Roan war zur Erklärung der Sicherheitsmaßnahmen übergegangen und zeigte gerade auf die beweglichen Monitore über der Konsole.

»Diese vier Monitore versorgen den geschützten Überwachungsraum ständig mit neuen Informationen. Die Überwachung verläuft meist automatisch. Aber während eines Sprungs werden sämtliche Systeme von einer zusätzlichen Crew kontrolliert. Nur für den Fall, dass dem Personal im Labor etwas zustößt.«

Ein leises Murmeln ging durch die Klasse. Wir hatten alle die Aufnahmen früherer Zeitsprung-Experimente gesehen. Man konnte sich wirklich glücklich schätzen, dass die Zeitsprung-Technik mittlerweile schon etwas weiterentwickelt war.

»Die Galerie ist ebenfalls geschützt«, sagte Roan. »Wir wollen unsere geschätzten VIPs doch nicht in ihre Einzelteile zerlegen, was?« Alle lachten.

»Okay, jetzt zu dem Punkt, auf den Sie alle gewartet haben«, fuhr er fort. »Werfen wir einen Blick auf T 2.«

Das war unser Stichwort. Ich zog Mav herum und wir bezogen unsere Stellung. Mav klappte schon mal zur Übung die Ohren aus. Ich beobachtete Chaney, der sich wie üblich nach ganz vorne durchzuboxen versuchte. Was allerdings gar nicht so einfach war, denn der Rest der Klasse war nicht weniger daran interessiert, T 2 zu sehen. Chaney blieb in der Mitte der Gruppe stecken und wurde langsam zu uns hergeschoben, hatte aber nicht genug Platz, um seitlich auszubrechen. Als er den Jumper erreichte, stellte sich Mav in aller Ruhe vor ihn. Chaney bemerkte meinen Blick und grinste mich höhnisch an. Er ahnte rein gar nichts, schließlich war er mindestens einen Kopf größer als Mav. Bis jetzt.

»Vorsicht bitte, Leute«, ermahnte uns Harris. »Das sind empfindliche Geräte!«

»Bleiben Sie hinter der Linie«, sagte Roan. Die Aufmerksamkeit aller richtete sich auf ihn. »Wie Sie sehen, befindet sich über T 2 ein Sicherheitskraftfeld ...«

Als Roan unserer Gruppe das Kältefeld erklärte, klinkte ich mich aus. Mav trat unruhig von einem Fuß auf den anderen, er war bereit für unsere Aktion. Ich stieß ihn an. Er klappte seine Augenlider auf und zu und begann dann sehr langsam, seine Ohren auszufahren. Roan ging zur Beschreibung der Plexiglaskabine über und erklärte, wie sie am Weichmetallkörper des Schiffs verankert war. Bis jetzt hatte Chaney noch nichts bemerkt. Mavs Bewegungen waren langsamer als die langsamste Zeitlupe, das Ausbreiten seiner Ohren war kaum wahrnehmbar. Als Roan erklärte, wie sich das Weichmetall ausdehnt, während der Jumper sich durch die Zeit bewegt, verdeckte Mavs Ohr schon die untere Hälfte von T 2. Als Roan bei der Beschreibung der Einrichtung ankam, stand Chaney bereits auf den Zehenspitzen. Ich unterdrückte einen ersten Lachanfall.

»Wenn Sie nun diesen Teil des Jumpers betrachten«, sagte Roan, »sehen Sie das rückwärts laufende Countdown-Display und die Anzeige für das Sauerstofflevel.«

Alle beugten sich vor. Hinter mir hörte ich, wie Chaney leise vor sich hin fluchte. Mav hatte seine Ohren nun komplett ausgefahren und blockierte Chaneys Blick auf T 2 vollständig. Doch nicht nur das – er schien auch zu ahnen, in welche Richtung Chaney auszuweichen versuchte und bewegte sich immer genau dorthin. Absolut genial.

»Nimm deine Ohren runter«, zischte Chaney.

Und Mav streckte sie prompt noch etwas höher.

»Nimm sie runter oder *ich* tu es für dich!«

Mav reagierte nicht.

Im nächsten Augenblick schlug Chaney auf die oberen Gelenkknochen von Mavs Ohren. Es schien kein harter Schlag gewesen zu sein, aber er musste einen empfindlichen Bereich getroffen haben, da Mav aufschrie. Ein schriller dünner Ton, schrecklich anders als seine normalen Harmonien. Ich wirbelte herum und stieß Chaney gegen die Leute hinter ihm. Aber ich verlor das Gleichgewicht und Chaney stieß mich zurück.

Ich erinnere mich noch, dass ich dachte, *Lisa hatte nicht Recht*, als ich das Kältefeld berührte. Es *tat* weh. Eine bis in die Knochen dringende extreme Kälte. Und auf einmal war alles so still. Dann verschwand der Schmerz wieder – tatsächlich war es so, dass ich wie gelähmt war und überhaupt nichts mehr spürte. Ich war mir zwar ziemlich sicher, dass ich noch atmete und wahrscheinlich einen Puls um die 200 hatte, aber mein Körper war absolut bewegungsunfähig. Ich konnte nicht mal mehr die Augen bewegen. Dann lieber Schmerzen ertragen als das!

Am Rand meines Blickfelds sah ich Wolfendon und einen Bodyguard zum Jumper rennen – und ich sah Mav, der – nein, er wollte doch nicht etwa – das musste ich unbedingt verhindern … Ich wollte ihn warnen, ihm zurufen, er sollte es nicht tun, brachte aber nicht einmal ein Stöhnen zu Stande. Mav griff in das Kraftfeld, packte einen der Kältestäbe und versuchte ihn aus dem Boden zu reißen. Eine dicke Metallniete traf mich an der Schulter, als der Stab aus seiner Verankerung riss. Mav zog ihn aus dem Netz. Ich erinnere mich, dass ich mich noch fragte, warum er nicht festfror, als ich der Länge nach auf den Boden stürzte. Ich schnappte nach Luft und rollte mich instinktiv zu einer Kugel zusammen – na ja, weiß der Himmel, was da noch alles kommen sollte. Doch anstatt irgendwelcher Folterinstrumente spürte ich auf einmal Mavs raue Hände an meinem Kopf.

»Hast du Schmerzen, Joss?«, kreischte er und tätschelte meine Ohren. Ich sah zu ihm hoch.

»Aaronson, sind Sie okay?« Das war Camden-Stones Stimme. Wie zum Teufel war *er* hierher gekommen? »Harris, holen Sie einen Arzt. Die anderen machen Platz und verhalten sich ruhig.«

Die Klasse ging ein paar Schritte zurück, das aufgeregte Gemurmel wurde leiser. Vorsichtig versuchte ich meinen

Kopf hin und her zu bewegen. So weit, so gut. Ich hielt mich vorsichtig an Mav fest und setzte mich auf. Nicht so gut. Das Labor begann vor mir zu schwanken wie ein aufgewühltes Meer und meine Schulter schmerzte höllisch. Ich kniff die Augen zusammen, damit die Wände sich wieder beruhigten.

Dann tauchte Camden-Stones Gesicht vor mir auf. »Sind Sie okay?«

Ich hatte kaum genickt, als er sich schon zu Chaney umdrehte.

»Was zum Teufel soll das? Sie schlagen Mavkel und stoßen Aaronson in das Kältefeld? Können Sie sich meine Bestürzung vorstellen, als ich Chanter Refmol den Überwachungsraum zeigte, und wir sahen, wie Sie das Chorian angriffen?«

Ich schaute mich suchend um. Refmol kam gerade auf Mav zu.

»Aaronson hat angefangen«, sagte Chaney.

»Das ist nicht wahr, Sir«, schaltete sich Lisa ein und trat einen Schritt vor. »Chaney und seine Freunde haben Joss und Mavkel von Beginn der Führung an gereizt.«

Camden-Stones Hand öffnete und schloss sich, öffnete und schloss sich. Kein gutes Zeichen für Chaney-Boy.

»Hiermit erhalten Sie einen offiziellen Verweis, Horain-Donlevy«, knurrte Camden-Stone. »Wenn Sie oder einer Ihrer Kumpanen sich Aaronson oder Mavkel noch einmal außerhalb des Erforderlichen nähert, fliegen Sie aus dem Institut. Ist das klar?«

»Ja, Sir«, sagte Chaney.

»Für den Rest des Tages sind Sie vom Unterricht ausgeschlossen. Gehen Sie.«

Das saß.

Refmol kniete neben Mav und befühlte summend dessen Ohren.

»Bist du okay?«, fragte ich Mav. Er stützte mich noch immer tapfer.

»Mir geht's gut.«

Refmol nickte zustimmend.

»Dieses Kraftfeld wirkt sich auf unsere Körper nicht so aus wie auf Ihre. Und das Ohr wurde nur oberflächlich getroffen. Hätte schlimmer ausgehen können. Wie fühlen Sie sich, Joss Aaronson?«

Ich rieb mir den Kopf und kniff die Augen gegen den Schmerz zusammen.

»Bisschen Kopfweh«, murmelte ich.

Refmol streckte die Arme aus, betastete meine Stirn mit seinen Daumen, drückte vorsichtig gegen meine Schläfen und summte eine beruhigende Melodie dazu. Der Kopfschmerz ließ sofort nach.

»Sie sind nicht schwer verletzt«, sagte es.

Ein Arzt hatte sich durch die aufgeregte Klasse gedrängt und kniete jetzt neben mir. Nach ein paar Fragen und ein bisschen Herumdoktern kam er zum gleichen Ergebnis. Er wandte sich an Camden-Stone.

»Kein Grund zur Besorgnis. Sie sollte dennoch besser zur Beobachtung in die Krankenstation kommen«, sagte er.

Camden-Stone nickte und machte Wolfendon ein Zeichen. Sie kam sogleich herüber und half mir beim Aufstehen. Refmol hatte Mav beiseite genommen und die beiden lieferten sich ganz offensichtlich ein hitziges Wortgefecht.

Wolfendon bot mir an, mich an ihre Schulter zu lehnen.

»Wissen Sie«, sagte sie zu mir, als sie mich zur Tür führte, »ich glaube eigentlich gar nicht, dass Ihr Freund so intensiven Schutz braucht.«

Mav hielt immer noch den Stab mit den Metallverstrebungen fest. Er beendete sein Gespräch mit Refmol mit einem Ausbruch tiefer Noten, die sich nicht besonders höflich anhörten, und kam zu uns herüber.

»Ich gehe mit dir zur Krankenstation – und nicht zurück zu den Ältesten«, sang er entschlossen. Er nahm meinen anderen Arm und tätschelte meine Schulter. »Dieses Chaney-Spiel spielen wir in Zukunft lieber nicht mehr.«

Gute Idee. Wir wollten gerade zur Tür hinausgehen, als Roan sich uns in den Weg stellte.

»Ich hätte gern meinen Stab zurück, wenn es keine Umstände bereitet«, sagte er und streckte die Hand aus. Mav hielt ihm den Kältestab hin und ließ entschuldigend die Ohren hängen. Roan riss ihm das Ding quasi aus der Hand und ging wieder zu T 2 zurück.

»Er ist ein bisschen sauer, dass Mav das Kältefeld passieren konnte«, sagte Lisa, die zu uns gekommen war. »Seid ihr okay? Ich kann's kaum fassen, dass Chaney so dumm ist.«

»Wir sind okay«, sagte ich. »Danke, dass du mir vorhin geholfen hast.«

Sie zuckte die Achseln.

»Es war nur die Wahrheit. Chaney hat angefangen.«

»Nun, es ist schließlich kein Geheimnis, das Horain-Donlevy ein kleiner Schläger ist«, schaltete sich Wolfendon ein.

Sie schob uns vorwärts und ich lächelte Lisa noch einmal zu, bevor wir durch die Tür gingen.

»Kein Geheimnis?«, sang Mav. »Bedeutet das, dass es alle wissen?«

»Ja, alle wissen, dass Chaney ein egoistischer Idiot ist«, sagte ich und befühlte vorsichtig meinen Kopf. Ich drückte auf eine schmerzende Stelle und biss die Zähne zusammen.

»Aber bei einem Geheimnis ist es anders – das kennen nicht alle?«, sang Mav weiter, seine Ohren steif vor Konzentration.

»Wenn alle ein Geheimnis kennen, ist es schließlich keines mehr, was?«, meinte Wolfendon.

»Mavs Leute haben telepathische Fähigkeiten«, klärte ich sie auf. »Ich glaube nicht, dass sie wirklich verstehen können, was Geheimnisse sind.« Ich wandte mich wieder an Mav. »Ein Geheimnis ist etwas, was man für sich behält. Das ist alles. Niemand sonst soll es kennen.«

»Hast du ein Geheimnis, Joss?«, fragte Mav.

»Tonnenweise.«

»Ein Geheimnis ist etwas, was man für sich behält«, wiederholte er langsam. »Ja, ich verstehe. Man muss es für sich behalten.« Er nickte bedeutungsvoll, als hätte er gerade einen wichtigen Entschluss gefasst.

12

Der Arzt befreite mich von den Nachwirkungen des Kältefelds, gab mir ein Schmerzmittel und verordnete mir Ruhe. Ich nickte brav, sagte »ja, ja« und eilte dann zurück zu P 3, um mich ausgehfertig zu machen. Schließlich hatte ich ja noch eine späte Verabredung in der *Buzz Bar*.

Mav wollte mitkommen.

»Nein«, sagte ich.

»Warum nicht?«, fragte er.

Ich deutete ihm an, dass er leiser sprechen sollte.

»Weil du nicht ohne einen Bodyguard im Schlepptau unterwegs sein darfst. Und weil ich glaube, dass in deinem Armband eine Wanze eingebaut ist«, flüsterte ich.

»Das Armband wird abgehört, genau wie diese Räume hier?«, fragte er leise.

Ich nickte.

»Das ist gut.«

»Wie bitte? Das ist doch schrecklich!«

»Nein, es ist gut. Zu Hause wissen auch immer alle, wo man gerade ist. Das ist gut so.«

Mav hatte noch nicht ganz verstanden, wie vorteilhaft das war, wenn man *keine* Gedanken lesen konnte.

»Okay, aber für mich ist es nicht so gut. Ich will nicht,

dass jeder weiß, wo ich bin oder wohin ich gehe. Heute Abend schon gar nicht.«

Nennt mich meinetwegen paranoid, aber irgendwie hatte ich den Verdacht, dass Mavkel nicht der Einzige mit einer Wanze im Armband war. Warum sollte Donaldson-Hono mir auch die Wahrheit sagen? Egal wie – ich durfte jedenfalls keinerlei Risiko eingehen. Das heißt, ich musste mein Armband loswerden, bevor ich den Campus verließ.

»Tut mir Leid, Mav, aber du kannst nicht mitkommen. Ich will so schnell wie möglich in die *Buzz Bar* und dann gleich wieder zurück. Das geht besser, wenn ich allein bin.«

Mavkel nieste und rieb sich enttäuscht seine Nasen.

»Du willst zu viel allein sein«, sang er vorwurfsvoll.

Seine Worte ließen mich nicht los, auch als ich die Suite bereits verlassen hatte. Wahrscheinlich hatte er ja Recht. Ich war oft und gern allein. Andererseits brauchte ich manchmal auch Leute um mich herum. Mav dagegen hasste es, allein zu sein. Deshalb summte er wahrscheinlich ständig vor sich hin. Er leistete sich selbst Gesellschaft. Entweder er oder dieses Summen machten mich dann immer ganz verrückt.

Als ich im Foyer ankam, stand Barton sichtlich gelangweilt am Empfangspult und wartete das Ende der Nachmittagsschicht ab. Er brummte nur, als ich mich aus dem Gebäude scannte. Ich hatte einen vagen Plan, wie ich mein Armband loswerden könnte. Die Idee war zwar ein bisschen eklig, aber sonst war mir nichts eingefallen, was funktionieren könnte. Ich zog die Pseudohaut ab, die ich vor ein paar

Tagen um mein von dem Sandstrahl aufgeschürftes Handgelenk gelegt hatte. Der größte Teil der Wunde war zwar verheilt, aber die Stelle neben dem Armband war noch offen. Ich kratzte daran herum, bis sie wieder zu bluten anfing, und ging zum Sicherheitsbüro von P 3. Operation Bandentfernung konnte beginnen.

Ein weiblicher Officer hatte gerade Dienst. Die Lady war ganz entsetzt, als ich ihr meinen Arm zeigte.

»Wie konnte das passieren?«, fragte Officer Peterson und zog meinen Arm zu sich heran, um die Wunde zu begutachten.

»Ich glaube, dass an der Innenseite des Bands irgendeine raue Stelle ist, die die Haut aufschürft«, sagte ich.

Sie rümpfte die Nase. »Sie hätten schon früher kommen sollen. Der Arm sieht ja entsetzlich aus.«

Ich nickte leidend.

»Wahrscheinlich ist es am Besten, wenn wir uns das Band anschauen und die raue Stelle entfernen. Hier, scannen Sie das Band«, sagte sie und deutete auf die Einheit, die Donaldson-Hono mir gezeigt hatte.

Das Armband klickte auf und fiel auf das Scannerfeld. Officer Peterson fuhr mit dem Finger an der Innenseite entlang.

»Ich spüre nichts.«

»Vielleicht bin ich auch nur überempfindlich«, sagte ich.

»Wie auch immer.« Sie zuckte die Achseln. »Ich gebe Ihnen ein Besucherband, bis Ihr eigenes zurückkommt.«

Sie übertrug meine Daten auf eines der schweren Besucherbänder.

»Sie sollten es besser am anderen Arm tragen, bis die Wunde verheilt ist«, sagte sie.

»Danke, das mach ich«, antwortete ich brav und legte das Band demonstrativ am rechten Handgelenk an.

Was mich zu Schritt zwei meines Plans brachte.

»Mmh, kann ich ein Sicherheitsschließfach mieten?«, fragte ich sie.

»Klar.« Peterson leierte eine Preisliste herunter.

Ich entschied mich für eine günstige Variante und sie gab die Daten meines Fingerabdrucks in das digitale Schloss ein. Dann drehte sie mir den Rücken zu und widmete sich einem Blumenstrauß, der anscheinend für sie abgegeben worden war. Darauf hatte ich gewartet. Ich dankte im Stillen ihrem Verehrer, zog das Besucherband ab, wickelte es in meine Jacke und schob das Paket in das Schließfach. Okay, haltet mich von mir aus für ultraparanoid – aber damit hatte ich allen möglichen Verfolgern ein Schnippchen geschlagen. Ich konnte gar nicht mehr aufhören zu grinsen. Ist das nicht ein geniales Gefühl, wenn ein Plan gelingt? Es ist, als hätte man in einem Pokerspiel mit unbegrenztem Einsatz einen Royal Flash auf der Hand.

Als ich die Uni verließ, pumpte das Adrenalin noch immer durch meinen Körper. Ich ließ den Venturi Loop links liegen und entschied mich zu laufen. In einer großen Metallschachtel durch eine Vakuumröhre gesaugt zu werden, ist sowieso nicht gerade meine Lieblingsbeschäftigung. Da schlendere ich doch lieber durch die wenig benutzten Seitenstraßen.

Die *Buzz Bar* lag in Mall 16, also war es schneller durchs Zentrum über die Mall-15-Brücke zu gehen. Vor mir befand sich eine Gruppe von No-Suns, die mir den Weg versperrten. Sie mussten ziemlich hohe Positionen in der Antisonnensekte innehaben, denn sie trugen lange, gelbe Roben und schwarze Gesichtsmasken. Sonnenschutzfaktor 100. Einige unter ihnen schützten sich zusätzlich mit riesigen Sonnenschirmen. So ein Quatsch! Die meisten Straßen sind hier sowieso überdacht und die höher gelegenen Straßen liegen permanent im Schatten der Hochhäuser. Auf einmal tat sich eine kleine Lücke zwischen den vermummten Gestalten auf und ich schlüpfte hindurch. Huh – hatte ich da etwa ein Stück leichenblasse Haut in einem Sehschlitz aufleuchten sehen? Waren diese Typen nicht zehnmal seltsamer als ein kleines Alien mit zwei Nasen?

Als ich die No-Suns hinter mir gelassen hatte, erreichte ich bald die Überführung. Ich schlenderte gerade an meiner bevorzugten Billardhalle *Red Triangle* vorbei, als ich aus den Augenwinkeln ein mir nur allzu bekanntes Gesicht wahrnahm. Oh Shit, das war Berko Harris. Nix wie weg. So weit ich wusste, wollte sich der liebe Berko gern einmal mit mir darüber unterhalten, dass ich ihn schon hunderte Male angepumpt und nie etwas zurückgezahlt hatte. Ich floh in eine Seitenstraße und drückte mich in einen dunklen Hauseingang.

Berko musste mich gesehen haben, da er genau auf mich zukam. Sein Gesichtsausdruck versprach keine nette Unterhaltung. Zeit, den Abflug zu machen. Ich drückte gegen die Tür hinter mir. Glück gehabt. Sie ging auf.

Etwa eine Minute lang stand ich in der düsteren Eingangshalle eines Hauses. Dann hörte ich Berko vorbeistampfen, beschloss aber trotzdem noch ein wenig zu warten. Nur vorsichtshalber.

Ich versuchte an Meister Roland zu denken und mich zu entspannen. Tief durchatmen, auf Tai-Chi-Art. Nach ein paar Atemzügen bemerkte ich einen seltsamen Geruch. Irgendwie muffig.

Wo zum Teufel war ich gelandet?

Ich musste meine Augen erst an das dämmrige Halbdunkel gewöhnen. Das Gebäude war vermutlich ein leeres Lagerhaus, denn es gab nur ganz oben einige wenige Fenster. Die Wände waren seltsamerweise mit großen hellen Quadraten bemalt. Noch mehr davon befanden sich an der Decke. Und am Boden. Ich ging näher an eine Wand heran. Das war keine Bemalung, das war Stoff. Bestickter Stoff.

Für Luke. Wir seh'n uns bald. Alles Liebe, John.

Dann kapierte ich, was das war. Wände, Decke und Boden dieses Raums wurden von einem riesigen Flickenteppich bedeckt, der aus alter Kleidung, aus Fotos sowie bemalten und bestickten Stoffstücken bestand.

In Gedenken an Stephen Gossman, Sohn und Bruder. Ruhe in Frieden.

Daniella Tapp. Sie starb mit 20. In ewiger Liebe, Dad.

Das Gedenkquadrat für Daniella stach von den anderen ab, weil es so schlicht war. Ein großes Stück weißer Baumwolle, bestickt mit unregelmäßigem blauem Kreuzstich. Obwohl es ziemlich alt aussah, war es unter dem schützenden Plexiglas gut erhalten. Daniellas Vater hatte versucht, eine große Blume in die Ecke zu sticken, aber es sah eher aus wie eine Spinne mit einer altmodischen Fernsehantenne.

»Hallo. Möchten Sie eine Führung?«, fragte eine Stimme hinter mir.

Es war ein alter Mann. Tiefe Falten durchfurchteten sein Gesicht. Die meisten Leute lassen sich liften, wenn die ersten Falten kommen, aber die schlaffe Haut und die Falten dieses Typs hatten noch kein Skalpell gesehen.

»Sie haben mich ein bisschen erschreckt«, fuhr er mit leiser Stimme fort. »Dieser Tage kommen nicht viele Leute hier herein.«

»Tut mir Leid. Ich bin nur zufällig hier. Eigentlich muss ich jetzt auch wieder los«, sagte ich und ging zur Tür. Hoffentlich war Berko inzwischen verschwunden.

Der alte Mann seufzte tief und sein ganzer Körper zitterte. »Dann will ich Sie natürlich nicht aufhalten«, sagte er. »Kommen Sie ruhig wieder, wenn Sie an unser Haus denken.«

Aus irgendeinem Grund erinnerte er mich an Mav. Vielleicht waren es seine riesigen Hängeohren?

»Was ist das für ein Haus?«, fragte ich.

»Das Aids-Museum und was von dem Quilt-Projekt übrig blieb«, sagte er feierlich, als erklärte er etwas ganz Besonderes.

»Das Quilt-Projekt?«

»Haben Sie ein bisschen Zeit hier zu bleiben und sich umzusehen? Ich könnte Ihnen davon erzählen.«

Er wirkte so hoffnungsvoll und eifrig, dass ich nickte. Der Spyder in der *Buzz Bar* konnte noch ein paar Minuten länger warten.

»Oh, wie schön. Dann kommen Sie hier herüber.«

Er nahm meinen Arm und führte mich zur hinteren Wand des Raums. Wir blieben vor einem kleinen Bildschirm stehen.

»Dieser Quilt wurde 1987 begonnen, als Erinnerung an die Aids-Opfer. Jedes Teil der Decke wurde von einem geliebten Menschen gemalt oder genäht. Natürlich müsste er eigentlich viermal so groß sein, aber der größte Teil davon wurde von einem Feuer zerstört. Auf diesem Bild sehen Sie, wie groß der Quilt jetzt eigentlich wäre.«

Er rief ein Diagramm auf dem Bildschirm auf.

»Das Rote ist der Teil, der erhalten ist – der Rest wurde leider zerstört.«

»Er muss enorm groß gewesen sein«, murmelte ich.

»Ja – er *war* groß«, sagte er und bekreuzigte sich auf die alte religiöse Art. »Der ganze Quilt wurde als Teil des ›Projekts Gutenberg‹ ins Netz gestellt – aber bevor man das Original besichtigen konnte, legte jemand Feuer.«

»Absichtlich?«

Er nickte und rieb seine Fingerknöchel. »Wir nehmen es jedenfalls an. Der Quilt wurde verbrannt, nachdem das Gesetz zur gleichgeschlechtlichen Heirat in Kraft trat. Und so wurde der größte Teil dieser Decke für immer zerstört.«

»Ist der Quilt jetzt noch im Netz zu sehen?«, fragte ich.

»Dieser Teil schon.« Er schmunzelte. »Ich bin ein bisschen rückständig, ich weiß – aber der Anblick im Netz ist meiner Meinung nach nicht mit dem wirklichen Quilt zu vergleichen«, sagte er stolz und seine runzligen Hände glitten sanft über den Schutz aus Plexiglas.

Er hatte Recht.

Ich war zuvor noch nie in einem echten Museum gewesen. Natürlich hatte ich schon ein paarmal im Netz das virtuelle Smithsonian und den Louvre besucht, aber ihre Atmosphäre war nicht mit der dieses Museums zu vergleichen. Ich sah auf ein Quadrat unter dem Glasboden. Wie auf so vielen der anderen hatte auch hier jemand ein großes altmodisches Foto des Opfers aufgenäht. Es zeigte einen jungen Mann namens Roberto. Er lachte.

»Auf der Wand zu Ihrer Linken, dem Boden und der ganzen Decke befinden sich Stoffquadrate von direkt Betroffenen des Aids-Virus«, erläuterte der Mann und beschrieb mit dem Arm einen weiten Bogen durch den Raum. »Der Rest erinnert an Personen, die Aids implantiert bekamen.«

Er schüttelte den Kopf.

»Die Menschen lernen einfach nichts, oder? Man kann nicht einfach russisches Roulett mit dem eigenen Körper spielen. Damals genauso wenig wie heute. Sie würden sich doch auch keinen dieser Chips ins Hirn stecken lassen, oder? Nur für ein paar Gehirnzellen mehr?«

»Niemals«, sagte ich. Nicht, wenn die Möglichkeit bestand, dass das Ding mein Immunsystem zerstört.

Ich ging wieder zu Danielles Feld. Auch ihr war das Virus implantiert worden.

Es war einfach unfassbar. Tot mit zwanzig. Sie war nur zwei Jahre älter geworden, als ich es jetzt war. Warum hatte sie ein Implantat gewollt? Vielleicht war sie sich der Risiken ja nicht bewusst gewesen oder sie hatte sie einfach ignoriert? Ihr Vater jedenfalls nicht. Für einen Moment beneidete ich Daniella um diese hässliche stachlige Blume, die er für sie genäht hatte. Wenigstens besaß sie einen Vater, dem seine Tochter so wichtig war, dass er in Andenken an sie etwas stickte – auch wenn man merkte, dass er dabei zum ersten Mal eine Nadel in der Hand gehalten hatte. Und das nicht umsonst. Schließlich stand ich gerade hier und dachte an seine Tochter.

Vielleicht geht es ja beim Zeitspringen um das Gleiche. Wir fügen einzelne Flicken der Geschichte zusammen, damit man sich an jemanden oder an etwas erinnert. Aber das geht natürlich nur bruchstückhaft. Zu viele Teile des Ganzen fehlen. Außerdem gibt es jede Menge gefälschte Teile – und manchmal weiß man das noch nicht einmal. Denken wir nur an die Sache mit Sunawa-Harrod und Camden-Stone. So weit ich es bis jetzt recherchiert hatte, lag der größte Teil dieser Geschichte noch im Dunkeln. Die Frage war nur: warum?

Wer weiß, vielleicht würde ich in der *Buzz Bar* der Antwort näher kommen, mit freundlicher Hilfe eines Spyders. Also: Zeit, zu gehen und die Lösung zu finden.

»Heutzutage scheinen die Leute das Interesse an dieser altmodischen Form der Erinnerung verloren zu haben«, sagte der alte Mann versunken. »Seit über fünfzig Jahren wurde dem Quilt kein neues Quadrat mehr hinzugefügt.«

»Vielleicht haben die Leute einfach vergessen, wie man näht«, sagte ich, bereute den schlechten Witz aber sofort.

»Vielleicht«, meinte er lächelnd. »Oder die Leute haben einfach nur vergessen.«

Ich nickte und warf einen schnellen Blick zur Tür.

»Ich sehe, Sie müssen gehen«, sagte der Kustos. »Ich hoffe sehr, Sie kommen wieder einmal vorbei und besuchen uns.«

Draußen auf der Straße schmeckte die Luft frisch und klar. Das ist auch so ein Problem virtueller Museen. Es gibt dort niemals diesen Geruch alter Dinge. Vielleicht habe ich ja deshalb das Interesse an ihnen verloren.

13

Lenny saß im Büro der *Buzz Bar* und schaute eine Nachrichtensendung an. Es ging um den Präsidenten, einen von Lennys Lieblingsfeinden. Als ich hereinkam, hob er nur die Hand und deutete an, dass ich warten sollte.

»Wie geht's, Lenny?«, fragte ich, nachdem der Beitrag endlich zu Ende war.

»Gut, gut. Du bist hier, um einen Spyder anzuheuern, nehme ich an?«

Er mühte sich aus seinem Sessel.

»Komm, setz dich. Eine der besten Hackerinnen hat auf deine Anfrage geantwortet. Sie ist darüber informiert, dass du sie heute Abend anwerben willst – also bleib am besten hier und warte, bis sie sich meldet. Hier ist der neue Code. Und bitte denk dran, nur die Tastatur zu benützen. Wir sehen uns später in der Bar.«

Lenny verließ abrupt den Raum. Die Tür knallte ins Schloss und ich hörte ihn draußen einen der Rausschmeißer anbrüllen, von der Bar wegzugehen.

Ich gab den Rufcode ein und lehnte mich in Lennys Sessel zurück. Er hatte seinen Rechner gerade erst gekauft – und schon war er veraltet. Mein P-3-Gerät mit organischer Hardware stellte ihn locker in den Schatten. Die Organischen würden die Führung übernehmen, keine Frage. Sicherlich würde es vielen Leuten zunächst schwer fallen, einen Computer zu kaufen, der mit lebendem Gel arbeitete. Die meisten sind einfach erst einmal skeptisch. Wie damals als die organischen Hirnimplantate aufkamen. Vielleicht sollte die Takahini-Corporation ihre Marketingstrategie auch noch einmal überdenken und die organischen Rechner künftig als niedliche Haustiere vermarkten: *Streicheln Sie noch heute einen süßen kleinen pulsierenden Gelklumpen!* Ha, ha.

Endlich tat sich etwas auf Lennys Bildschirm. Ich beugte mich vor und hielt den Atem an. Meine Finger schwebten über der Tastatur. Ein Satz erschien.

Hier Blackwidow. Was wünschen Sie?

Noch während ich die Zeile las, verschwand sie auch schon vom Bildschirm, Buchstabe für Buchstabe. Blackwidow benutzte also das so genannte Backbyting, das unsere Konversation sofort vernichtete. Es heißt, dass man eine Backbyting-Konversation niemals aufspüren oder nachverfolgen kann. Was weg ist, ist weg. Es heißt übrigens auch, dass ein Spyder, der das Backbyting-Geheimnis verrät, keine Stunde mehr zu leben hat.

Ich tippte meinen Wunsch ein: Die Sicherheitsmaßnahmen von Gebäude P 3 auf dem Uni-Campus herausfinden, ganz besonders die der Ledbetter Suite. Jede verschlüsselte Datei über Camden-Stone und Sunawa-Harrod der letzten zwanzig Jahre knacken. Schließlich – und ich wusste, dass da kaum Chancen bestanden – Infos über denjenigen, der Tori Suka angeheuert hatte.

Ich überlegte, ob ich auch meine Zugangsberechtigung zu P 3 ändern lassen sollte, aber das würde wahrscheinlich zu teuer werden.

Meine Nachricht verschwand und ein Dollarzeichen erschien. Blackwidow nannte ihren Preis.

Eine Zahlenreihe wanderte über den Schirm. Mir blieb die Luft weg. Für diese Summe konnte man fast einen organischen Rechner kaufen! Glücklicherweise hatte ich nicht gefragt, ob sie auch noch meine Zugangsberechtigung ändern könnte. Trotzdem, diesen Preis konnte ich nie und nimmer zahlen. Aber ich wusste, wer es konnte. Allerdings würde ich meine Seele dafür verkaufen müssen. Ich tippte meine Zustimmung ein.

Blackwidow wird Kontakt zu Ihnen aufnehmen.
Bezahlung erfolgt durch den großen Mann.
Erste Hälfte morgen Früh, 9 Uhr. Zweite Hälfte
bei Lieferung. Einverstanden?

Was blieb mir anderes übrig? Ich drückte Enter.

Ihr Schlüsselwort ist »Verschwörung«.

Eine kleine grafische Spinne rannte über den Bildschirm und verschwand wieder. Das CommNet-Logo erschien. Blackwidow schien also CommNet für ihre Gespräche anzuzapfen.

Das wäre erledigt! Ich lehnte mich zufrieden zurück. In ein paar Tagen würde mir ein Kurier einen »Roman« übergeben. Wenn ich die Diskette in meinen Reader lud, würde es aussehen wie ein ganz normales E-Book. Wenn ich jedoch einen Suchbefehl nach dem Wort »Verschwörung« eingäbe, würde der Romantext bis auf alle die Informationen verschwinden, für die ich bezahlt hatte. Genial.

Doch zuerst musste ich meine Seele verkaufen. Ich stellte auf Stimmkennung um und nannte Ingrids Nummer. Ich wurde sofort mit ihr verbunden. Das heißt, nicht direkt mit *ihr*.

»Hallo, Joss«, flötetc Lewis. Er hatte seine Haare knallblond gebleicht und sah nun aus wie ein Albinofrettchen.

»Ingrid hat nicht gerade zufällig Zeit?«, fragte ich.

»Ich fürchte nicht. Sie ist bei ihrem Masseur. Kann ich ihr etwas ausrichten? Oder kann ich dir vielleicht helfen? Dafür bin ich schließlich da, nicht?«

Ich hätte ihn am liebsten an seinem blondierten Haarschopf gezogen, so nervte mich dieser Typ. Dass ich meine Mutter um mehr Geld bat, ging Lewis schlicht und ergreifend nichts an. Er hielt mich sowieso für ein verwöhntes Gör. Andererseits brauchte ich das Geld schnell. Ich hatte gehofft, dass sich Ingrid noch mal bei mir melden würde, schließlich war morgen mein Geburtstag. Es sah ganz so aus, als müsste ich nicht nur meine Seele, sondern auch meine Würde verkaufen. Ich zwang mich zu einem Lächeln.

»Vielleicht können Sie mir wirklich helfen, Lewis. Ich habe morgen Geburtstag ...«

»Alles Gute, Joss«, unterbrach er mich zuckersüß.

Ganz ruhig bleiben, Joss. Einatmen, ausatmen.

»Danke. Also, wie gesagt ist morgen mein Geburtstag. Ich will eine Fete machen und brauche Geld. Glauben Sie, Ingrid könnte mir was vorstrecken?«

»Wie du weißt, hat mich Ingrid befugt, deinen finanziellen Wünschen nachzukommen. Was schlägst du vor?«

Vorschlagen? Das war ja raffiniert. Also erfand ich schnell die Megaparty des Jahrhunderts.

»Und wie viel wird das Ganze kosten?«

Ich nannte ihm einen Betrag, der Blackwidows Preis noch um einiges übertraf – für verschiedene weitere Ausgaben. Man kann ja nie wissen.

Er hob seine Augenbrauen. Sie waren immer noch schwarz und er zupfte sie zur verkehrten Seite hin.

»Das ist eine ziemlich hohe Summe«, sagte er.

Der Widerling ließ mich schwitzen. Er sah nachdenklich vor sich hin, als ginge es ums Jahresbudget der Nation.

»Ja. Gut. Ich überweise es direkt auf dein Konto.«

»Danke.«

»Und, Joss«, sagte er lächelnd. »Ich hoffe, dir gefällt Ingrids Geschenk. Als sie mich bat, dir etwas zu kaufen, war ich zunächst ein klein bisschen beunruhigt. Aber als ich es sah, wusste ich sofort, dass es dir gefallen würde.«

Er legte auf.

Ich schaltete die CommNet-Verbindung aus. Wenigstens hatte Ingrid daran gedacht, ihn ein Geschenk kaufen zu lassen. Ich stand auf und der Stuhl rollte so heftig rückwärts, dass er gegen Lennys Gewehrschrank krachte.

Ich fand Lenny in seiner Nische. Er saß über einigen Rechnungen und schüttelte den Kopf.

»Alles erledigt?«, fragte er, ohne aufzuschauen.

»Nicht ganz. Die Hälfte muss im Voraus bezahlt werden. Blackwidow will das Ganze über dich laufen lassen. Soll ich das Geld aufs Konto der Bar überweisen?«

»Nein, auf das des Restaurants. Ist sicherer.«

»Okay. Ich ruf dich an, wenn die Infos da sind, dann kannst du die andere Hälfte überweisen.«

»Gut.«

Ich ging noch mal ins Büro und überwies den Betrag auf das Konto des Restaurants. Dann kehrte ich in die Bar zurück. Lenny brütete immer noch über seinen Papieren. Als ich mich ihm gegenübersetzte, schob er mir einen Reader hin.

»Weißt du, was da nicht stimmt?«, fragte er.

Ich überflog die Tabellenkalkulation.

»Die Koli-Brüder zahlen immer noch die Schutzgeldrate vom letzten Jahr«, sagte ich und schob ihm den Reader zurück.

»Ha, du hast Recht!« Er tippte eine Änderung in die Tabelle ein und winkte Rocky, der hinter der Bar Gläser polierte.

»Wie wär's mit 'nem Saki?«, schlug er vor. »Ich hab 'nen guten Import da.«

»Danke, lieber Kaffee.«

»Zwei kleine Schwarze, Rocky. Und nicht wieder mit den Bohnen knausern«, sagte Lenny, ohne aufzublicken. Rocky nickte und ging zur Kaffeemaschine. »Er weiß immer noch nicht, was ein richtiger Kaffee ist«, stellte Lenny fest. Er griff in seine Jackentasche.

»Hier, für morgen«, sagte er barsch und legte ein schmales Päckchen auf den Tisch. Es war in Recycling-Weihnachtspapier eingepackt. Mein Geburtstagsgeschenk.

Ich hob es auf. Mmh – ziemlich schwer.

Lenny grinste verschmitzt. »Du kannst es schon jetzt aufmachen, wenn du magst.«

Das Papier war in weniger als einer Sekunde runter. Darin befand sich eine wunderschöne Mundharmonika, eine chromatische Hohner C. Die beste, die es gab. Ich hatte mir selbst für später eine versprochen – wenn ich gut genug wäre, sie zu spielen. Ich strich mit dem Finger über das glatte Chrom.

»Gefällt sie dir? Ist es die richtige?«, fragte Lenny vorsichtig.

»Sie ist wundervoll.«

»Dann spiel was.«

Ich spielte den »Dogstar Blues« und experimentierte dabei mit verschiedenen Akkordvariationen. Der Ton der Mundharmonika war gigantisch, auch wenn sie nicht so laut wie meine Marine Band Harp war. Die letzte Note vibrierte mir durch den Kopf wie Mavs Lied.

Lenny klatschte.

»Damit klinge ich besser, als ich es wirklich bin«, sagte ich.

»Du bist besser, als du denkst. Jede Menge Leute haben inzwischen nach dir gefragt. Die Band vermisst dich auch.«

»Na, das ist wohl ein bisschen dick aufgetragen. Ich war

nur eine Woche weg.« Ich rieb die Mundharmonika sorgfältig ab und legte sie in ihr Etui zurück.

»Kommt mir länger vor. Wie geht's denn so? Wie ist dein neuer Partner?«

»Okay. Hast du irgendwas über Suka gehört?«

Lenny schüttelte den Kopf. Dann brachte Rocky den Kaffee. Dick und schwarz. Lenny lächelte zustimmend und scheuchte ihn weg.

»Glaubst du, dass die Anti-Alien-Lobby sie angeheuert hat? Vor der Uni hängen derzeit ziemlich viele dieser Typen herum«, sagte ich.

»Aus der Richtung habe ich bis jetzt noch nichts gehört. Scheint mir auch eher unwahrscheinlich. Sie haben weder das Geld noch die nötigen Kontakte. Mach dir keine Sorgen. Ich hab ein paar Leute, die sich an den entscheidenden Stellen umhören. Sie kriegen sicher bald was raus.«

»Aber wie kann ich Mav schützen?«

Ich nippte an dem Kaffee. *Wow! Koffeinexplosion!*

»Ich hab gehört, dass das Institut seine Sicherheitsmaßnahmen verdoppelt hat«, sagte Lenny.

Ich nickte. Lenny wirkte nachdenklich.

»Wenn Suka in der Nähe ist, bringt das sowieso nichts«, sagte er. »Idealerweise müsste man den Alien unbemerkt aus der Stadt bringen. Wenn er auf normalem Weg abzuhauen versucht, wird Suka es sofort bemerken. Ich könnte natürlich etwas für euch arrangieren. Also, wann könnt ihr los?«

»Jedenfalls nicht in den nächsten sechs Jahren. Bevor Mavkel und ich nur einen Schritt aus der Uni gemacht hätten, wären uns schon der gesamte Sicherheitsdienst und Camden-Stone auf den Fersen.«

»Okay, aber dann lass deinen Partner zumindest nicht aus den Augen. Und ich schau solange, was ich tun kann. Ich meld mich, sobald ich was weiß.«

Die Küchentür ging auf und Porchi kam in die Bar. Von seiner Stirn bis zur rechten Schläfe zog sich eine hässliche Naht – um die zwölf Stiche. Er war offensichtlich in eine kleine Schlägerei geraten.

Lenny seufzte. »Nichts zu machen. Ich hab 'nen Idioten als Sohn.«

Das war mir schon länger klar gewesen, aber ich verkniff mir den Kommentar.

Lenny lehnte sich in seinem Sitz zurück. »Er hat sich mit diesem Pino eingelassen. Sehr gefährlich, der Typ. Jetzt muss ich ihm mal wieder aus der Patsche helfen.« Er verdrehte die Augen. »Hey, Porchi. Komm her. Schau mal, wer uns besucht.«

Porchi schlich zu uns herüber. Ich fragte mich, wer ihn verprügelt hatte: Pino oder ein total genervter Lenny? Porchi glitt neben mich auf die Bank.

»Hi, Joss.« Diesmal machte er nicht mal den Versuch, mich zu betatschen.

»Dieser dumme Idiot hat Glück, dass er noch am Leben ist – was?«, herrschte Lenny seinen Sohn an und boxte ihn in die Schulter.

Porchi heulte auf. Ich konnte es ihm nachfühlen. Mit Kopfweh kannte ich mich aus.

»Du hast nur Glück, dass dein Vater diesen Pino kennt.«

Lenny beugte sich zu mir herüber. »Ich weiß, wie man sich um euch Kinder kümmert. Ich habe Cross und Lee gesagt, dass sie sich nach dem Typ umsehen sollen.«

»Sieht aber nicht so aus, als wären sie fündig geworden«, sagte ich.

Lenny fand das wohl ziemlich witzig. Er brüllte vor Lachen und schlug dabei mit der Hand auf den Tisch. »Kopf hoch, Porchi. Cross erzählte mir, dass du gut gekämpft hast. Aber mit einem Schlagring muss man trotzdem immer rechnen«, sagte er.

»Mach ich in Zukunft auch«, murmelte Porchi niedergeschlagen.

»Keine Sorge, Porch«, sagte ich. »Die Mädels werden diese Narbe lieben.«

»Und was ist mit dir?«, fragte er.

»Nee, Narben törnen mich eher ab.« Ich zwinkerte Lenny zu.

»Joss hat morgen Geburtstag«, verkündete Lenny. Porchi verstand den Wink und schlug mir gleich eine Tour durch die Bars vor. Fantastische Idee – in seiner Verfassung.

»Danke, aber ich muss zurück an die Uni.« Ich verstaute Lennys Geschenk behutsam in meiner Tasche und beugte mich zu ihm hinüber. »Danke für alles«, flüsterte ich ihm ins Ohr. Dann küsste ich ihn schnell auf die Wange. Es war das erste Mal, dass ich das tat, und es überraschte ihn total. Er nahm kurz meinen Unterarm. Das war seine Art einer Umarmung, mehr war bei ihm nicht drin.

»Und was ist mit mir?«, fragte Porchi beleidigt. Offenbar ging es ihm doch nicht so schlecht, wie er aussah.

Ich schob ihn von mir weg.

»Sorry, aber in deinem Zustand ... Ich will dir nicht wehtun«, sagte ich.

Ich hörte Lennys Lachen noch, als sich die Türen der Bar bereits wieder hinter mir geschlossen hatten.

14

Als ich in die Suite zurückkam, arbeitete Mav an seiner Konsole. Er hatte das Licht im Wohnraum auf die gleiche Stufe herabdimmen lassen wie in seinem Schlafzimmer. Und er hatte drei Pakete Papiertaschentücher vor sich gestapelt und sich in die Thermorolle gewickelt. Kälteschock. Ich warf das Besucherband, das ich wieder aus dem Schließfach geholt hatte, auf einen Beistelltisch und streckte mich auf einer der Couchs aus. Gott sei Dank hatten wir morgen frei.

Mav nieste.

»Gesundheit«, sagte ich.

»War es schön, allein in der Bar?«, fragte er.

»Ich hatte was zu erledigen«, sagte ich.

»Als du weg warst, gab es eine Durchsage. Es hieß, euer Ältester namens Sunawa-Harrod sei *von uns gegangen*. Was bedeutet das?«

»Dass er gestorben ist.«

»Aaah. Refmol wird traurig sein.«

»Warum?«

»Refmol hat für Sunawa-Harrod gesungen. Refmol mag es nicht, wenn Lebensfäden abgeschnitten werden.«

Mav kam zu mir und berührte sanft mein Ohr.

»Der Geist von Sunawa-Harrod wird sehr vermisst werden. Möge seine Linie fortdauern«, sagte er feierlich.

Das war nett gesagt. Ich kannte Sunawa-Harrod zwar nicht, hoffte aber ebenfalls, dass seine Linie fortdauerte, wie Mavkel sich ausdrückte.

Ich lehnte meinen Kopf auf die Armlehne der Couch. Diese verdammten Kopfschmerzen waren wieder stärker geworden. Vielleicht hatte der Doc doch nicht Recht gehabt und das Kältefeld hatte Nachwirkungen. Ich schloss die Augen und versuchte mich zu entspannen. Aber die Schmerzen wurden nur noch stärker.

»Joss, probier den Gedankenwürfel aus. Du hast gesagt, du würdest ihn ausprobieren.«

Ich öffnete die Augen. Mav stand über mir und hielt mir den Würfel hin. Wenigstens schirmte er mich so vom Rest des gedimmten Lichts ab.

»Sorry, Mav, ich gehe ins Bett«, sagte ich und schwang meine Beine vorsichtig auf den Boden. »Ich hab höllische Kopfschmerzen. Ich seh dich morgen.«

»Morgen«, sagte Mav und ließ die Ohren hängen.

Selbst nach zwei Schmerzpflastern fand ich keinen Schlaf. Ein Bad, Musik von Ravel und die Wiederholung eines Comedy-Klassikers – alles umsonst. Also versuchte ich es mit dem Reader.

Ich zappte durch die Dateien, bis ich auf einen Artikel über die Paarungsgewohnheiten der Chorianer stieß. Genau das Richtige für eine schlaflose Nacht.

Das Wichtigste für ein Chorian-Paar scheint seine Familie zu sein. Sie paaren sich nicht so wahllos, wie wir das tun (ausgenommen natürlich zusammengebastelte Kinder wie mich). Bei den Chorianern werden fortpflanzungsbereite Partner nach den jeweiligen Talenten ausgesucht, die gerade in ihrer Gesellschaft gebraucht werden. Wie praktisch! Wenn die Gesellschaft gerade ein paar neue Ärzte braucht, werden einige Familien, die gute Ärzte hervorgebracht haben, eingeladen, sich zu paaren. Ich fragte mich, ob sie vielleicht Karten mit Goldrand verschickten: *Lieber Soundso, hättest du Lust, ein bisschen zu poppen?*

Na ja, am Ende vielleicht sogar weniger peinlich als unsere Methode.

Allerdings genügt es auf Choria nicht, nur eine gute Ahnenlinie vorzuweisen. Man muss zusätzlich eine Art Test bestehen, um seine mentalen und physischen Fähigkeiten unter Beweis zu stellen. Wenn ich da an einige Typen denke, die mir mal gefielen – also, die wären da sicher komplett gescheitert.

Die Wissenschaftlerin, die den Artikel verfasst hatte, fuhr offenbar ziemlich auf diese Tests ab. Sie ließ sich lang und breit über hochkomplizierte räumliche Gleichungen aus, die die Fortpflanzungswilligen zu lösen hatten – fast hätte sie damit meine Schlaflosigkeit kuriert. Aber nach ihrer Beschreibung scheinen sich diese Tests bei den Chorianern großer Beliebtheit zu erfreuen. Schon seltsam, wenn man sich vorstellt, dass das Ganze zu so einer öffentlichen Angelegenheit wird. Aber was soll's, leben und leben lassen. Oder in diesem Fall: Lebe und lass uns dabei zusehen.

Nachdem alle Verhandlungen und Herausforderungen

überstanden sind, befruchten sich die beiden Chorianer, die gewonnen haben – und ein neues Paar wird geboren. Das Chorian, das das Baby gebiert, wird Sulo genannt. Dasjenige, das befruchtet, Sulon. Jedes Baby erhält einen zusammengesetzten Namen. Zuerst den des Sulos, wie Mav, dann den des Sulons, wie Kel. Mavkel stammt also aus der Mav-Linie und besitzt einen Kel-Genpool. Sein Geburtspartner ist Kelmav, der aus der Kel-Linie stammt und den Genpool von Mav hat. Oder in dem Fall hatte.

Als ich am nächsten Morgen aufwachte, war ich achtzehn. Mav klopfte an meine Tür.

»Bist du schon wach, Joss?«, sang er laut. »Ich lade dich zum Frühstück ein!«

»Computer, Tür aufschließen«, murmelte ich und rieb mir die Schläfen. Die Kopfschmerzen waren immer noch nicht weg.

Die Tür glitt auf. Mav kam herein und sang eine zweistimmige Version von »Happy Birthday«. Es klang tatsächlich gut. Er versuchte gleichzeitig ein Tablett mit Essen und ein weiß eingepacktes Päckchen zu balancieren.

»Sieh mal. Dein Lieblingsessen. Ich habe im Netz über Geburtstage recherchiert und herausgefunden, dass man Lieblingsspeisen zubereitet. Und Geschenke in Papier eingewickelt. Stimmt das?« Er stellte das Tablett auf meine Beine und schob mir das Päckchen hin.

Ein Teller mit Cornflakes rutschte gefährlich auf mein Knie zu. Ich hielt ihn mit einer Hand fest und nahm das Geschenk mit der anderen. Es war in Klopapier gewickelt.

»Ja, das stimmt«, sagte ich und bewegte meine Beine, um das Tablett in eine waagerechte Lage zu bringen.

»Jetzt musst du das Geschenk auspacken. Es gab leider kein bunt leuchtendes Geschenkpapier mit farbigen Bändern, wie es im Netz zu lesen war. Ich konnte nur dieses langweilige weiße finden. Auch keine Geschenkbänder.«

»Das Papier ist prima.«

»Pack es aus. Es ist der Gedankenwürfel.«

Mavkel hüpfte aufgeregt auf und ab. Irrte ich mich oder hatte er mir den Würfel nicht bereits geschenkt? Offenbar hatte er im Netz nichts über die Regel erfahren, dass neue Anlässe auch neue Geschenke erfordern.

»Du darfst mir nicht vorher sagen, was es ist. Das ruiniert die Überraschung«, erklärte ich. Nur für künftige Geburtstage. Schließlich sollten wir ja noch einige zusammen feiern!

»Aaah. Darum das Papier, ja? Um das Geschenk zu verstecken. Schon wieder so ein menschliches Geheimnis.«

»Stimmt.«

Ich wickelte die dicke Klopapierhülle von dem Würfel.

»Du hast Recht, es ist der Würfel«, sagte ich. »Vielen Dank. Auch für das ganz besondere Frühstück.« Ich sah auf die Cornflakes auf dem Teller, die mittlerweile völlig aufgeweicht waren.

»Probier den Würfel aus. Probier ihn!«, drängte Mav.

»Wie funktioniert er noch mal?«

»Konzentriere dich auf eine Erinnerung und schau in den Würfel. So.«

Er schnappte sich den Würfel und sah hinein, bis sich

dessen Oberfläche verdunkelte. Eine winzige 3-D-Version von Mavkel, der gerade versuchte, mein Geschenk einzupacken, erschien zuerst unscharf, dann genauer. Im Netz hatte er wohl auch nichts über Klebeband erfahren. Kein Wunder, dass er drei Klopapierrollen verbraucht hatte. Als Mavkel aufblickte, verschwand das Bild. Er reichte mir den Würfel. Ich drehte ihn hin und her und spürte seine schleimig glatte Oberfläche. Er war ziemlich schwer.

»Mav, wie kommt es, dass du mit dem Würfel umgehen, aber nicht telepathisch mit deinen Leuten kommunizieren kannst?«, fragte ich ihn.

»Würfel sind einfach«, sang er gedämpft zweistimmig. »Wir geben sie jungen Paaren, damit sie ihre Gedanken üben können. Es fällt mir nicht schwer, damit umzugehen. Ich kann auch einfache Scans durchführen. Aber nicht mehr.« Er schaute weg. »Für mehr brauche ich ein Double.«

Er richtete sich auf.

»Probier jetzt den Würfel aus.«

»Ich glaube kaum, dass ich das kann«, sagte ich.

»Versuch es.«

Ich holte tief Luft, konzentrierte mich auf den Würfel und versuchte, meine Gedanken dabei nur auf eine einzige Erinnerung zu richten. Neben mir spürte ich, wie Mav ebenfalls den Atem anhielt. Nichts geschah. Nichts, nur dass meine Kopfschmerzen kurz zunahmen, als ich mich bemühte, ein Bild zu formen. Aber die Oberfläche des Würfels blieb schwarz und matt.

Mavs Ohren hingen tiefer, als ich es jemals bei ihm gesehen hatte. Es tat mir Leid, ihn so enttäuschen zu müssen.

»Mav, ich kann das nicht, ich krieg davon nur Kopfweh«, sagte ich.

Er rührte sich nicht.

»Hey, wann hast du eigentlich Geburtstag?«, fragte ich mit gespielter Fröhlichkeit. Ich kam mir selbst total verlogen vor.

Er nahm den Würfel.

»Wir feiern keine Geburtstage. Wir feiern den Tag der Vereinigung.«

»Was ist das?« Ein Themenwechsel würde uns jetzt beiden gut tun.

»Der Tag, an dem sich die Gedanken eines jungen Paars vereinigen. Es ist die Zeit geteilten Wissens.«

Super, da *konnte* er ja nur an Kelmav denken. Nächstes Thema, bitte.

»Das war eine schöne Geburtstagsfeier, Mav. Vielen Dank.« Ich kickte die Bettdecke weg und kämpfte mich aus dem Bett. »Ich ziehe mich schnell an. Bin gleich wieder da.« Das war eine Ausrede, aber sonst fiel mir im Augenblick nichts ein.

Plötzlich stürzte sich Mav auf mich und umarmte mich mit einer Heftigkeit, die mir fast die Rippen gebrochen hätte. Meine Güte hatte der Kraft.

»Das Umarmen und Küssen gehört auch zur Tradition, nicht? Alles Gute zum Geburtstag, Joss-Partner.« Er küsste mich vorsichtig und hielt dabei seinen zweiten Mund geschlossen. Es war, als bekäme man einen Kuss von einem wohlerzogenen Staubsauger.

»Danke, Mav«, sagte ich und tätschelte seinen Arm.

Wenigstens hatten sich seine Ohren jetzt wieder etwas gehoben.

Ich blieb etwas länger als sonst im Bad, suchte ein Parfüm aus und entschied mich sogar für ein bisschen Make-up. Dazu Lippenstift, vielleicht auch ein wenig von diesem Augenzeug. Obwohl meine Haare eigentlich dringend einen neuen Schnitt brauchten, war ich mit dem Ergebnis nicht unzufrieden.

Als ich wieder aus meinem Zimmer kam, sah mich Mav besorgt an.

»Warum ist dein Mund anders?«

Ich warf einen Blick in den Wandspiegel, nur um sicherzugehen, dass der Lippenstift nicht zur Nase hochgeklettert war oder so.

»Das ist nur Make-up«, sagte ich. Gut möglich, dass man das gar nicht kannte auf Choria. »Eine Art Körperdekoration, damit man besser aussieht. Es macht einen attraktiver.«

»Ich habe mich informiert, was die Menschen für gutes Aussehen halten. Die Information war nicht besonders exakt, aber du kommst auch ohne zusätzliche Farbe in den akzeptablen Bereich.«

Das war wohl als Kompliment gedacht.

»Hey, ihr Schwätzer, darf ich jetzt auch mal was sagen? Ich hab 'ne neue Nachricht für dich, Joss«, unterbrach uns der Computer.

»Okay, ich nehm sie an der Konsole entgegen.«

Sergeant Vaughns Gesicht erschien auf dem Bildschirm. »Tja-ja, wenn das nicht unser Geburtstagskind ist«, sagte er mit einem anzüglichen Grinsen. »Herzlichen Glückwunsch. Ich hab ’ne Menge Päckchen hier am Eingang, die für Sie abgegeben wurden.«

Das klang spannend. Ich machte mich sogleich auf den Weg ins Foyer. Als ich dort ankam, hatte Vaughn immer noch dieses Grinsen drauf.

»Wie ich höre, sind Sie heute achtzehn geworden«, sagte er und senkte die Stimme. »Dann können Sie sich ja jetzt im Sexspace rumtreiben, nicht? Ich kann Ihnen sagen, wo die guten Programme laufen. Vielleicht können wir uns mal zusammentun.«

Heilige Unschuld. Die meisten Leute besuchten schon mit zwölf die Sexseiten im Net – ganz zu schweigen von Achtzehnjährigen. Vielleicht dachte Vaughn ja auch, dass ich noch nie geküsst hätte? Dabei hatte mich doch vor wenigen Minuten ein Staubsauger …

»Danke – im Gegensatz zu anderen Leuten musste ich bisher nicht zu virtuellem Sex greifen«, sagte ich. »Kann ich jetzt bitte meine Päckchen haben?«

Er gab mir zwei Päckchen. Ein kleines quadratisches und ein flaches großes. Eines war von Lewis.

»Wenn Sie nicht netter zu mir sind, verrat ich Ihnen, was da drin ist«, sagte er. »Hab den Inhalt im Scan gesehen.«

»Zu viel verlangt«, sagte ich.

Er zeigte mir den Finger – genau in dem Augenblick, als ein Mann das Gebäude betrat. Der Besucher runzelte die Stirn.

»Tja-ja, was der Major wohl dazu sagen wird?«, flüsterte ich.

Doch Vaughn hatte sich schon dem Mann zugewandt und schnarrte steif seine Ja-Sirs und Nein-Sirs. Sein Nacken und seine Kopfhaut unter den kurz geschorenen Haaren waren knallrot angelaufen.

Ich öffnete die Geschenke erst in der Suite. Mav beobachtete die Aktion und kletterte vor Neugier fast auf mich drauf.

»Du weißt nicht, was drin ist, oder?«, fragte er.

»Nein. Eine totale Überraschung«, sagte ich und kämpfte mit dem straffen Geschenkband des kleineren Päckchens.

Lewis hatte es so gut verpackt, dass ich einen Schweißbrenner gebraucht hätte, um es aufzubekommen. Was immer da drin war, musste zerbrechlich sein. Hoffentlich keine Vase!

War es auch nicht. Es war der neueste und eleganteste Armscreen, der derzeit auf dem Markt war, eines dieser Teile, das außer Atmen alles für einen erledigte. Ich war mir sicher, dass das Ding sehr teuer gewesen sein musste – aber es war eigentlich nicht das, was ich wollte. Mit einem Screen war man rund um die Uhr für jeden zu erreichen. Na ja, wenigstens würde ich in Boneys Leihhaus einen guten Preis dafür bekommen.

Auf der Karte stand:

Alles Gute zum 18. Geburtstag, Joss. In Liebe, Ingrid.

Kurz, auf den Punkt gebracht und von Lewis geschrieben.

»Wer schickt dir das?«, fragte Mav.

»Der Sekretär meiner Mutter«, sagte ich.

»Bist du mit dem Sekretär deiner Mutter befreundet?«

»Nein.«

Mav lehnte sich verwirrt zurück.

Ich riss die obere Lage Papier von dem zweiten Päckchen. Der Absender hatte es versichern lassen, wie ich an einem Aufkleber sah, aber ich erkannte die Schrift nicht. Nach der dritten Lage weichen Verpackungsmaterials begann ich neugierig zu werden. Wer hatte mir das geschickt?

Schließlich waren alle Schichten entfernt. Mav summte aufgeregt vor sich hin. Die letzte Verpackung bestand aus leuchtend farbigem Papier und einem Gewirr zerdrückter Geschenkbänder.

»Geschenkpapier und -bänder«, sagte Mav mit Kennermiene und schüttelte die blauen und rosaroten Bänder ein wenig auf.

Ich schob seine Hände weg. Ich wurde immer neugieriger. Das Papier und die Bänder ließen sich leicht entfernen. Es war das Original von Ledbetter, das ich damals auf der Ausstellung ausgesucht hatte. Sie hatte es sogar rahmen lassen.

Ich nahm die Karte und las:

Da du jetzt in der Ledbetter Suite wohnst, dachte ich, es würde dir vielleicht gefallen. Du hast damals gut gewählt. In Liebe, Ingrid.

Handgeschrieben und mit zwei kleinen Kreuzen – zwei Küssen – unter ihrem Namen. Ich wühlte mich durch die zerrissene Verpackung, bis ich die äußere Schicht fand. Sie hatte sogar den Versicherungsaufkleber selbst ausgefüllt – natürlich, es war ihre Schrift. Vielleicht wusste Lewis ja nicht einmal davon. Ha!

»Ist es ein gutes Geschenk? Du lächelst so«, sagte Mav.

»Es ist ein tolles Geschenk«, sagte ich leise und schob die Karte in meine Gürteltasche. »Es ist von meiner Mutter.«

»Joss, es ist Viertel nach zehn«, unterbrach uns der Computer. Ich hatte ihn gebeten, mich daran zu erinnern, damit ich nicht zu spät zu Louise kam.

»Okay«, sagte ich und ignorierte das plötzliche mulmige Gefühl in meiner Magengegend.

Nach längerer Suche nach einem geeigneten Platz entschied ich mich, den Ledbetter in meinem Schlafzimmer an Stelle des bleichen Drucks aufzuhängen. Mav musterte es einige Zeit und stimmte dann zu: Es sähe gut aus, auch wenn er den Zweck dieses bunten Gegenstands nicht begreife. Dann stopften wir den ganzen Verpackungsmüll in den Recyclingbehälter und ließen alles zerschreddern. Es war halb elf. Jetzt musste ich mich wirklich beeilen, sonst würde ich zu spät kommen. Und wenn man bei einer Verabredung zu spät kam, hatte Louise immer gesagt, zeige man seinem Gegenüber, dass man ihn nicht respektiere. Sie kam immer zu früh. Nur dieses Mal nicht. Dieses Mal kam sie sechs Jahre zu spät.

15

Ich biss in den sauren Apfel und schoss durch die Metallröhre zu Mall 14. Sie war pünktlich, sodass ich fünf Minuten zu früh im *Mario's* ankam. Louise war noch nicht da.

Das *Mario's* ist eine Art Tempel für Koffeinsüchtige. Selbst als man Kaffee dafür verantwortlich machte, das Gosfords-Syndrom auszulösen, ignorierte *Mario's* die ärztlichen Warnungen. Eine Zeit lang war es einer der wenigen Orte, an denen man noch echte Espressos und Cappuccinos bekam. Aber jetzt, da Kaffeetrinken wieder in war, hatte ich Glück, dass ich überhaupt noch zwei freie Hocker an der vorderen Bar am Fenster fand.

Ich zog Ingrids Karte aus meiner Tasche. Sie hatte sich nicht nur daran erinnert, dass ich mir damals dieses Gemälde ausgesucht hatte – sie hatte sich zudem daran erinnert, dass ich jetzt in der Ledbetter Suite wohnte. Vielleicht sollte ich doch wieder anfangen, an den Weihnachtsmann zu glauben. Ich strich einen kleinen Knick in der linken Ecke der Karte glatt. Sie fing schon an, schmuddelig zu werden. Ich musste einen sicheren Ort für sie finden. Ich steckte die Karte wieder in meine Tasche und achtete darauf, dass sie dabei nicht noch mehr verknitterte.

Louise war jetzt fünf Minuten zu spät. Vielleicht kam

sie ja gar nicht. Ein Typ in einem dieser entsetzlich eng geschnittenen Geschäftsanzüge beäugte den freien Hocker neben mir. Ich zog meine Jacke aus und legte sie darüber. Er runzelte die Augenbrauen und zog wieder ab.

Meine Augen wanderten immer wieder zur Tür. Wahrscheinlich hatte sie mich vergessen.

»Hallo, Joss.« Louise – da war sie, völlig außer Atem und mit einem strahlenden Lächeln auf dem Gesicht. Sie zog ihre Babytrage von der Schulter. Ihr Kind schlief mit zur Seite gesunkenem Kopf. Sie manövrierte vorsichtig das Baby, eine riesige Tasche und eine fluoreszierende grüne Hutschachtel um die Tische zu mir. Ich stand auf.

»Alles Gute, Joss. Mein Gott bist du groß geworden.«

Sie hielt kurz inne und küsste mich dann auf die Wange. Ihre Haut roch nach Babypuder und nach Louise. Ich küsste sie ebenfalls und umarmte sie kurz und verlegen. Es war schwierig, sich natürlich zu verhalten und so zu tun, als wären nicht sechs Jahre vergangen.

Der Kellner kam zu uns herangeschwebt. Offensichtlich besorgt, dass Louise mit ihrer Trage Tassen umwerfen könnte.

»Ich glaube nicht, dass die ganzen Sachen unter meinen Hocker passen«, sagte sie zu ihm. »Haben Sie vielleicht noch einen freien Tisch?«

Tja, Louise musste nur ihren Charme spielen lassen! Der Kellner fand tatsächlich einen Platz für uns, ganz hinten an der Wand, wo weit und breit nichts Zerbrechliches in der Nähe war.

»Mit einem Baby unterwegs zu sein, ist eine unglaubliche Prozedur«, sagte Louise, als wir uns setzten. Sie stellte die Tragetasche auf die Bank an der Wand und streichelte ihrem Baby behutsam über den Kopf. Die Hutschachtel wanderte unter den Tisch.

»Ich nehme einen starken Schwarzen, große Tasse«, sagte sie. »Du auch?« Ich nickte.

»Du musst sehr stolz auf dich sein, dass du ins Institut aufgenommen worden bist«, sagte sie, als der Kellner gegangen war.

Ich zuckte die Achseln. Ausnahmsweise hatte ich gar keine Lust, übers Zeitspringen zu reden. Es gab Interessanteres zu besprechen, vor allem diese eine Frage, die mich schon so lange beschäftigte: Warum hatte ich sie sechs Jahre nicht gesehen?

»Du bist böse auf mich, nicht?«, sagte sie.

Ich musste meine Frage nur stellen – Louise würde mir die Wahrheit sagen. Ich nahm den abgegriffenen antiken Zuckerstreuer vom Tisch und spielte schweigend mit dem Klappverschluss. Der Kellner brachte unseren Kaffee. Louise begann langsam an ihrem zu nippen und hielt den Blick dabei bedächtig auf ihre Tasse gerichtet. Sie war schon immer besser im Warten gewesen. Ich hielt mich mit den Händen links und rechts an der Tischplatte fest. Jetzt oder nie.

»Warum hast du mich so lange nicht sehen wollen? Bist du gegangen, weil ich irgendetwas falsch gemacht habe?« Eigentlich hätte das möglichst cool klingen sollen – so, als bedeutete mir die Antwort nicht besonders viel. Stattdessen hörte ich mich an wie eine wimmernde Dreijährige.

Louise stellte ihre Tasse so heftig auf die Untertasse, dass der Kaffee überschwappte.

»Du hast nichts falsch gemacht«, sagte sie langsam.

Ich räusperte mich. »Bist du sicher, dass ich dich nicht verärgert habe oder so?«

»Absolut. Ich bin gegangen, weil deine Mum und ich viele Probleme hatten. Nicht wegen dir.« Sie berührte sanft meinen Arm. »Ich wollte dich danach auch noch sehen, doch deine Mutter bat mich, es nicht zu tun. Aber jetzt bist du offiziell erwachsen. Du kannst jeden Menschen treffen, den du willst.«

»Wusste ich es doch!«, sagte ich und entspannte meine verkrampften Finger wieder. »Ich wusste, dass du gekommen wärst, wenn du die Möglichkeit gehabt hättest!«

Louise zögerte.

»Wir kamen überein, dass es das Beste wäre, wenn ich es nicht täte. Wir wollten nicht, dass du in unsere Auseinandersetzungen hineingezogen wirst und dann vielleicht zwischen die Fronten gerätst. Mit der Zeit wurde es nämlich ziemlich schlimm. Am Ende musste ich einfach da weg.«

Ich konnte nicht anders als lächeln. Louise hasste mich nicht. Ingrid war die Böse. Nicht ich. Nicht Louise.

»Ich weiß«, sagte ich. »Es war nur Ingrids Fehler. Sie macht alles kaputt.«

»Komm schon, du weißt, dass das nicht wahr ist. Ich habe auch Fehler gemacht.«

»Aber sie ließ dich nur wegen ihrer dämlichen Quote für
einen Mann fallen! Das ist so mies. Ich hab euch darüber streiten hören.«

Jetzt war ich in Fahrt, Präsidentin der Macht-Ingrid-fertig-Vereinigung. Das Paar am Nachbartisch unterbrach sein Gespräch und sah neugierig zu mir herüber. Louise fixierte die beiden so lange, bis sie wieder wegschauten. Sie beugte sich zu mir vor, nahm meine Hand und sah mich durchdringend an.

»Joss, die Quote war nicht der einzige Grund. Das war nur eines von einer Menge anderer Probleme.«

»Ingrid ist das Problem«, sagte ich und zog meine Hand aus ihrer. »Sie ist total egoistisch, da bleibt kein Raum für andere.«

»Ist es nicht Zeit, dass du deine Mutter als eine reale Person betrachtest – und nicht länger als Monster?«, fragte Louise. »Nicht mal *ich* habe eine so schlechte Meinung von ihr.«

»Natürlich sehe ich sie als reale Person«, sagte ich.

Louise verschränkte ihre Arme. »Nein, das tust du nicht. Du verhältst dich genau wie das verzogene Kind, das du vor sechs Jahren warst. Ich habe eigentlich angenommen, du wärst inzwischen erwachsen geworden.«

Manchmal mutete einem Louise einfach zu schnell zu viel Wahrheit zu. Ich wartete darauf, dass sie noch etwas sagte, etwas Nettes vielleicht, um diesen Vorwurf abzuschwächen. Aber sie schwieg.

Ich blickte auf mein Spiegelbild in der verspiegelten Wand gegenüber. Lippenstift, Kajal und sechs zusätzliche Jahre hatten nichts geändert. Ich fuhr mir mit dem Handrücken über die Lippen. Ich hatte immer gedacht, ich sei an dem Tag, als sie uns verließ, erwachsen geworden. Aber hier saß ich nun, verunsichert wie ein kleines Kind und hätte mich am liebsten an ihrer Schulter ausgeheult.

Louise saß ruhig da und wartete, dass ich etwas sagte. Ich trank einen großen Schluck Kaffee. Okay, ich konnte genauso erwachsen sein wie jeder andere auch.

»Wenn du schon so viel weißt, dann erklär mir doch, warum sie nicht wollte, dass du mich weiterhin siehst«, sagte ich. »Aber keine Ausreden! Wenn du sagst, dass es nur zu meinem Besten gewesen wäre, dann lass es lieber gleich bleiben.«

»Du hast mir gar nicht zugehört, was?«, fragte sie. Sie legte ihre Hände flach auf den Tisch. »Ingrid wollte nicht, dass du bei unseren dauernden Streitigkeiten zwischen uns stehst. Das Ganze hat dich damals ziemlich mitgenommen. Also, ob du's nun hören willst oder nicht: Ingrid hat es nur zu deinem Besten getan.«

Die Erinnerungen ließen sich nicht verdrängen: eine Zwölfjährige, die vor der Heizung kauert und sich stundenlang hin und her wiegt.

»Mich in all diese Schulen zu stecken war nicht gerade das Beste für mich. Sie wollte mich doch nur loshaben. Ich weiß ja nicht mal, warum sie mich überhaupt auf die Welt gebracht hat …« Meine Stimme gehorchte mir nicht mehr.

»Sie wollte einfach, dass sie jemand liebt. *Sie* – und nicht ihr Geld oder ihr gutes Aussehen«, sagte Louise. »Du weißt, dass sie es hasst, allein zu sein. Es macht ihr Angst.«

An dieser Stelle spielte ich meinen Trumpf aus.

»Wenn sie es wirklich so hasst, allein zu sein – warum wollte sie mich dann nicht bei sich haben?«

Louise schob ihre unteren Schneidezähne über ihre Oberlippe. Was auch immer sie jetzt sagen würde – es würde nichts Erfreuliches sein.

»Sie hat Angst vor dir.«

Ich konnte mich nicht rühren. In meinem Kopf überschlug sich alles. Meine eigene Mutter hatte Angst vor mir? Hielt sie mich etwa für ein genetisches Monster?

»Vielleicht ist Angst haben der falsche Ausdruck«, sagte Louise nachdenklich und studierte dabei mein Gesicht. »Ich glaube, Ingrid hasst sich selbst und hat Angst, dass du sie ebenfalls hasst. Als ich euch beide das letzte Mal zusammen sah, hast du sie behandelt wie den letzten Dreck.«

Ich schluckte. Ihre Worte trafen genau ins Schwarze – oder besser gesagt genau ins Herz, denn das, was sie da sagte, war die reine Wahrheit.

Das Baby begann zu wimmern. Louise hob den Kleinen aus der Trage und zog ihn nah an ihre Brust. Ich war dankbar für die Unterbrechung.

»Ich habe mit Barbara kurz gesprochen, als ich versucht habe, dich zu erreichen«, unterbrach ich unser Schweigen. »Scheint nett zu sein.«

Louise musterte mich und wiegte langsam ihr Kind hin und her.

»Vielleicht sollte ich endlich lernen, die Klappe zu halten«, sagte sie leise. »Bist du okay?«

»Natürlich«, sagte ich und hielt mich mit zitternden Händen an meiner Kaffeetasse fest.

»Vielleicht irre ich mich auch, was Ingrid angeht«, meinte sie, aber mir war klar, dass sie das selbst nicht glaubte.

»Barbara scheint wirklich nett zu sein«, sagte ich noch einmal.

Louise nickte.

»Ist sie. Sie geht auch wundervoll mit Perri um. Irgendwie schafft sie es, dass er einschläft, wenn er eigentlich nur schreien will.«

Das Baby war jetzt hellwach und schaute mich an. Seine Augen waren groß und mandelförmig, genau wie meine.

»Ist er ein Comp?«, fragte ich.

»Nein. Wir haben darüber nachgedacht, aber dann entschieden wir uns, dass das Baby über seine Abstammung Bescheid wissen soll. James, ein Freund von uns, bot uns an, Sperma zu spenden. Er ist total verrückt nach Perri. Stimmt's, mein Süßer?«, sagte sie zu dem Baby und küsste seine kleine Nase.

»Der Vater sieht das Kind?«

»Natürlich. Er lebt nicht bei uns, kommt aber oft zu Besuch. Das ist Teil unserer Vereinbarung.«

Perri wusste gar nicht, was für ein Glück er hatte. Zwei liebende Mütter und ein Spender, der an seinem Leben Anteil nehmen wollte!

»Ein echter Glückspilz, was?«, fragte ich.

Louise hörte auf, Perris Haarflaum zu streicheln.

»Nun, du weißt, dass Ingrid alles getan hat, um deinen Vater zu finden. Zu schade, dass sie mit dem Code nicht weiterkam, den sie damals durch Bestechung von einer Krankenschwester erhielt.«

Ich starrte auf Louises Mund. Ein verschmiertes rotes Lächeln.

In meinem Kopf herrschte Totenstille. Von weit her vernahm ich Louises Stimme.

»Was ist los, Joss?«

»Sie … sie hat mir nie gesagt, dass sie ihn gesucht hat.«

Louise rieb sich die Stirn.

»Sie hat es dir nie gesagt?«

Ich dachte an die unzähligen Filme, die ich in meinen Tagträumen auf der Suche nach meinem Vater abgespult hatte. Ein Privatdetektiv. Lennys Verbindungen zum Untergrund. Eine tränenrührende Story fürs Fernsehen. Oder meine liebste Variante: dass mein Vater *mich* fand.

»Warum hat sie mir nie gesagt, dass sie ihn suchte?«

»Ich weiß es nicht. Warum fragst du sie nicht einfach? Ich denke ihr beiden solltet euch ohnedies endlich aussprechen.«

Louise wartete auf meine Zustimmung. Schließlich seufzte sie, griff unter den Tisch und schob mir die Hutschachtel hin.

»Hier ist dein Geburtstagsgeschenk. Rate mal, was es ist.«

Dieses Spiel hatten wir früher immer gespielt. Louise gab mir eine Hutschachtel und ich musste raten, ob es sich um ein Videospiel, ein Buch oder was auch immer handelte. Alles, außer einem Hut. Doch heute war mir nicht nach spielen zu Mute.

Ich nahm den Deckel von der Schachtel.

 Darin lag ein kleiner roter Hut. Ich nahm ihn heraus, zog die Baumwollfüllung aus dem Inneren und balancierte den Hut auf meiner Faust. Der weiche Samt schimmerte im

Licht und die Krempe bog sich über meine Hand wie eine geschwungene Augenbraue.

»Probier ihn an«, drängte Louise. Sie kramte mit einer Hand in ihrer Tasche herum und drückte mit der anderen Perri an ihre Schulter. »Hier, ich hab einen Spiegel dabei.«

»Ich werde lächerlich aussehen«, meinte ich.

Trotzdem setzte ich den Hut vorsichtig auf meinen Kopf und schob ihn ein wenig schräg nach vorne, genau wie Louise es mir beigebracht hatte. Die Krempe ragte über ein Auge und rahmte meinen Wangenknochen in ein Rot, das manchmal golden glitzerte. Mit diesem Hut sah ich definitiv nicht aus wie ein zwölfjähriges Kind. Ich sah mir ja nicht einmal selbst ähnlich. Ich legte meinen Kopf zur Seite und lächelte die Frau im Spiegel an.

»Unglaublich«, sagte Louise leise. »Eine dunkelhaarige Ingrid.«

»Red keinen Quatsch«, sagte ich und riss mir den Hut herunter.

Louise hielt meine Hand fest.

»Komm schon, du weißt es doch besser«, sagte sie und zog mir den Hut aus der Hand. »Vorsichtig. Und denk daran, das Innere auszustopfen, damit er seine Form behält.«

Sie schob die Füllung mit ihren sehnigen Händen der Krempe entlang in den Hut.

»Es ist ein wunderschöner Hut«, sagte ich.

»Aber du magst ihn nicht.« Louise hielt den Blick gesenkt.

»Ich mag ihn. Ich sehe mich ihn nur nicht tragen. Das bin nicht wirklich ich.«

»Du wirst es sein«, sagte Louise und hob ihren Kopf. Ein Lächeln umspielte ihre Lippen. »Deshalb hab ich ihn für dich gemacht.«

Sie legte den Hut vorsichtig in die Schachtel zurück, setzte den Deckel darauf und tippte ihn mit den Fingernägeln fest.

»Ich wünsche dir noch einen schönen Geburtstag, Joss«, sagte sie.

Ich nickte. Ich konnte ja nicht wissen, was mich in den nächsten Stunden erwartete.

16

Nachdem ich mich von Louise verabschiedet hatte, bummelte ich eine Zeit lang ziellos durch die Straßen und schaute mir die Schaufensterauslagen an. Das hilft manchmal mehr als jedes Beruhigungsmittel. Mir fiel ein Spruch ein, der besagte, dass man niemals nach Hause zurückkehren könnte. Ich würde da noch etwas hinzufügen: Sollte man tatsächlich nach Hause kommen, dann nur um den Schlüssel abzugeben und sich so schnell wie möglich aus dem Staub zu machen.

Am Ende der Mall angekommen beschloss ich zur Uni zurückzugehen. Mittlerweile waren ziemlich viele Leute unterwegs. Als ich mir einen Weg durch das Gedränge bahnte, wurde ich auf einen Typ aufmerksam, der mir in gleich bleibendem Abstand folgte. Ein Muskelprotz in einem roten Jeansanzug. Auf dem Fußgängerweg verlor ich ihn dann wieder. Vielleicht ein Junkie, der dachte, ich könnte ihm seinen Stoff besorgen.

Als ich mein Besucherband am Eingang von P 3 scannte, löste ich offenbar Hochalarm im Sicherheitsbüro aus, denn Donaldson-Hono und zwei Leute seiner Privatarmee kamen mir wie gereizte Kampfhunde entgegengeschossen.

»Wo zum Teufel waren Sie?«, bellte Donaldson-Hono.

»Was geht Sie das an?«, fragte ich.

Die Wachleute stürzten sich auf mich. Einem versperrte ich den Weg mit der Hutschachtel, aber der andere glitt hinter mich und versperrte mir den Durchgang. Donaldson-Hono war auf hundertachtzig. Was hatte ich nur getan?

»Ich habe die Hälfte meiner Leute rausgeschickt, um nach Ihnen zu suchen. Warum tragen Sie keinen Screen, wie jeder andere normale Mensch?«

»Wozu brauche ich noch einen Screen – wenn ich schon ein Besucherband mit einer Wanze drin trage?«, fragte ich.

»Was?« Er schien überrascht. Okay, vielleicht hatte ich mich da auch in was hineingesteigert.

»Jetzt hören Sie mir mal gut zu. *Ich* habe Ärger bekommen, weil *Sie* hier unerlaubt verschwunden sind«, sagte er drohend. »Da fehlt mir Ihr großes Mundwerk jetzt gerade noch. Ihr Partner ist völlig durchgedreht. Jetzt sind der Professor und all diese Schlappohren zu Sunawa-Harrods Beerdigung gegangen und ich sitze in der Klemme.«

»Was hat er? Was haben Sie mit ihm gemacht?« Ich wollte mich losreißen, aber die zwei Wachleute packten mich an den Armen.

»Wir haben ihn nicht angerührt«, versuchte mich Donaldson-Hono zu beschwichtigen. Er gab den Wachleuten ein Zeichen, dass sie mich loslassen sollten. »Er hat sich im Fusionsreaktor verschanzt und will nicht mehr raus. Und er macht eine Menge Lärm. Er sagt, dass er nur mit Ihnen oder Refmol sprechen will. Die Typen von der Technik haben Angst, dass er gegrillt wird, wenn er noch tiefer hineingeht.«

Shit! War Mav total ausgerastet? Als ich gegangen war, hatte er eigentlich einen ganz stabilen Eindruck gemacht. Na ja, mehr oder weniger. Die Sache mit dem Würfel hatte ihn schon ein bisschen aufgeregt, aber so sehr?

»Es wäre besser, wenn Sie mich zu ihm lassen«, sagte ich. Nicht dass ich gewusst hätte, wie *ich* Mav beruhigen sollte.

Donaldson-Hono nickte knapp.

»Aber dann brauchen Sie einen Wärmeschutzanzug. Er hat die Grenze der Wärmeisolation übertreten.«

Mit Schutzoverall und Helm ausgerüstet stieg ich die Notleiter hinunter. Der Overall roch extrem unangenehm nach Schweiß. Keine Ahnung, ob es meiner oder der früherer Träger war. Außerdem schränkte das Ding meine Bewegungsfreiheit ein und ich kam nur langsam voran. Laut Donaldson-Hono befand sich Mav irgendwo in der Nähe der Leiter – auf der dritten Ebene von oben. Als ich die zweite Ebene passierte, hörte ich Gesang.

»Mav? Kannst du mich hören?«, rief ich.

Donaldson-Honos Stimme drang knackend und krachend durch den eingebauten Kopfhörer des Helms.

»Aaronson, nicht schreien. Damit stören Sie den Empfang. Und beeilen Sie sich. Wir können hier nicht den ganzen Tag warten.«

Was für ein Idiot! Zu schade, dass der Schutzanzug keine Sichtverbindung erlaubte. Dann hätte ich ihm gezeigt, was ich von seinen guten Ratschlägen hielt.

Endlich hatte ich die dritte Ebene erreicht. Das Licht war

genauso gedämpft wie in Mavs Zimmer, die Wände metallgrau, mit farbig gekennzeichneten Rohren, die sich an der Decke entlangzogen. Sah irgendwie aus wie eines dieser 3-D-Schaubilder aus der Anatomie. Das leise tiefe Summen des Reaktors vibrierte in meinem Kopf.

»Mav?«

Der Gesang war jetzt lauter zu hören. Er benutzte das Reaktorsummen als zweite Stimme.

»Können Sie ihn schon sehen?«, krächzte Donaldson-Hono.

»Nein, aber hören«, gab ich zurück.

Ich ging den Gang entlang. Messgeräte, Schränke mit Notfallausrüstung, noch mehr Rohre. Alles sah gleich aus. Vielleicht sollte ich ja eine Spur aus Brotkrumen legen.

Doch dann fand ich ihn.

Mavkel saß eng an die Wand gepresst. Nicht so wie ein Mensch, der sich an einer Wand anlehnt, sondern flach wie ein Bärenfell. Er summte in der gleichen Lautstärke wie der Reaktor.

»Mav. Ich bin's, Joss. Bist du okay?«

Blöde Frage. Ich berührte ihn an der Stelle seines Körpers, die wie seine Schulter aussah. Er machte einen Satz und löste sich von der Wand.

»Joss-Partner«, sagte er schwach. Sein Körper begann sich in seine normalen Ausmaße zurückzuverwandeln.

»Mav, was ist denn los?«, fragte ich. »Stimmt etwas nicht?«

»Ich wollte das Sulon finden«, sagte er. »Aber ich hab es nicht geschafft. Tut mir Leid.«

»Mach dir nichts draus«, sagte ich schnell. »Das ist nicht so wichtig.«

»Doch, das ist es!«, heulte er auf. »Ich konnte weder das Sulon finden, noch konnte ich dich mit dem Würfel erreichen!«

Höchste Zeit, ihn von diesem komischen Sulon-Zeug abzulenken.

»Warum bist du hier runtergegangen?«, fragte ich ihn. *Nicht gerade sehr einfallsreich, Aaronson, also wirklich.*

Er presste sich erneut an die Wand. Würde er gleich wieder flach wie ein Pfannkuchen werden? Ich packte ihn am Arm.

»Hier ist es so warm – wie zu Hause. Und das Summen. Es füllt meinen Kopf aus. Dann fühle ich mich nicht so leer«, sang er.

Er drückte sich noch näher an die Wand hinter ihm und begann laut weiterzusummen. Seine Hand wurde flach. Ich schloss meine Finger darum. Irgendetwas sagte mir, dass dieses Flachwerden nichts Gutes bedeutete. Ich musste ihn unbedingt auf andere Gedanken bringen.

»Erzähl mir von zu Hause, Mav«, sagte ich mit sanfter Stimme.

»Ich sollte eigentlich gar nicht hier sein. Kelmav ist nicht mehr da. Mavkel sollte eigentlich auch nicht mehr da sein. Warum haben Refmol und Molref meinen Lebensfaden gerettet? Ich bin so allein.«

Er nieste zuerst und hustete dann. Seine zweiten Augenlider klappten auf und ich sah in seinen Augen eine grenzenlose Traurigkeit. Die Hälfte von Mavkel fehlte. Kelmav.

Jetzt war Mav in seinem eigenen Kopf gestrandet, genau wie wir Menschen. Er hatte Recht. Manchmal war man unglaublich allein.

Wie sollte ich Mav bloß helfen? Er brauchte sein Double wirklich – aber ich würde Kelmav niemals ersetzen können. Und obwohl ich nie sehr gut in Religion war, schickte ich doch ein SOS an jeden möglichen Gott da draußen – selbst an die Netzgötter. *Bitte sagt mir, was ich machen soll.* Dann schloss ich die Augen und tat das Erstbeste, was mir einfiel. Ich zog Mav von der Wand weg, nahm ihn in den Arm und streichelte seine Ohren. Dabei summte ich ein Lied, das mir Ingrid immer vorgesungen hatte: »Jingle Bells«.

»Aaronson, wir haben Refmol und Professor Camden-Stone erreicht. Sie sind schon unterwegs«, hörte ich Donaldson-Honos leise Stimme im Kopfhörer.

»Danke«, flüsterte ich.

Mav schob sich näher an mich heran. Ich lehnte mich an die Metallwand und spürte ihre Wärme durch den Schutzanzug. Mavs Kopf befand sich unter meinem Kinn, seine Ohren lagen eng an seinem Schädel an. Ich ließ »Jingle Bells« in »Der Mond ist aufgegangen« übergehen. Mav schien das zu gefallen. Ich streichelte das Ohr, das nicht gegen meine Brust gepresst war und hoffte, dass mir die Kinderlieder nicht ausgingen.

Keine Ahnung, wie viel Zeit vergangen war. Ich schrak auf, als mir Donaldson-Hono auf die Schulter tippte.

»Kommen Sie, Joss, es ist Zeit«, sagte er. Seine Stimme

drang kratzend durch den Hörer in meinen Helm. Er hielt mir eine Hand hin.

Refmol kniete sich neben uns und stützte Mav, als ich aufstand.

»Hat Mavkel …« Refmol suchte nach dem passenden Wort und streckte dann seine Hand aus und drückte sie flach an die Wand.

Ich nickte.

»Er war total flach, überall.«

Refmol klappte beide Augenliderpaare auf und sah mir ernst in die Augen.

»Dann haben wir – wie es bei euch Menschen heißt – nicht mehr viel Zeit.«

17

Camden-Stone schob mich unsanft zur Seite, baute sich vor mir auf und versperrte mir die Sicht auf Mav.

»Gehen Sie in Ihre Suite und warten Sie dort. Wir sprechen uns später«, sagte er.

»Aber ich muss bei Mav bleiben. Er ist mein Partner!«

Ich wollte mich an ihm vorbeidrängen. Keine Chance, der Mann hatte kräftige Muskeln. Er packte mich an der Schulter. Hart.

»Mavkel braucht jetzt die Hilfe seiner eigenen Leute. Sie sind dabei nur im Weg. Ich will, dass Sie in Ihre Suite gehen. Und zwar sofort.«

Er machte einem Wachmann ein Zeichen. Aha, mein alter Freund Vaughn war also auch mit von der Partie.

»Bringen Sie Aaronson in ihr Quartier und sorgen Sie dafür, dass sie dort bleibt!«, befahl Camden-Stone. Ich hatte ihn noch nie so angespannt gesehen.

Aus Vaughns stahlhartem Griff würde ich mich nicht befreien können. Er schob mich ruppig zur Sicherheitstür von P 3.

»Haben Sie eigentlich irgendein krankhaftes Vergnügen daran, Leute herumzustoßen?«, fragte ich ihn.

»Absolut«, sagte er, ohne eine Miene zu verziehen.

Ich sah mich nach der Gruppe um, die um Mav herumstand. Mein Platz wäre jetzt eigentlich dort gewesen. Wir waren schließlich Partner – also mussten wir die Sache auch zusammen durchstehen. Mav musste wieder auf die Füße kommen und auf einmal war mir klar, dass er mich dazu brauchte.

Die Gruppe brach auseinander und ließ zwei Typen mit einer Bahre durch. Mein Blick fiel auf Camden-Stone. Er achtete nicht auf die kleine Prozession, die in Richtung Krankenstation marschierte. Er beobachtete *mich* und in seinen Augen lag eine Kälte, die mir einen Schauer über den Rücken jagte.

Vaughn drückte mein Armgelenk gegen den Türscanner und stieß meinen Kopf herum, damit ich auf den Netzhautscanner schaute. Dann checkte er sich selbst ein. Der Wachmann am Eingangspult warf sich in Pose.

»Tag, Sergeant«, sagte er.

»Tag«, grunzte Vaughn und dirigierte mich zur hinteren virtuellen Wand.

»Entschuldigung, Sarge. Dieses Päckchen hier wurde für Aaronson abgegeben.«

Vaughn seufzte und drehte mich zu dem Pult um. Der Wachmann gab mir eine kleine Schachtel. Aha, Blackwidow hatte geliefert.

»Noch ein Geburtstaggeschenk?«, fragte Vaughn. »Sie scheinen ja 'ne Berühmtheit zu sein.«

»Manche Leute ziehen eben Freunde an, andere nicht«, sagte ich.

Das Päckchen passte genau in die Innentasche meiner

Jacke – und da war es auch sicher vor Vaughns neugierigen Blicken.

Ich wehrte mich nicht, als er mich durch den Gang zur Ledbetter Suite führte. Je schneller ich den Reader öffnete, desto besser. Vielleicht erhielt ich ja jetzt endlich ein paar Antworten. Aber selbst wenn nicht, dann hatte ich wenigstens etwas zu tun, was mich von den Sorgen um Mav ablenkte. Sonst wäre ich wahrscheinlich so langsam durchgedreht.

Vaughn postierte sich vor der Eingangstür der Suite. Auch egal, Hauptsache, er folgte mir nicht ins Apartment.

Ich ging direkt zu meinem Schreibtisch und riss das Päckchen auf: ein Roman. Blackwidow hatte sich offensichtlich entschieden, meine Information in den neusten Bestsellerthriller einzubetten. Das passte. Ich nahm die CD und schob sie in meinen Computer.

Ein paar Stunden später war ich um drei Erkenntnisse reicher.

Erstens: Die Ledbetter Suite war tatsächlich in bedenklichem Umfang mit Wanzen versehen und wurde beobachtet und abgehört.

Zweitens: Tori Suka wickelte keinerlei Geschäfte über das Net ab.

Drittens: Camden-Stone hatte sich verkauft. Und wie.

Die ersten beiden Erkenntnisse überraschten mich kaum; ich hatte nichts anderes erwartet.

Blackwidow hatte mir das aktuelle Sicherheitsschema von P 3 heruntergeladen. Außer meinem Bad und meiner

Toilette war jedes Zimmer mit Wanzen gespickt. Offenbar wusste die Regierung doch so gut über menschliche Körperfunktionen Bescheid, dass sie mich dort in Ruhe sitzen ließen. Die Schemata zeigten auch, dass Refmol in der benachbarten Suite einquartiert worden war. Sehr interessant.

Dass Tori Suka keine Geschäfte im Net tätigte, war ungefähr so überraschend wie Korruption in der Regierung. Wenn ich eine Killerin wäre, würde ich auch nicht in einem Sicherheitsalbtraum wie dem Net inserieren. Aber es war wichtig, dass Blackwidow recherchiert hatte – nur für den Fall, dass in letzter Zeit irgendetwas Nützliches über Tori herausgekommen wäre. Jetzt war es an Lenny herauszufinden, wen sie umbringen sollte.

Blieb also noch die Story von Camden-Stone und Sunawa-Harrod. Blackwidow hatte hervorragend gearbeitet und sich in jede Menge wichtige Dateien gehackt. Offenbar war Sunawa-Harrods Schwindelei gegenüber Joanna Tyrrel-Combes nur ein winziger Teil einer gigantischen Vertuschungsaktion gewesen.

Joanna hatte Lunte gerochen. Das Experiment, das schließlich zur Entdeckung des Zeitkontinuum-Felds führte, war nicht Sunawa-Harrods misslungenes Fusionsexperiment, wie er es in dem Interview mit ihr behauptet hatte. Es war Joseph Camden-Stones geglücktes Raum-Zeit-Experiment und ihm hätte gerechterweise der ganze Ruhm gebührt. Unglaublich! *Das Camden-Stone-Zeitkontinuum-Feld!*

Doch zu dieser Zeit lag der arme Joe bereits im Koma im Krankenhaus. Wie günstig für seinen besten Kumpel,

Daniel Sunawa-Harrod. Er konkretisiert das Feld, gibt Joes Experiment als Unfall aus und beansprucht die Entdeckung für sich. Am 10.10.50, dem hundertsten Jahrestag des australischen Unabhängigkeitstags, erhält Danny den Nobel-Takahini-Preis für Wissenschaft. Die Universität reibt sich die Hände und hilft ihm, das Institut für neohistorische Studien aufzubauen. Danny ist einer der Hauptteilhaber – und hat für alle Zeiten ausgesorgt.

Zwei Jahre später verlässt Joe das Krankenhaus – mit einem neuen Gesicht und einem Riesenhass. Er droht der Universität mit Enthüllungen. Nun ist es aber so, dass die Uni Sunawa-Harrod eine Menge Angenehmes verdankt: Sie besitzt das einzige Zeitsprung-Institut der Welt, einen Nobelpreisträger und erhält eine Menge Subventionen. Ein Skandal wäre ein Fiasko. Also schickt man einen Unterhändler zu Joe. Gerry P. Brackman überzeugt Joe davon, dass das Nobelpreiskomitee seine Entscheidung niemals zurücknehmen, das Feld niemals umbenannt und Joe nur einen Idioten aus sich machen würde. Garry legt Joe eine einzige Alternative nah: Schweigen. Dafür erhält Joe eine Assistenzprofessur, Anteile an dem neuen Institut und eine erhebliche finanzielle Zuwendung. Joe fühlt sich überrumpelt, geht auf den faulen Kompromiss ein und sagt Ja.

Als ich die einzelnen Puzzleteile dieser Geschichte zusammensetzte, tat mir Camden-Stone beinahe Leid. Beinahe. Aber eine kleine Nachschrift zu der Affäre rückte das Ganze wieder ins rechte Licht. Sunawa-Harrod hatte Camden-Stone seinen vierzigprozentigen Anteil am Institut vermacht. Möglicherweise aus Schuldgefühl. Da Sunawa-Harrod jetzt aber gestorben war, musste Camden-Stone nur noch einen sechsmonatigen Vorbehalt abwarten.

Was bedeutete Vorbehalt? Ich schaute schnell im elektronischen Wörterbuch nach. Es ist eine Klausel, eine Bedingung oder ein Gesetzesweg, um die Vorgänge bei Gericht zu unterstützen. Sunawa-Harrod musste diesen Vorbehalt für den Fall eingerichtet haben, dass irgendwelche verloren geglaubten Verwandte auftauchten und Ansprüche an den Anteilen anmeldeten. Das heißt: Falls in den nächsten sechs Monaten niemand auftauchte, besäße Camden-Stone die Mehrheitsanteile an einem Institut, das gerade einen historischen Austausch von Technologien mit Aliens vornahm. So würde Camden-Stone schließlich doch den Ruhm ernten, der ihm mehr als dreißig Jahre vorenthalten worden war. Den Ruhm, den ihm sein bester Freund weggeschnappt hatte. Kein Wunder, dass der Typ ein bisschen durchgeknallt war.

»Hey, dein Prof ist an der Eingangstür«, sagte der Computer.

Wenn man vom Teufel spricht …

Höchste Zeit, das Beweismaterial verschwinden zu lassen. Ich zog eine Schublade auf. Versteckt in einem Stapel leerer Reader würde niemand Blackwidows »Bestseller« finden. Aber wer sollte auch danach suchen?

»Lass ihn rein«, sagte ich.

Camden-Stone marschierte in den Wohnraum und blieb in der Mitte stehen. Er hielt sein Besucherband in der einen Hand und schlug damit rhythmisch auf seine andere Handfläche.

»Sie ziehen um, in die JC Hall«, sagte er abrupt.

»Warum? Hat das mit Mav zu tun? Ist er okay?«

»Wie haben Sie Mavkel da gerade genannt?«, fragte Camden-Stone stirnrunzelnd.

»Mav«, sagte ich. »Ist nur ein Spitzname.«

»Mav?«, wiederholte er und verschränkte die Arme.

Er drehte mir den Rücken zu und sah auf die Wand. Plötzlich meinte ich, ihn »Mavis« flüstern zu hören, doch er fixierte weiter schweigend die Wand. Er war wirklich durchgeknallt. Die Minuten verstrichen – schließlich wandte er sich wieder zu mir um.

»Ich bin zu dem Entschluss gekommen, dass Ihre Partnerschaft nicht funktioniert«, sagte er. »Sie ziehen ins JC-Gebäude. Mavkel bleibt hier.«

»Was meinen Sie mit *nicht funktionieren?*«, fragte ich ihn. »Wir verstehen uns doch gut.«

Camden-Stone schnaubte verächtlich.

»Wenn Sie das für *gut* halten … Mavkel ist krank und Sie scheinen der Grund dafür zu sein.«

»Ich, der Grund? Wer hat Ihnen das gesagt?«

»Refmol«, sagte er und sah mich triumphierend an – er wusste, dass ich der Diagnose des Chanters glauben musste. »Sie bekommen beide, so schnell es geht, neue Partner zugewiesen.«

Ich ließ meinen Blick durch die Suite wandern. Es hilft immer, die Augen hin und her zu bewegen, wenn man meint, gleich loszuheulen. Es hält die Tränen zurück. Camden-Stone hatte sich also doch entschieden, mich aus der Partnerschaft zu werfen. Und in sechs Monaten hätte er die alleinige Leitung des Instituts inne. Rosige Aussichten für Joey-Boy. Schwarze für mich.

»Ich will, dass Sie Ihre Sachen packen und hier verschwinden, bevor Mavkel zurückkommt. Verstanden?«, knurrte er.

»Wird Mav sich wieder erholen?«, fragte ich.

Camden-Stone zuckte mit den Achseln. Mav schien ihm völlig egal zu sein. Ihn interessierte nur sein hübscher kleiner Technologieaustausch, sonst gar nichts.

»Ich gehe nur, um Mav nicht zu schaden«, sagte ich.

»Wie rührend – aber mir ist es gleich, *warum* Sie gehen. Es zählt allein, *dass* Sie es tun. Und wenn ich hier erst mal allein das Sagen habe, werden Sie das Institut sowieso verlassen.«

Er ging zur Tür. Sie glitt auf. Vaughn stand brav Wache.

»Vaughn, sorgen Sie dafür, dass Aaronson hier raus ist, bevor Mavkel zurückgebracht wird«, sagte Camden-Stone.

»Das wird Mavkels Genesung aber nicht erleichtern«, sang Refmol leise und trat neben Vaughn.

Camden-Stone blieb stehen.

»Verzeihung?«, sagte er.

Refmol ging langsam in den Wohnraum, gefolgt von Hartpury und zwei der Ältesten. Gohjec und Jecgoh? Ich konnte es nicht mit Sicherheit sagen.

»Refmol hat für Mavkel gesungen und den Fall mit Ihrer Mitarbeiterin Dr. Hartpury besprochen. Wir glauben, dass Mavkels Partnerschaft mit Joss zu seiner Genesung beiträgt«, sang Refmol.

Hartpury nickte. »Es scheint so, als hinge Mavkel sehr

an Joss«, erklärte sie. »Refmol glaubt, dass Mav noch unruhiger wird, wenn wir die beiden trennen.« Sie wandte sich an mich. »Mav ist okay, Joss. Es wird morgen wieder bei Ihnen sein«, sagte sie mit einem warmen Lächeln.

Ich schadete Mav also doch nicht. Im Gegenteil: Ich half ihm.

»Aber sagten Sie nicht, Aaronson sei der Grund dafür, dass Mavkel krank wurde?«, fragte Camden-Stone lauernd und trat in die Mitte des Raums. Er schlug erneut mit dem Armband auf seine Handfläche.

»Mavkel ist schwach«, sang Refmol. »Die Ältesten sagen, dass das Joss- und Mavkel-Paar nicht getrennt werden darf.«

Das Ältesten-Paar verbeugte sich gleichzeitig.

Camden-Stone fixierte mich, doch sein Blick war unruhig. Ich traute ihm nicht – er hatte irgendetwas vor.

»Natürlich«, sagte er leise. Er wandte sich zu den Ältesten um. »Natürlich darf das Paar nicht getrennt werden.«

Warum die plötzliche Kehrtwendung? Was für ein Spiel spielte er?

Hartpury lächelte mir zu. Ich entkrampfte meine Kinnmuskulatur wieder und lächelte zurück. Sie kämpfte nach wie vor für Joss Aaronson und kleine bedrohte Pelztiere. Und neuerdings auch für schlappohrige, kranke Aliens.

»Nun möchte ich gern mit Joss allein sprechen«, sagte Refmol. Es verbeugte sich vor den Ältesten und Hartpury, nickte Camden-Stone jedoch nur kurz zu. Keine Frage, die Fronten waren geklärt.

Camden-Stone wusste, wann Zeit für einen Rückzug

war. Er verließ schnell die Suite und überließ es Hartpury, die Ältesten unter Verbeugungen und gemurmelten Höflichkeiten hinauszuführen. Als er schon an der Tür war, drehte er sich noch einmal in meine Richtung. Um seine Mundwinkel spielte ein triumphierendes Lächeln.

Refmol wartete, bis die Tür sich geschlossen hatte.

»Es gibt viel zu besprechen«, sagte es.

Ich zeigte zur Tür meines Zimmers. »Gehen wir da rein.«

Refmols Ohren zuckten überrascht, aber es folgte mir durch mein Schlafzimmer in mein Bad. Die Tür glitt hinter uns zu.

»Okay, hier können wir uns unterhalten«, sagte ich. »Dies ist der einzige Raum in der Suite, in dem es keine Wanzen gibt.«

»Wanzen?«, fragte Refmol, setzte sich auf den Rand des Wassertanks und strich die schwere metallisch glänzende Robe über seinen Beinen glatt.

»Elektronische Überwachung. Damit die anderen Leute herausfinden können, über was wir sprechen«, erklärte ich.

Refmol rutschte unbehaglich hin und her. Ich hatte den Eindruck, es hörte meiner Erklärung gar nicht zu.

Plötzlich stand es wieder auf, seine Ohren nach vorn gerollt.

»Wir bitten Sie um Hilfe, Joss Aaronson«, sang Refmol. Sein zweistimmiger Gesang klang allerdings eher wie ein Kreischen.

»Was soll ich tun?«

»Mavkel muss sich mit Ihnen verbinden oder seine Lebensfäden reißen ab.«

Mein Magen zog sich zusammen, ich bekam einen bitteren Geschmack im Mund.

»Sie meinen, Mav stirbt? Aber Sie sagten doch, er sei okay.«

Refmol nahm meine zitternden Hände und streichelte sie mit seinen Daumen.

»Mavkel kämpft in dieser aufs Einzelne ausgerichteten Welt mit seiner Zweiheit. Ohne ein Double werden seine Fäden immer schwächer. Er möchte sich mit Ihrem einzelnen Geist vereinigen. Werden Sie ihm helfen?«

»Natürlich. Aber wie? Ich beherrsche die Telepathie nicht.«

»Als Kelmav starb, hat es Mavkels Lebensfäden aufgenommen. Wir ließen Mavkel nicht sterben«, sang Refmol langsam. »Die Ältesten wollten ein paarloses Double, um die Erde zu besuchen und den Umgang der Einzelwesen mit der Zeit zu studieren. Mavkels Schmerz interessierte dabei nur in zweiter Linie.«

In seinem Gesang klang Bitterkeit mit. Der Chanter kniff seinen ersten Mund zusammen und fuhr fort: »Ohne sein Double besitzt Mavkel keine Ahnenlinie. Es ist auf Choria praktisch nicht am Leben. Also versucht es, Ihre Ahnenlinie zu erkunden, um erneut ein Paar zu werden. So etwas ist noch nie versucht worden, aber Mavkel ist verzweifelt und es ist seine einzige Chance. Doch wie dem auch sei – es gibt ein Problem. Ihr Sulon fehlt.« Refmol zögerte und suchte nach den richtigen Worten. »Sie würden es in Ihrer Sprache wohl Vater nennen.«

»Warum ist das ein Problem?«

»Mavkel und sie können kein Paar werden, bevor Sie nicht den Namen Ihres Sulons gefunden und Ihre Ahnenlinie vervollständigt haben.«

»Das verstehe ich nicht. Wie kann der Name meines Vaters dazu beitragen, dass wir ein Paar werden?«

»Wer Wissen teilt, vergrößert seine Macht. Ist das bei Ihnen nicht auch so?« Refmol reckte fragend den Kopf vor.

»Ich weiß nicht, ob ich irgendetwas von dem verstehe, was Sie sagen«, meinte ich kopfschüttelnd. »Sie meinen also, dass Mav nicht überleben wird, wenn ich nicht meinen Vater finde?«

»Mavkel glaubt, dass Sie ein Paar mit ihm werden, wenn Sie den Namen Ihres Vaters herausfinden. Es glaubt, dass diese Erkenntnis Ihre Gedanken klären wird, sodass es sich mit Ihnen vereinigen kann.« Refmol hielt inne. »Vielleicht hat Mavkel Recht. Alle jungen Paare müssen die Erfahrung neuer Erkenntnisse machen, bevor sie ganz zusammenkommen.«

»Sie klingen nicht gerade überzeugt.«

»Wird sich sein doppelter Geist tatsächlich mit einem einzelnen vereinigen lassen?« Refmol hob fragend die Ohren.

»Die Frage gebe ich an Sie zurück. Glauben Sie denn, das funktioniert?«

»Vielleicht gelingt es mit Ihrem – ja.«

»Warum gerade mit meinem?«

Refmol presste seinen ersten Mund kurz zusammen.

»Sie haben die gleiche Resonanz wie wir Chorianer, Joss Aaronson.«

»Resonanz?«

»Sie tragen irgendetwas in sich, das aus Choria ist. Wir haben das von Anfang an gespürt.«

Eine seltsame Angst stieg in mir auf. Eine Angst, die durch meine Erinnerung jagte und plötzlich ein ganzes Puzzle von Merkwürdigkeiten zusammenfügte: doppelte Lider als Baby, Nachtsichtigkeit, bleiche, bleiche Haut.

»Soll das heißen, dass ich ein Alien bin?«, flüsterte ich.

Refmol machte einen Schritt zurück.

»Nein, Sie sind ein Mensch. Aber unsere Gedanken finden bei Ihnen ein Echo. Darum will Mavkel ein Paar mit Ihnen sein. Es hat Ihnen einen Gedankenwürfel geschenkt, nicht?«

Ich nickte, völlig unfähig, gegen den Kloß in meinem Hals anzukommen.

»Mavkel versucht auf diesem Wege, sich mit Ihren Gedanken zu verbinden. Haben Sie hier Schmerzen?« Refmol zeigte auf eine Seite seines Kopfs.

Ich berührte meine Schläfe, dort, wo dieser dumpfe Schmerz so lang gepocht hatte. Es waren also keine Kopfschmerzen gewesen. Mav hatte versucht, in mein Hirn zu dringen.

Der Chanter strich mit seinen vier Daumen über meinen Kopf. Ich riss mich los und drückte mich an die Wand.

»Mavkel will Ihnen nicht wehtun, aber es versucht auf gefährliche Weise, sich mit Ihren Gedanken zu verbinden.« Refmol streichelte mein Ohr. »Ihre Resonanz gibt uns Hoffnung, dass eine Vereinigung möglich ist.«

Ich schob seine Hand weg.

»Sie müssen Ihr Sulon finden und ein Paar mit Mavkel

werden.« Refmol sang diesen Satz wie einen heilenden Chant. »Das ist die einzige Möglichkeit, ihn zu retten. *Sie müssen ein Paar werden.*«

»Lassen Sie mich allein!«, schrie ich.

Ich schlug auf den Chanter ein, aber meine Faust prallte von seiner Brust ab und ich schürfte mir an der rauen metallischen Robe die Knöchel auf. Refmol war so geschockt, dass ich zwei weitere Schläge landen konnte, bis es mich mit seinen großen Händen abblockte und rückwärts aus dem Bad zurückwich.

»Sie müssen ein Paar werden«, sang es eindringlich. »Sie *müssen ...*«

»Nein!«, schrie ich, als die Tür sich schloss. »Nein, nein, nein!«

18

Ich weiß nicht mehr, wie lange ich dort im Bad auf dem Boden kauerte, an die kalten Kacheln gelehnt, unfähig mich zu rühren. Aber es muss sehr lange gewesen sein, denn irgendwann war mein Körper völlig taub vor Kälte. Mein Gehirn leider nicht – die Fragen überschlugen sich dort geradezu.

Doch plötzlich wusste ich, was zu tun war. Ich stand auf. Lenny konnte mich in weniger als zwei Stunden aus der Stadt bringen. In vier Stunden könnte ich irgendwo in Sydney abgetaucht sein und mich mit ein paar Pillen wieder richtig gut fühlen.

Die Badezimmertür glitt auf. Ich rannte ins Schlafzimmer und zog meinen Rucksack unter dem Bett hervor. Ein paar T-Shirts und meine Jacke würden genügen. Den Rest könnte ich unterwegs kaufen.

Ich wühlte mich durch das Sammelsurium auf meinem Nachttisch. Das Holo von Ingrid und die chromatische Harp wären leicht zu transportieren. Dann fiel mein Blick auf den Gedankenwürfel. Ich hob ihn auf und drehte ihn in meiner Hand hin und her.

Nun ja, eins hatte ich an der ganzen Sache wenigstens gelernt: Hüte dich vor Aliens, die Geschenke dabeihaben.

Vor allem, wenn es Geschenke sind, die einen vor Kopfschmerzen fast um den Verstand bringen. Ich schloss meine Finger um den Würfel und versuchte ihn zu zerdrücken. Die scharfen Kanten schnitten mir in die Haut. Ich warf ihn an die Wand.

Der Würfel krachte gegen den Gipskarton und brach auseinander. Ich kniete mich aufs Bett und sah ihn mir an. Eigentlich hatte ich irgendwelche Nanochips und Drähte erwartet. Stattdessen sah ich nur zwei winzige identische schwarze Spiegel, in denen ich mich spiegelte.

Ich beugte mich näher heran. Wie eigenartig! In einem Spiegel war mein Gesicht durchsichtig. Der zerbrochene Würfel hatte quasi alle Substanz abgezogen, sodass mein Gesicht nur noch in Umrissen zu erkennen war. Lang geschwungene Augen ohne Pupillen. Nasenlöcher, die wie Gruben in der zerfurchten Oberfläche wirkten. Die Andeutung eines Mundes, wie die Fluglinie einer Möwe am Himmel.

Der andere Spiegel hatte mein Gesicht in massive Blöcke zerlegt. Die Stirn war ein Rechteck. Die Nase ein Zylinder. Das Kinn dreieckig.

Ich hob die beiden Hälften auf. Der Bruch verlief nicht gerade, aber sauber; es fehlten keine Teile. Ich schob die beiden Hälften zusammen und drückte sie gegeneinander. Sie verbanden sich und stellten irgendwie den Würfel wieder her. Die Spiegel waren verschwunden – aber ich hatte immer noch die Bilder meiner beiden halb fertigen Gesichter vor Augen.

Ich starrte den langen Riss an, der auf der Oberfläche

des Würfels zurückgeblieben war. *Konzentriere dich auf eine Erinnerung.* Ein Bild von Mav im Reaktor – wie er sich in meinen Armen zusammenrollte und sein Kopf schwer an meiner Schulter lag. Für einen Augenblick glänzte die Oberfläche des Würfels auf und die Luft darüber begann sich zu bewegen. Resonanz. Ich schloss die Augen.

Refmol hatte gesagt, ich müsste meinen Vater finden. Für Mav. Aber mir wurde auf einmal klar, dass ich auch für mich herausbekommen musste, wer oder was mein Vater war.

Ich stellte den Würfel vorsichtig auf den Nachttisch zurück. Dann drehte ich den Rucksack um und schüttelte ihn. Drei T-Shirts, meine Mundharmonika und das Holo fielen heraus. Ich lehnte mich mit dem Rücken an die Wand, zu erschöpft, um sie wegzuräumen. Mir begannen die Augen zuzufallen. Ich würde mich zehn Minuten lang ausruhen, dann wäre ich wieder fit. Ich legte mich neben meinen Rucksack und meine Klamotten. Nur zehn Minuten.

Genau drei Stunden später schreckte ich hoch. Ich wachte auf diese widerwärtig abrupte Art auf, die einem fast einen Herzinfarkt beschert. Doch mein Kopf war jetzt wieder ganz klar. Ich wusste, dass ich mit Ingrid sprechen und den Klinikcode meines Vaters herausfinden musste. Und Louise hatte Recht. Es war an der Zeit, dass Ingrid und ich endlich reinen Tisch machten. Ich stolperte in die Küche. Zuerst einen Kaffee. Mit der Tasse in der Hand setzte ich mich an meine Konsole und schaute mir die Spätnachrichten an. Ein dreifacher Mord, das erneute Auf und Ab der Aktien,

Olympiademonstranten und eine Katze, die in einem Kamin stecken geblieben war. Das Übliche eben.

»Computer, verbinde mich mit der ersten gespeicherten Nummer, bitte«, sagte ich schließlich.

»Okay, ich ruf Ingrid an.«

Ich versuchte, meine feuchten Handflächen an meinen Jeans trockenzureiben. Der Nachrichtenkanal wurde abgeschaltet und das CommNet-Logo erschien. Es verwandelte sich sogleich in Lewis' lächelndes Gesicht. Offenbar war er bei der Typberatung gewesen und hatte seine Augenbrauen etwas bleichen lassen. Sonst sah er immer noch aus wie ein Frettchen.

»Joss, wie komme ich eigentlich dazu, in zwei Tagen gleich zwei Anrufe von dir zu erhalten? Und dann noch zu so später Stunde?«, säuselte er und drohte mir schelmisch mit dem Zeigefinger.

»Hallo, Lewis. Sorry wegen der Zeit. Kann ich bitte Ingrid sprechen«, leierte ich herunter.

Er hob seine bescheuerten Augenbrauen.

»Hmmh, welch freundliche Begrüßung. Vielleicht …« Er hielt inne und schaute zur Seite. »Nein, sie ist gerade nicht zu sprechen.«

Ich hatte jetzt wirklich keine Zeit für derlei Herumgezicke.

»Sagen Sie Ingrid, dass sie ihr Interview mit Mavkel vergessen kann, wenn sie jetzt nicht auf der Stelle mit mir spricht«, sagte ich.

»Bleib dran.«

Das Pause-Logo erschien. Ich hatte gerade mal bis drei

gezählt, als auch schon Ingrids geliftetes Gesicht auf dem Bildschirm auftauchte.

»Hallo, Darling. Hast du einen schönen Geburtstag? Hast du deine Geschenkchen bekommen?«

Sie hatte ihren verlogenen Lady-Perfect-Ton drauf. Normalerweise brachte mich der immer auf hundertachtzig. Ich atmete tief durch.

»Ich muss mit dir sprechen«, sagte ich kühl.

Sie seufzte – ganz die Dramaqueen.

»Wie viel brauchst du, Liebes? Die kleine Zuwendung, die dir Lewis zukommen lies, ist doch nicht etwa schon weg, oder?«

»Es geht nicht um Geld. Ich muss mit dir reden.«

»Haben sie dich aus dem Institut geworfen? Das können sie nicht, das weißt du. Ich besitze über zehn Prozent der Anteile.«

»Nein. Nein, mir geht's gut. Alles okay. Ich will mit dir über meinen Vater sprechen.«

»Deinen Vater?« Sie runzelte die Stirn.

»Ich brauche seine Codenummer von der Klinik. Ich weiß, dass du sie hast.«

»Woher willst du das wissen?« Ihre Stimme verwandelte sich innerhalb einer Sekunde von Honig zu Plexiglas.

»Louise hat's mir gesagt.«

Ingrid wurde rot. Die Farbe passte nicht zu ihrer frisch gelifteten Haut.

»Du hast Louise getroffen? Wie geht es ihr?«

»Gut. Sie sagte, du hättest eine Krankenschwester bestochen, damit sie dir die Codenummer aus der Klinik verriet.«

Ingrid drehte sich mit fliegenden Haaren zu Lewis um, der irgendwo im Hintergrund herumhing. Sie schickte ihn aus dem Zimmer und wandte sich dann wieder mir zu.

»Ich weiß nicht, was Louise dir gesagt hat, aber ich besteche keine Leute. Außerdem ist der Code sowieso nutzlos. Die Akten der Klinik wurden schon vor Jahren vernichtet. Also, wenn dieses Verhör jetzt beendet ist, würde ich mich gern wieder von der Anklagebank erheben.«

Sie langte zur CommOff-Taste.

»Halt, warte noch, Mum. Ich brauche wirklich deine Hilfe«, sagte ich.

Sie machte große Augen. Ich hatte sie schon ewig nicht mehr Mum genannt.

»Was willst du, Joss?«

»Kannst du die Verbindung sichern?«

»Wenn du es wirklich für nötig hältst.«

Ich nickte.

Sie drückte eine andere Taste. »Okay, jetzt sind wir allein.«

»Gut. Ich wechsle jetzt aber trotzdem zur Tastatur«, sagte ich.

»Warum? Ich habe die Verbindung gesichert.«

»Aber ich glaube nicht, dass meine Seite hier sicher ist.«

Ingrid hob die Augenbrauen. »Okay. Verstehe. Feuer frei.«

Ich wechselte zur CommText-Option und gab eine Kurzversion der ganzen Mavkel-Sulon-Angelegenheit ein, ließ das Thema »Resonanz« aber aus. Dafür war es noch zu früh. Als ich fertig war, schaltete ich wieder auf Stimmerkennung um. Ingrid saß da, bewegte unruhig ihren Drehstuhl hin und her und biss auf ihrer Unterlippe herum.

»Das wäre eine gute Story«, sagte sie. Sie wusste, dass mich dieser Satz zum Kochen brachte. »War nicht ernst gemeint, Joss. Und mach dir keine Sorgen, ich kann diskret sein. Ich besorge dir die Kliniknummer, auch wenn ich nicht glaube, dass sie dir viel nützen wird.«

Sie beugte sich nach unten und verschwand aus dem Bildschirm. Als sie sich wieder aufrichtete, hielt sie eine Schachtel in der Hand.

»Da habe ich alle deine Kindersachen drin«, sagte sie und öffnete den Deckel.

Sie stellte eine schwere altmodische Holo-Einheit auf den Tisch und schaltete sie ein. Ein Bild von mir mit etwa drei Jahren erschien.

»Hübsch, was.« Sie lächelte, schaltetet das Holo wieder aus und stellte es beiseite. Ein völlig abgeschabter Spielzeughase kam zum Vorschein – Bobby-Sox, mein treuster Begleiter – und ein kleiner Plastikbecher mit vergilbten Babyzähnen.

»Aha.« Ingrid zog ein altes Blatt Papier aus der Schachtel und wedelte damit hin und her. »Da ist es. Aus irgendeinem Grund hielt die Newman-Klinik Kopien damals für sicherer als digitale Speicherung.«

Sie hob eine Augenbraue. Übertriebene Comedygeste Nummer 334. Als Kind hatte ich zugesehen, wie sie sie vor dem Spiegel einstudierte.

Sie las die Akte durch und nickte ab und zu.

»Wie lautet der Code?«, fragte ich ungeduldig. Am liebsten hätte ich durch den Bildschirm gelangt und ihr das Blatt aus der Hand gerissen. »Nein. Sag's mir nicht. Schick mir lieber eine Kopie.«

Sie steckte das Papier in den Scanner und drückte auf SENDEN. Es dauerte ein paar Sekunden länger, als ich ertragen konnte. Ich riss die Kopie aus der Maschine, noch bevor die letzte Verzierung am Rand ausgedruckt war.

»Ganz oben steht seine Codenummer«, sagte Ingrid und zeigte auf den oberen Teil ihrer Kopie.

Nummer 8796632. In Ingrids flüchtiger Handschrift geschrieben.

»Es gab einigen Ärger, als ich damals die Nummer herausbekommen wollte. Als Klientin durfte ich eigentlich nur seinen Codenamen erfahren. Charles. Mir gefiel dieser Name schon immer. Jedenfalls fand ich seine Nummer nach einer Menge Lauferei dann doch heraus. Ich erfuhr durch eine Quelle, dass es in der Klinik eine Datei gab, in der sein wirklicher Name verzeichnet war. Doch als ich den Code erhielt, hatten sie die Daten schon vernichtet. War wohl das übliche Vorgehen. Ich war genau *so viel* zu spät gekommen.« Sie deutete die Zeit mit einem winzigen Abstand zwischen Zeigefinger und Daumen an.

»Warum hast du mir nie gesagt, dass du es versucht hast?«

»Ich weiß nicht. Wahrscheinlich wollte ich dir einfach keine Hoffnungen machen. Du hast ständig danach gefragt, wer dein Vater sei. Es machte mich fast verrückt.« Sie stellte den Behälter mit meinen Milchzähnen wieder in die Schachtel zurück. »Vielleicht war ich auch einfach feige.«

»Louise sagte, du hättest mich im Reagenzglas machen lassen, weil du Angst hattest, allein zu sein.«

Das saß. Ingrid hob ruckartig den Kopf.

»Louise hat sich kein bisschen verändert, was?« Sie lachte verlegen und zog Bobby-Sox' Hasenohren kräftig durch ihre Finger. »Na ja, in Wirklichkeit hat sie keine Ahnung«, sagte sie dann. »Ein Kind bekommt man nicht aus einem einzigen Grund. Niemand tut etwas nur aus einem einzigen Grund.«

»Aber warum hast du mich machen lassen?«

»Weißt du, das ist keine leichte Frage«, seufzte sie. »Ich wollte, dass du nur das Beste hättest. Und ich wollte ein Kind nach meinen eigenen Vorstellungen. Wirklich ein bisschen dumm, da alle Kinder sich allein entwickeln. Sogar Comps.«

Sie ließ Bobby-Sox in die Schachtel fallen und drückte den Deckel darauf.

»Als du ihn ausgesucht hast, hast du doch alle seine Gene und so überprüft, oder?«, fragte ich.

»Natürlich hab ich das«, sagte sie. »Sowohl seine als auch meine Gene wurden gründlichst untersucht.« Sie fuhr mit der Zunge über ihre Lippen. »Warum? Du bist doch nicht krank oder so?«

»Nein, mir geht's gut.«

»Das hätte mich auch überrascht. Du hast schließlich eine verlässlich gesunde Abstammung.«

Sie machte eine Pause und überflog die kurze Vita meines Vaters auf dem Blatt Papier.

»Weißt du, es mag sich ja jetzt dumm anhören – aber

einer der Gründe, warum ich ihn ausgesucht habe, war Shakespeares Hamlet. Er hatte wohl einen besonders engen Bezug zu diesem Stück. Ich dachte, man könnte einem Mann vertrauen, der etwas mit dem ›Sein oder nicht sein‹-Monolog anfangen kann.«

»*Sein oder nicht sein – das ist die Frage*«, deklamierte ich. Ingrid fiel ein und unterstützte mich mit ihrer tiefen ausgebildeten Stimme.

»*Ob es einem edlen Geist anständiger ist, sich den Beleidigungen des Glücks geduldig zu unterwerfen ...*«

Sie lachte. »Hab ich dir gut beigebracht, was?«

Wir sahen uns an, schauten uns aber nicht direkt in die Augen.

»Ich schätze deine Hilfe«, sagte ich verlegen.

»Ich weiß«, sagte sie und legte ihre Arme um ihren Körper.

»Und pass auf dich auf!«

»Mach ich.« Die Besorgnis, die in ihren Augen lag, tat mir gut.

Ich unterbrach die Verbindung und ließ mich auf meinem Stuhl zurückfallen. Vor mir auf dem Tisch lag die Kopie der Klinikakte. Die nackte Wahrheit über meinen Vater.

CODENAME DES SPENDERS: Charles.
BERUF: Wissenschaftler.
AUGENFARBE: braun.
HAUT: mittlerer Teint
HAARE: schwarz, glatt.
GEWICHT: 80 kg.

GRÖSSE: 178 cm.
ERSCHEINUNG: attraktiv, sportlich.
PERSÖNLICHKEIT: vital, zuversichtlich, freundlich.
IQ: 280 auf der Saraen-Skala.
HOBBYS: Shakespeare-Stücke lesen (am liebsten »Hamlet«), spielt gut Saxofon.
BLUTGRUPPE: A.

Hi Dad, wer auch immer du bist. Ingrid hat dich nicht gefunden. Mav auch nicht. Aber vielleicht gelingt es ja einem Spyder dich aufzuspüren.

19

Lenny freute sich, mich zu sehen. »Geburtstag gut gewesen?«, fragte er knapp und reichte mir einen warmen Saki.

Ich deutete mit der Hand ein So-lala an und kippte den Saki runter. Aah, er war von dem guten Import.

»Willst du noch ein Glas oder soll ich dir gleich die ganze Flasche geben?«, fragte er mit einem breiten Grinsen.

Ich schüttelte den Kopf und wartete ab, bis das Brennen in meiner Kehle nachließ.

»Len, ich brauch noch mal 'nen Spyder«, sagte ich, als ich wieder sprechen konnte. »Am besten Blackwidow. Kannst du Kontakt zu ihr aufnehmen?«

Lenny nahm einen Schluck von seinem Saki, ließ ihn im Mund hin und her wandern und hielt dabei sein Glas gegen das Licht.

»Das ist nicht üblich«, sagte er und trank einen vorsichtigen zweiten Schluck. »Diese Leute sind nicht unbedingt scharf darauf, so etwas wie eine Individualität anzunehmen. Das macht es für die Bullen viel leichter sie aufzuspüren. Aber ich werde schauen, was ich tun kann.« Er sah mich triumphierend an. »Wer weiß, vielleicht brauchst du Blackwidow auch gar nicht mehr, wenn ich dir sage, was ich herausgefunden habe.«

»Neuigkeiten über Suka?«

»Ich hab dir doch gesagt, dass ich früher oder später etwas erfahren würde.« Es machte Lenny augenscheinlich großen Spaß mich zappeln zu lassen. Genüsslich nippte er an seinem Saki und beobachtete mich über den Rand seines Glases.

»Okay, komm schon.«

»Ich bekam zwar keinen Namen … aber Suka ist angeblich hinter jemandem her, der große Anteile an eurem Institut erben soll. Also garantiert nicht hinter deinem kleinen außerirdischen Freund.«

Meine Gedanken begannen zu rasen. Sunawa-Harrod hatte seinen vierzigprozentigen Anteil am Institut Camden-Stone vermacht. Suka war hinter einem Erben von Institutsanteilen her. Was kommt heraus, wenn man eins und eins zusammenzählt? Ein Anschlag gegen Joseph Camden-Stone!

»Shit«, flüsterte ich.

»Hast du irgend 'ne Idee?«, fragte Lenny neugierig.

Ich glitt von meinem Barhocker. »Nein, ich muss jetzt los. Danke für den Drink.«

»Und was ist mit Blackwidow? Brauchst du sie noch?«

Ich zog die Kopie aus der Tasche, die ich von der Klinikakte gemacht hatte.

»Hier, solltest du mit ihr Kontakt aufnehmen, frag sie bitte, ob sie den Namen und irgendwelche weiteren Informationen über die Codenummer rausfinden kann, die hier oben steht. Sag ihr, dass die Klinik in dieser Angelegenheit vor zirka neunzehn Jahren aktiv gewesen ist.«

Lenny nahm das Blatt Papier. Ich rannte zur Tür.

»Wie willst du sie bezahlen?«, rief er mir nach.

»Kannst du's für mich auslegen? Ich hab das Geld.«

Lenny nickte und winkte mich aus der Bar.

Ich musste Camden-Stone vor Suka warnen. Egal, wie wenig ich ihn auch mochte. Niemand verdient es, wegen einiger lausiger Aktien zu sterben. In seinem Büro würde ich ihn um diese Zeit allerdings nicht mehr erwischen, aber Donaldson-Hono war bestimmt noch in seinem Sicherheitsoffice.

Der schnellste Weg zurück zur Uni führte durchs Zentrum und dann durch Mall 12. Ich kam gut voran, bis ich auf einen Menschenpulk stieß, der um einen Feuerjongleur herumstand. Meine Augen folgten den wirbelnden Fackeln, bis sie an einem bekannten Gesicht hängen blieben. Der Muskelprotz mit dem roten Jeansanzug. War das ein Zufall? Ein paranoider Freak wie ich kann mit diesem Wort natürlich nichts anfangen. Ich machte mich besser schnellstens aus dem Staub.

Meine Vermutung war richtig gewesen. Der Muskelprotz blieb tatsächlich etwa zwei Kilometer lang dicht hinter mir, bis ich in Mall 10 über ein Geländer sprang und mich hinter einem Müllcontainer versteckte. Er merkte es nicht und rannte an mir vorbei.

Donaldson-Hono saß in seinem Kabuff und sah mit gerunzelter Stirn ein paar Sicherheitsdiagnosen durch. Er blickte noch nicht einmal auf, als ich atemlos durch die Tür gerannt kam, und nuschelte irgendwas von »bei den Schließfächern warten«. Na ja, der würde Augen machen. Schließlich schlurfte er zu mir herüber und bat mich in seiner einmalig freundlichen Art, dass ich mich gefälligst kurz fassen sollte. Ich nannte ihm meinen Verdacht.

»Woher wissen Sie das alles?«, fragte er. Sein kleiner drahtiger Körper drückte mit jeder Faser Misstrauen aus.

»Auf der Straße gehört«, sagte ich mit Unschuldsmiene.

Er schnaubte verächtlich. »Das hat Ihnen wohl einer Ihrer kriminellen Freunde erzählt, was?« Er beugte sich vor und sah mich durchdringend an. »Wer von denen war es denn?«

»Ich muss meine Quellen schützen«, sagte ich. »Wenn Sie mir nicht glauben, müssen Sie es ja nicht überprüfen.«

Donaldson-Hono leckte seine Lippen.

»Oh, ich werde es überprüfen, keine Frage.«

Das genügte, mehr brauchte ich nicht zu wissen.

In der Suite angekommen sagte mir der Computer, dass zwei Nachrichten für mich eingegangen seien.

Ich warf mich auf die Couch.

»Ich kann mich nicht rühren, bin zu müde«, sagte ich.

»Hey, jetzt wird nicht gepennt. Ich kann sie dir ja laut vorspielen – oder auch in 3-D auf die Wand projizieren.«

Eine Konferenzprojektion in 3-D? Diese Suite war wirklich mit allem ausgestattet, was man sich wünschen konnte.

 »Okay. Projektion.«

Ich zuckte zusammen, als mein spezieller Freund Welton in einer 3-D-Mulde an der Wand erschien. Die Bildqualität war gut, mal abgesehen davon, dass seine Haut ein wenig blau aussah.

»Dies ist eine Nachricht an alle Studenten des Instituts«, sagte er steif. »Am Donnerstagmorgen um 11 Uhr wird eine Gedenkfeier für Professor Sunawa-Harrod abgehalten. Alle Studenten müssen daran teilnehmen.«

»Doch nun zu etwas Erfreulicherem«, fuhr er sogleich fort. »Am Freitagabend zwischen acht und neun Uhr findet im großen Saal eine Cocktailparty statt, bei der Professor Camden-Stones Ernennung zum Direktor des Instituts gefeiert wird. Diese Ernennung fällt mit Professor Camden-Stones fünfzigstem Geburtstag zusammen. Die Studiengebühren aller Studenten wurden um eine kleine Summe erhöht, um für unseren neuen Institutsleiter ein angemessenes Geschenk zu erwerben. Das ist alles.«

Tja, Camden-Stone verschwendete keine Zeit. Gedenkfeier an einem Tag, Party am nächsten. Und dann noch ein Geburtstagsgeschenk! Das fehlte mir gerade noch, dass ich dafür Geld spendete. Ich würde also Beschwerde einlegen müssen. Wenn ich Glück hatte, würden sie mich von der Party ausschließen.

»Nächste Nachricht«, sagte ich.

Eine 3-D-Lisa erschien.

»Hi, Joss. Ich hab gerade von Mavkel gehört. Ich hoffe, es geht ihm gut. Ruf mich an, wenn du Hilfe brauchst oder so.« Sie beugte sich vor und sprach leise weiter: »Du hast wahrscheinlich schon gemerkt, dass Derry nicht allzu scharf auf die Chorianer ist. Also hinterlass einfach deinen Namen, wenn er sich meldet. Ich ruf dich dann zurück.« Sie winkte und strich sich mit der anderen Hand ihre langen Ponyfransen aus den Augen.

Die Projektion verschwand.

Zu schade, dass sie nicht helfen konnte, den Namen meines Vaters herauszufinden. Genau diese Art Hilfe hätten Mav und ich jetzt gebraucht.

Als Mav am nächsten Morgen in unsere Suite zurückgebracht wurde, kämpfte ich mich gerade durch ein Kapitel über Zeitmechanik. Er sah wirklich schlimm aus. Seine Haut glitzerte überhaupt nicht mehr und seine Ohren hingen schlaff herunter wie Fahnen bei Windstille. Seine Erkältung war auch nicht besser geworden. Als er hereinkam, nieste er dreimal, wobei jede seiner beiden Nasen eine dissonante Fanfare ausstieß. Refmol hatte Recht. Mav hatte nicht mehr viel Zeit und ich war seine letzte Chance. Aber allein der Gedanke an die so genannte Vereinigung bereitete mir Magenschmerzen. Eine Gleichung mit zu vielen Unbekannten. Und außerdem war ich auch böse auf ihn. Aus gutem Grund!

Als Mav mich sah, fingen seine traurigen Augen an zu leuchten. »Hallo, Joss-Partner«, sagte er und kam auf mich zu.

Ich drehte mich um und sah demonstrativ in die andere Richtung. Er lief um mich herum, bis er wieder vor mir stand.

»Hallo, Joss.«

Ich hielt die Augen weiterhin auf meinen Reader gerichtet.

Mav kniete sich hin und steckte seinen Kopf zwischen mich und den Bildschirm.

»Ich weiß, dass es unsensibel ist, jemand anderen nicht anzusehen«, sagte er.

Ich schob den Reader um seinen Kopf herum, bis ich ihn wieder im Blick hatte.

»Und *ich* weiß, dass es höchst unsensibel ist, in meinen Kopf zu wollen, ohne mich um Erlaubnis zu bitten.«

Mav wich zurück und blickte zu Boden.

»Woher weißt du das?«, fragte er. »Es war ein Geheimnis.«

»Refmol hat es mir gesagt.« Ich warf ihm einen wütenden Blick zu. »Warum versuchst du, ohne mich zu fragen, in mein Hirn zu kommen? Was bringt dir das?«

»Du sagtest, du würdest den Gedankenwürfel ausprobieren, hast es aber nicht versucht.«

»Ich hab es versucht.«

»Es war kein wirklicher Versuch. Fünf oder sechs Sekunden sind kein echter Versuch.«

»Du hättest mich nicht so dazu drängen sollen. *Joss, probier den Gedankenwürfel aus, Joss, probier den Gedankenwürfel aus*«, äffte ich ihn in einem kreischenden Singsang nach.

Mavs Ohren fuhren steil nach oben. »Du hast gesagt, du würdest es versuchen«, sang er leise.

»Und dann bist du wie ein Bulldozer in mein Hirn gerast. Du hast mir wehgetan.« Ich kam jetzt richtig in Fahrt.

»Ich hab dir wehgetan? Das wusste ich nicht.«

»Na, du bist mir ein Arzt …«

»Ich wollte dir nicht wehtun, ich wollte mich nur mit dir vereinigen.« Er berührte meinen Arm, wollte mich streicheln. Ich schüttelte brüsk seine Hand ab.

»Du hast mich ja nicht mal gefragt, ob ich diese Vereinigung will. Du hast mir überhaupt keine Wahl gelassen.« Meine Stimme überschlug sich.

»Jetzt erst verstehe ich dich wirklich«, sang er. »Du willst gar kein Double haben.«

»Woher soll ich wissen, ob ich ein Double will? Ich hab gern meinen Kopf für mich allein. Das bin ich gewöhnt.« Ich sah ihn herausfordernd an. »Ich hab meine eigenen Pläne! Etwa per Zeitsprung an einer Jam-Session von Rogue Henry teilzunehmen – allein!«

Mav sagte nichts. Seine Ohren zeigten keinerlei Gefühlsregung. Er sah mich einfach nur stumm an.

»Was wird passieren, wenn wir uns vereinigen, Mav?« Meine Stimme war nur noch ein Flüstern. »Werde ich Rogue dann noch sehen wollen? Werde ich überhaupt noch Joss sein?« Ich zog meine Knie an die Brust und schlang meine Arme darum. »Wir wissen ja noch nicht mal, ob wir uns überhaupt vereinigen *können!*«

»Du hast Recht«, sang er. »Wir wissen es nicht.« Er stand auf und setzte sich neben mich auf die Couch.

»Joss, ich verstehe es, wenn du nicht mein Double werden willst«, sang er leise. »Schließlich bist du im Gegensatz zu mir dafür bestimmt, *eins* zu sein, nicht *zwei*.«

Ich richtete mich auf. »Untersteh dich bloß, jetzt den Märtyrer zu spielen.«

»Ich hätte mit Kelmav zusammen sterben sollen.«

»Ich will nicht, dass du stirbst, Mav!« Ich blinzelte zur Decke hoch. »Es ist nur so, dass … Refmol hat mir von dieser Sache mit der Resonanz erzählt. Es macht mir eine Heidenangst. Verstehst du das?«

»Ich verstehe«, sang er. »Und *ich* hab Angst davor, allein zu sein.«

Er legte mir einen Arm um die Schultern. Das Gewicht fühlte sich angenehm beruhigend an. Wir saßen einige Sekunden schweigend da. Nur Mavs Erkältungsschniefen durchbrach die Stille.

»Ich hab einen Spyder angeheuert, um meinen Vater zu suchen«, sagte ich schließlich.

»Ein Spyder? Was ist das?«

»Ein Hacker, der durchs Internet Dinge herausbekommt, die andere nicht herausbekommen. Der Spyder wird mein Sulon finden.«

»Danke«, sagte Mav leise.

20

Wir kamen ein paar Minuten zu spät zu unserem morgendlichen Seminar, da Camden-Stone mich in ein seltsames Gespräch verwickelte. Er stand vor Vaughns Empfangstheke und gab ihm gerade irgendwelche Anweisungen, als unsere Miniarmee an ihm vorbeimarschierte. Er rief mich zu sich und bat Mav und die Bodyguards an der Tür zu warten.

»Aaronson, ich glaube, dass Sie sich einige Informationen beschafft haben, die meine Sicherheit betreffen.« Um seinen kleinen Mund zuckte ein seltsames Lächeln, das ich nicht so recht zu deuten wusste.

»Ja, Sir«, sagte ich.

»Ich wollte Ihnen nur für Ihre Sorge danken. Was ich gehört habe, hat meinen Verdacht bestätigt.« Das Lächeln wurde breiter, während er Mavkel beobachtete, der im Eingangsbereich aufgeregt hin und her hüpfte. »Kein Zweifel, Mavkel fühlt sich jetzt besser, entspannter.«

»Ja, das tut er, Sir.«

»Gut, Sie können jetzt in Ihre Klasse«, beendete er unser Gespräch. »Richten Sie Sergeant Wolfendon aus, dass sie zu mir kommen soll. Ich glaube nicht, dass Ihr Partner weiterhin diesen intensiven Schutz braucht. Er kommt auch ohne Bodyguards aus.«

Das war seltsam. Warum wollte er plötzlich gleich alle Bodyguards auf einmal abziehen? Draußen waren schließlich nach wie vor diese durchgeknallten Demonstranten.

Während ich zu Wolfendon ging, konnte ich Camden-Stones Blick regelrecht auf meinem Rücken spüren. Wie hieß es doch gleich in dieser alten Erzählung von Franz Kafka? »Du musst nur die Laufrichtung ändern, sagte die Katze zur Maus.« Warum kam ich mir nur permanent vor wie die Maus?

Mav studierte gerade ein grellfarbiges virtuelles Wandgemälde, das neu angebracht worden war. Seine Ohren waren zurückgerollt – schien wohl nicht sein Stil zu sein. Für ein Wesen, das noch nie von visueller Kunst gehört hatte, war er ganz schön wählerisch. Ich richtete Sergeant Wolfendon die Nachricht aus und ging zu unserem frisch gebackenen Kunstkritiker.

»Camden-Stone hat unsere Bodyguards abgezogen«, sagte ich.

»Wie schade«, sang Mav und riss sich von dem Bild los. »Ich mochte sie. Sammy war gerade dabei, mir ein Spiel namens Poker beizubringen.«

Nach dem Seminar scannten Mav und ich uns wieder in P 3 ein. Vaughn winkte mich gleich zu sich an den Empfang.

»Wir sehn uns später in der Suite«, sagte ich zu Mav. Er nickte und ging den virtuellen Gang entlang. Die Wand schloss sich hinter ihm.

»Wieder ein Päckchen für Sie«, sagte Vaughn. »Sie lesen ’ne Menge, was?«

Genial – Blackwidow hatte erneut geliefert.

In Rekordgeschwindigkeit raste ich zur Ledbetter Suite.

»Mav, hier ist es!«, rief ich atemlos.

Mav streckte seinen Kopf durch die Tür unserer Küche. Er kaute an einem seiner Lieblingsessstäbe herum.

»Was ist hier?«

Ich deutete in Lippensprache das Wort »Spyder« an. Er eilte mit weit aufgerissenen Augen auf mich zu.

»Ist das Sulon da drin?«, sang er.

Ich legte einen Finger an die Lippen. »Ich weiß es nicht«, flüsterte ich. »Ich hab das Päckchen gerade bekommen. Komm.« Ich zog ihn in mein Bad.

»Mach die Tür zu«, sagte ich und kniete mich auf die Fliesen. Mav klatschte seine Hand auf das Sensorfeld.

Der Reader war extrem fest eingepackt und meine Finger waren schweißnass, sodass ich immer wieder abrutschte. »Ich krieg das verdammte Ding nicht auf.«

Mav schnappte sich das Päckchen. Er hob einen Fuß und riss es mit einem Klauennagel auf. Eine Karte fiel heraus. Ich hob sie auf, während sich Mav um den Rest des Päckchens kümmerte.

Auf der Karte standen nur zwei Worte: *Viel Glück* – sonst nichts.

Mav hatte sich schließlich durch alle Folien gekämpft. Er fuhr mit der Hand über die Seite des Readers und knipste ihn an.

»Eine Geschichte namens ›Der Mann, der Kinder liebte‹. Was machen wir damit?«

»Diese Hackerin nennt einem normalerweise ein Codewort. Aber ich habe nicht mit ihr gesprochen. Es war Lenny.«

Mav schüttelte den Reader.

»Schnell. Ruf Lenny an.«

»Warte.« Ich sah mir die Karte noch einmal genauer an. Spyder schicken normalerweise keine Karten. Na klar – das war's!

»Versuchen wir es doch einmal mit *Viel Glück*!«

Ich gab den Suchbefehl ein. Sekunden später verfärbte sich der kleine Bildschirm dunkelviolett. Es funktionierte tatsächlich. Mav packte meine Schultern und ließ mich vor lauter Begeisterung wie ein Ball auf und ab hüpfen, bis meine Knie zu knacken begannen. Die Farbe auf dem Bildschirm begann zu wirbeln, die Worte des Romans drängten sich zu einem Haufen zusammen bevor sie in der Bildschirmmitte wie in einem Abflussloch verschwanden. Eine Zeile erschien.

Spender Nr.: 8796632

»Das ist er!« Mein Finger glitt über den Bildschirm. »Das ist mein Vater!«

Mav beugte sich noch weiter vor. Seine Ohren flappten aufgeregt hin und her. Mit einem Daumen berührte er den Scrollsensor.

Letzte Spende: 18/8/47. Gebrauch:
Tangren-Poll, P.: Gene: 564, 332, 887
Verbindung 15/9/47

Dullam-Searle, C.: Gene: 332, 907
Verbindung 10/12/47
Aaronson, I.: Vollständige Spermaspende
Bfr. 12/06/48

»Was heißt Bfr.?«, fragte Mav.

Ich zählte an meinen Fingern neun Monate ab.

»Das heißt Befruchtung. Das ist das Datum, an dem die Befruchtung der Eizelle meiner Mutter stattfand.«

»Aber wo ist der Name des Sulons?«

»Warte, da steht noch mehr.«

Keine digitale Aufzeichnung des Namens von
Nr. 8796632.
Kopie in der Newman Spenderklinik gelagert
von 05/06/43 bis 05/06/54.
Vernichtet 08/06/54.
Ende.

Wir starrten uns an.

»Ein einziger lausiger Name – und keiner kann ihn finden.« Ich schlug wütend auf den Bildschirm des Readers. »Warum zum Teufel haben sie die Aufzeichnungen zerstört?«

Ich hätte den blöden Idioten am liebsten erdrosselt, der am 08.06.54 die medizinischen Akten abgefackelt hatte. Einfach zu diesem Tag zurückspringen und ihn abmurksen.

»Es gibt kein Sulon«, sang Mav. Sein Gesang verwandelte sich in ein unerträglich hohes Kreischen.

»Mav! Hör auf! Bitte.« Das Kreischen erstarb augenblicklich. »Wir können das Sulon finden«, sagte ich und packte seine Unterarme. »Verstehst du denn nicht? Wir können zu dem Tag zurückgehen! Darum sind wir schließlich hier! Wir können in der Zeit zurückspringen!«

Mavs Ohren schossen vor Freude senkrecht nach oben.

»Wir können in der Zeit zurückspringen!«, sang er auf und ab hüpfend.

Er zog mich auf die Füße und wir hüpften und tanzten lachend und jodelnd durch mein Badezimmer. Doch plötzlich packte mich Mav mitten in einer Pirouette am Arm.

»Aber wir wissen doch noch gar nicht, wie das geht«, heulte er auf. Seine Ohren fielen in sich zusammen.

Ja, dieses kleine Problem bestand in der Tat. Ich starrte mein Spiegelbild an und wartete auf eine Inspiration. Sie kam schon wenige Sekunden später.

»Lisa«, sagte ich und mein Spiegelbild warf mir einen anerkennenden Blick zu.

»Also, machst du es?«

Ich hatte Lisa gerade eine Stunde lang alles haargenau erzählt. Wir waren jetzt zwar schon dreimal den gleichen Weg rund um den Campus marschiert, aber ich ging davon aus, dass wir sicherer waren, wenn wir uns bewegten. Falls Lisa nicht abgehört wurde.

Sie nagte am Ende ihres Zopfs.

»Dein Plan hat jede Menge Lücken. Große Lücken.«

»Darum brauchen wir ja deine Hilfe.«

»Erstens weißt du nicht, wie man einen Jumper steuert.«

»Hast du nicht gesagt, dass es eine automatische Steuerung gibt, die du bedienen kannst?«

»Natürlich kann ich das, aber was passiert, wenn etwas schief geht? Du hast null Ahnung von den Instrumenten.« Sie biss sich auf die Unterlippe. »Sieh mal, im Jumper ist nur Platz für zwei Leute. Ich sehe keine andere Möglichkeit, als dass ich an Mavs Stelle die Zeitreise mit dir unternehme. Alles andere wäre zu riskant.«

»Nein, Mav muss bei mir sein, wenn ich den Namen meines Vaters herausfinde. Sie nennen das den Augenblick der Erkenntnis oder so. Nur dann können sich unsere Gedanken vereinigen. Es ist seine letzte Chance.«

»Glaubst du wirklich, dass diese Vereinigung möglich wird, weil du den Namen deines *Dads* herausbekommst? Klingt mir irgendwie ziemlich weit hergeholt.« Sie schüttelte den Kopf.

»Klar, ich weiß. Aber wir müssen es dennoch versuchen.« Ich ließ meinen Blick über den Rasen wandern, wo ein paar Typen gerade einen Ball hin und her kickten. »Wir müssen es versuchen«, wiederholte ich noch einmal und hoffte so nicht nur Lisas, sondern vor allen Dingen meine eigenen Zweifel zu vertreiben.

»Okay, okay. Kein Grund zur Panik.« Lisa rieb sich die Stirn. »Wahrscheinlich ist es besser, wenn ich euren Versuch im Labor überwache.«

»Du machst es also?«

»Wir sollten zuerst mal einige Punkte klären. Etwa die Frage, wie wir die Sicherheitsmaßnahmen des Labs umgehen. Und hast du schon mal überlegt, wie du den Leuten in der Vergangenheit die Anwesenheit eines Aliens erklären willst?«

»Heißt das, du machst es?«

Sie ließ ihren Zopf fallen und ergriff meine Hand.

»Die Chance werd ich mir doch nicht entgehen lassen – dich mit einem Alien zu paaren!«

21

Zwei Abende später trafen sich Lisa, Mav und ich in meinem Badezimmer.

»Muss denn ausgerechnet das Badezimmer die einzig wanzenfreie Zone sein? So ein bequemes Sofa wär mir schon lieber«, seufzte Lisa, als sie sich auf den Wannenrand setzte.

Mav saß auf der Toilette. Er rutschte unbehaglich hin und her, bis ich ihn auf die Füße zog und den Klodeckel runterklappte.

»Okay«, sagte Lisa. »Ich hab die üblichen Recherchen über eine Landegelegenheit angestellt. Vor ungefähr neunzehn Jahren war das Zeitgebäude noch nicht fertig, ihr landet also auf offenem Gelände. Darum sollten wir meiner Meinung nach T 3 nehmen; sein Labor befindet sich auf der anderen Seite des Campus, ein Stück entfernt von den übrigen Institutsgebäuden. Ihr werdet nachts springen, sodass ihr ein wenig Zeit habt, den Jumper zu verstecken.«

»Wir sollen versuchen, einen Jumper zu verstecken?« Ich sah mich schon auf den nächsten Baum klettern, um Zweige

und Blätter als Tarnung zu besorgen.

»Die Maschine zu tarnen gehört zum Ersten, was man im zweiten Jahr lernt«, sagte Lisa ein wenig wichtigtuerisch.

»Keine Sorge, ich zeig euch, wie es geht. Ich hab die ganze Ausrüstung hier drin.«

Sie beugte sich hinunter und wühlte in ihrem Rucksack herum.

»Ich glaube außerdem, dass ich das Problem Mav gelöst habe«, klang ihre Stimme gedämpft zu uns herauf.

»Ich bin ein Problem?«, fragte Mav, beugte sich ebenfalls hinunter und lugte in den Rucksack.

Da tauchte Lisas rot angelaufenes Gesicht wieder auf. Sie hielt einen Stapel dunkelorangefarbenen Stoff und eine weiße Maske hoch.

»Ich glaube kaum, dass ihr so was irgendwo bekommt«, sagte sie.

Mav nahm die Maske und drehte sie in seinen Händen hin und her. »Was ist das?«

»Eine Robe und eine Maske der No-Suns«, erklärte Lisa. »Das ist eine religiöse Sekte.«

Mav steckte seine Finger durch die Augenlöcher.

»Nein, schau«, sagte Lisa, nahm ihm die Maske aus der Hand und hielt sie sich vors Gesicht. »Du musst dich verkleiden, weil vor neunzehn Jahren noch keine Chorianer auf der Erde waren. Aber No-Suns gibt es schon seit etwa dreißig Jahren.«

Lisa war genial. »Wie bist du bloß an die Sachen rangekommen?«, fragte ich sie.

Sie ließ die Maske wieder sinken und zwinkerte mir verschwörerisch zu. »Wer keine Fragen stellt, wird auch nicht angelogen.«

Mav hielt sich die Maske vors Gesicht. Die ganze Aktion

schien ihm sichtlich Vergnügen zu bereiten. Fröhlich summend schubste er mich zur Seite, um in den Spiegel sehen zu können.

»Du kannst darunter auch deine Ohren verstecken«, sagte Lisa.

Mav bestand darauf, das gesamte Outfit sofort probehalber anzuziehen.

»Dieses Gesichtsding tut meinen Nasen weh«, beklagte er sich, als ich die Kordel um seinen Kopf festzog.

Lisa und ich sahen uns an. Sie hielt sich die Hand vor den Mund, konnte aber ein Lachen nicht unterdrücken. Wir prusteten los. Mav musterte uns skeptisch durch die Augenschlitze, seine Ohren zuckten unter der Maske missbilligend hin und her.

»Es geht, auch wenn du ein wenig belämmert aussiehst«, sagte Lisa, nachdem sie sich wieder etwas beruhigt hatte. »Deine Hände musst du übrigens auch verstecken. Wie ein Mönch.«

Sie zog die Ärmel der weiten Robe über Mavs Hände. Mav nickte zustimmend. Dann zog er die Maske ab und begann die Kordel genauer zu untersuchen.

»Jetzt gibt es nur noch eine Sache, die ungeklärt ist. Und zwar eine wichtige«, sagte Lisa und nahm Mavkel die Maske ab.

»Die Sicherheitsvorkehrungen«, sagte ich.

Sie nickte. »Wir müssen das Sicherheitssystem austricksen. Irgendwelche Ideen?«

»Das Einzige, was mir einfällt, wäre ein Frontalangriff.«

»Das löst die Alarmanlagen aus. Ich bin nicht gerade

scharf darauf, ein paar Neuronadeln in den Hals gejagt zu bekommen. Andere Ideen?«

»Wie wäre es …«, fing ich an, schüttelte dann aber den Kopf. Nein, Donaldson-Hono dazu zu verleiten, die Alarmanlage auszuschalten, schien nicht gerade aussichtsreich.

»Refmol wird uns helfen«, schaltete sich Mav ein. Er stand auf und warf seinen Umhang mit einem eleganten Schwung zurück, wie ein spanischer Tänzer.

»Wie sollte Refmol uns helfen können?«, fragte ich.

»Refmol besitzt di-plo-ma-ti-sche Im-mu-ni-tät«, sagte Mav. Er sprach die beiden Wörter langsam und bedeutungsvoll aus.

Lisa beugte sich vor. »Das könnte gut sein. Sogar sehr gut. Aber warum sollte Refmol uns helfen?«

Mav sah mich an. Seine Ohren zuckten ein wenig. Wir wussten beide, warum Refmol uns helfen würde.

»Mav hat Recht«, sagte ich. »Refmol wird es tun.«

Lisa stand auf.

»Seid ihr sicher?«, fragte sie. »Wenn Refmol Nein sagt, sind wir erledigt. Vielleicht verrät es uns sogar.«

»Refmol weiß, was es heißt, ein Geheimnis zu haben. Refmol wird uns helfen«, sang Mav entschieden und wippte dabei auf seinen Fersen auf und ab.

»Dann frag Refmol nach den Schlüsselcodes für die Zeitlaboratorien und T 3«, sagte Lisa. Sie hielt kurz inne. »Aber Refmol wird sie wahrscheinlich nur durch einen Gedankenscan herausbekommen können – oder das ganze Thema diplomatischer Immunität ist gegessen. Wenn Refmol damit einverstanden ist, sind wir im Geschäft.«

Sie hielt ihre flache Hand hoch. Ich legte meine darauf.

»Komm, Mav, gib mir deine Hand«, sagte ich.

Ich legte seine Hand auf Lisas und meine.

»Genau wie die drei Musketiere«, sagte Lisa halb ironisch, halb ernst. »Alle für einen und einer für alle.«

»Nein, das stimmt nicht«, sang Mav. »Alle für das Paar und das Paar für alle.«

Mav und Lisa verließen zusammen die Suite. Nach ungefähr einer Stunde kam Mav wieder zurück.

»Refmol ist einverstanden, die Gedanken eures Sicherheits-Ältesten zu scannen. Wir bekommen die Codes in vierundzwanzig Stunden«, sang er mir leise ins Ohr.

Am nächsten Tag verzögerte sich die Gedenkfeier für Sunawa-Harrod wegen eines technischen Problems. Man sagte uns, dass wir auf dem Platz vor dem Dom warten sollten, bis der kleine Defekt behoben sei. Ich stellte mich auf die Zehenspitzen und ließ meinen Blick über die herumstehenden Zeitspringer und Techniker wandern, die alle die gleichen Uniformen trugen.

»Ich kann sie noch nicht sehen«, sagte ich.

»Such ihr Double. Er ragt doch über die anderen raus«, schlug Mav vor.

Gute Idee. Ich suchte den Platz mit den Augen nach Derry ab. Nichts. Schließlich entdeckte ich sie. Sie saßen beide auf einer Bank, von einem Pulk von Studenten umgeben. Kein Wunder, dass ich sie vorher nicht gesehen hatte.

»Hab sie«, sagte ich.

Wir gingen zu der Bank hinüber. Ich bemerkte einige

hämische Blicke, die ich sofort erwiderte. Mavs Ohren signalisierten Alarmbereitschaft. Camden-Stone hätte nicht sämtliche Bodyguards abberufen sollen. Nicht, wenn es nach wie vor so viel Ablehnung gegenüber Mav gab. Aber wenigstens ließ uns Chaney jetzt in Ruhe. Er hatte sich Camden-Stones Drohung offenbar zu Herzen genommen und hielt sich zurück.

»Wir warten hier«, sagte ich zu Mav. »Du behältst die Leute im Auge und ich versuche mit Lisa Blickkontakt aufzunehmen.«

Lisa verhielt sich cool, aber bei jedem Lachen glitt ihr Blick suchend über die Menge. Jemand in der Gruppe erzählte wohl gerade einen Witz. Als Lisa lachend ihren Kopf zurückwarf, trafen sich unsere Blicke. Sie erwiderte meinen mit kaum mehr als einem Blinzeln.

Dann dröhnte eine Durchsage über den Platz. Das technische Problem war behoben, alle sollten zum Dom kommen.

Lisas Gruppe setzte sich sogleich in Bewegung.

»Sie hat uns gesehen«, flüsterte ich Mav zu.

Lisa fummelte am Schuhbändel eines Stiefels herum. Sie deutete Derry an, dass er schon vorgehen sollte. Ich packte Mavs Arm und wir gingen langsam auf sie zu.

»Refmol hat den Code«, sagte ich leise zu ihr.

Sie nickte, immer noch über ihren Stiefel gebeugt. »Dann also morgen Abend. Wir treffen uns vor dem Labor. Exakt um halb neun. Alle anderen werden bei Camden-Stones Empfang sein.«

Sie stand auf und klopfte den Staub von ihrem Knie.

Dann eilte sie Derry nach, ohne sich noch einmal umzusehen.

»Morgen Abend«, wiederholte Mav und ließ seine Ohren hängen. »Jetzt habe ich vor zwei Sachen Angst: davor, allein zu sein – und vor der Zeitreise.«

»Ich dachte, euch Chorianern gefiele alles Doppelte«, sagte ich.

Mav lachte schrill. Stufe sieben auf der Hysterieskala.

Vierundzwanzig Stunden sind eigentlich nur 1440 Minuten oder 86 400 Sekunden. Aber manchmal kommen sie einem vor wie ein ganzes Leben.

Ich saß in meinem Bad auf dem Boden, umgeben von der Zeitsprung-Ausrüstung, die mir Lisa gegeben hatte.

Vier tragbare Holoprojektoren mit Fernbedienung.

Drei Betäubungsstäbe.

Eine Armbanduhr für den Countdown.

Eine Farbfrequenzbrille.

Am nächsten Abend zur gleichen Zeit würde ich damit eine Zeitmaschine tarnen und in eine Spermaklinik einbrechen. Ich war entweder komplett verrückt oder absolut verzweifelt. Wahrscheinlich beides.

Ich stellte die vier Holos zu einem kleinen Quadrat zusammen und legte die Brille in die Mitte. Ein Druck auf die Taste der Fernbedienung. Die Brille verschwand; zwischen den vier Einheiten blieb nur ein schwarzer Fleck zurück. Wenn man diese Aktion hochrechnet, erhält man eine schwache Ahnung davon, wie wir den Jumper verstecken wollten. Mitten in der Nacht würde niemand eine große schwarze Nebelwolke bemerken. Und sollte doch jemand neugierig werden, hatten wir ja immer noch die Betäubungsstäbe. Ein Triangel-Formationskraftfeld. Betäubt einen Eindringling bis zu sechs Stunden. Nicht so subtil wie das Kältefeld, in das ich hineingeraten war – aber gut genug. Für einen akademischen Zeitvertreib war das Zeitspringen eigentlich eine ziemlich gewalttätige Angelegenheit.

Ich schaltete die Projektionseinheit ab und schob die vier Holos in ihre weiche Hülle zurück. Dann fügte ich der Ausrüstung einen winzigen Türöffner hinzu. Lenny hatte ihn mir letztes Jahr zum Geburtstag geschenkt. Er öffnete jede Sicherheitstür – außer Lichtscanner, aber die hatte man vor neunzehn Jahren noch nicht. Auch meine neue Mundharmonika legte ich dazu. Sie sollte mir Glück bringen. Das hatten wir auch mehr als nötig.

Ich kontrollierte unsere Ausrüstung inzwischen zum vierten Mal. Aber man kann nie vorsichtig genug sein – oder paranoid genug, je nachdem. Außerdem hatte ich mir Lisas Anweisungen gut eingeprägt. Okay, ich war bereit. Wenigstens äußerlich.

Als Letztes packte ich die Kopie der Spenderakte meines Vaters ein. So langsam zerknitterte sie, genau wie Ingrids Karte. Morgen würde ich den Namen meines Vaters herausfinden. Ich sagte mir immer wieder, dass es *nur* ein Name auf einem Blatt Papier wäre. Nur ein Name – aber nichts war mir jemals so wichtig gewesen.

22

Freitagabend. Fünf vor halb acht.

Mav und ich warteten im Schatten vor dem Zeitgebäude. Mav trug die No-Sun-Robe, nur die Maske hatte er noch nicht aufgesetzt. Er wollte es vermeiden, in das »Gesichtsding«, wie er es nannte, hineinzuniesen. Nun ja, das konnte ich in der Tat gut verstehen. Die Reisetasche, die ich mir über die Schulter gehängt hatte, schlug permanent gegen meinen Hüftknochen. Aber das nahm ich gar nicht richtig wahr, so nervös war ich.

»Wo bleiben sie nur, Mav?«

»Sie werden kommen.« Mav fuhr mit einem seiner Daumen über die Kordel der Maske.

»Ihr seid früh dran«, erklang plötzlich Lisas Stimme. Sie hatte sich herangeschlichen, ohne dass wir etwas bemerkt hatten. Mav machte vor Schreck einen Satz rückwärts und zog sich rasch die Maske übers Gesicht.

»Lisa! Lass uns die Sache so schnell wie möglich hinter uns bringen«, sagte ich. »Irgendwie habe ich ein ungutes Gefühl.«

»Was meinst du damit?«

Ich schob die Tasche auf meine andere Schulter. »Es kommt mir einfach ein bisschen zu leicht vor. Ich meine:

Alle sind bei Camden-Stones Empfang, sodass wir freie Bahn haben. Und Refmol hat den Schlüsselcode sofort bekommen. Zu leicht, das Ganze.«

»Du erkennst das Glück einfach nicht, wenn es dir begegnet.« Im Licht der Scannerröhre sah ich, wie Lisa die Stirn leicht genervt runzelte. »Außerdem war es nicht leicht, diese Robe zu bekommen. Und es war noch schwieriger, die ganze Ausrüstung zusammenzutragen.«

Aus den Augenwinkeln sah ich ein metallisches Blitzen. Refmol. Ich strich mit den Fingern über die Schrammen an meinen Händen, die noch von unserer kleinen Auseinandersetzung zeugten. Es kam mir vor, als sei das ewig her. Hoffentlich hatte es mir inzwischen verziehen.

Während Refmol auf uns zukam, schienen seine Ohren irgendeine Art Hörscan durchzuführen. Es verbeugte sich vor Mav und Lisa. Mein Magen zog sich zusammen. Hatte ich Refmols Unterstützung verloren? Aber dann wandte es sich mir zu.

»Sie bringen Ihren Ahnen große Ehre, Joss Aaronson – wer auch immer sie sein mögen«, sang Refmol.

Mav stieß ein kurzes freudiges Geräusch aus und ich fühlte die harte Haut seiner Hand kurz an meinem Ohr.

»Kommen Sie, gehen wir«, sagte Refmol und trat auf das Scannerfeld der Tür. Das Licht in der Röhre wurde von einem Moment auf den anderen verschluckt, als sich die Tür schloss. Zwei Herzschläge später öffnete sie sich wieder.

»Eintritt nicht gestattet«, vermeldete der Sicherheitscomputer.

Refmol verschränkte die Arme. Mit geschlossenem zweiten Mund sagte es langsam und deutlich. »Schlüsselcode G Alpha Zed 213809.« Seine Stimme klang ruhig und monoton – nicht schlecht, es imitierte nahezu perfekt eine menschliche Stimme.

»Schlüsselcode erkannt.«

Die innere Tür der Röhre glitt auf. Neben mir atmete Lisa spürbar erleichtert aus.

»Refmol muss das ganz schön lange geübt haben«, flüsterte sie.

Der lange mittlere Gang des Gebäudes war nur schwach beleuchtet; das einzige Licht kam von den Sicherheitsscannerflächen an den Türen der vier Zeitlabore. An der Tür von T 3 wiederholte Refmol den Code.

»Schlüsselcode erkannt. Sicherheitslevel A, B und C sind nun außer Betrieb.«

Wir waren drin. Lampen flackerten an.

Der Raum war eine exakte Kopie des Labors der T 2. Lisa drängte uns vorwärts und steuerte auf eine breite Konsole zu. Ich ging sogleich zu dem Jumper hinüber.

Zusammen mit dem Rest der Sicherheitsmaßnahmen war auch das Kältefeld von T 3 deaktiviert worden. Ich streckte die Hand aus und strich über die Oberfläche des Jumpers. Es war erstklassiges Weichmetall, das sich bei dem Zeitsprung problemlos ausdehnen würde. Fühlte sich gut an – wie die Haut eines Delfins.

»Refmol, Sie müssen diese Sperre außer Kraft setzen, damit ich den Sprung vorbereiten kann.«

Lisas Stimme riss mich aus meinen Gedanken.

Während Refmol zu der Konsole eilte, drehte ich mich wieder zu T 3 um.

»Mav, komm her und fühl mal«, sagte ich. Ich legte seine Hand auf den Rumpf der Maschine. »Das ist Weichmetall. Und dieses Plexiglas hier ist das härteste Zeug auf der Welt – aber trotzdem flexibel. Und gleichzeitig absolut dicht. Praktisch unzerstörbar.«

Mav tippte mit einer Daumenklaue auf die Kabine.

In diesem Moment registrierte ich am Rand meines Blickfelds eine plötzliche Bewegung. Ich riss meinen Kopf herum und starrte auf die vier deaktivierten Wandbildschirme über der Konsole. Sie rührten sich nicht. Doch ich hätte schwören können, dass einer von ihnen sich bewegt hatte. So viel zum Thema Nervosität.

»Joss, Mav. Kommt her.« Lisa winkte uns zu der Hauptkonsole. »Gebt mir das Datum und die genaue Zeit, in die ihr zurückreisen wollt. Ich muss die Daten in die T-3-Matrix eingeben.« Ihr Ton war professionell, aber ihre Bewegungen wirkten etwas hektisch.

Ich griff in meine Reisetasche und fand die Kopie von Blackwidows Klinikinformation. »Das ist das Datum«, sagte ich und deutete auf den Tag, an dem meine Befruchtung stattgefunden hatte.

»Ihr werdet um neun Uhr abends landen, das heißt es wird schon dunkel sein.« Sie gab eine letzte Information ein und fuhr sich mit der Hand durchs Haar.

»Okay. Die Matrix ist eingestellt. Ihr dürft nicht vergessen, dass T 3 nach einigen Stunden automatisch in die heutige Zeit zurückgerissen wird. Auch wenn wir das Sunawa-

Harrod-Feld nutzen und versuchen, euch in der Vergangenheit zu verankern, ist das nur für eine begrenzte Zeit möglich. Nach meinen Berechnungen bleiben euch exakt sechs Stunden, acht Minuten und elf Sekunden in der Vergangenheit. Solltet ihr dann nicht wieder in T 3 sein, sitzt ihr dort fest. Habt ihr verstanden?«

»Sechs Stunden, acht Minuten und elf Sekunden«, wiederholte ich. »Das heißt, wir haben Zeit bis acht Minuten nach drei Uhr morgens.«

»Ich würde mir da lieber ein bisschen Luft lassen. Wir geben uns normalerweise mindestens einen fünfminütigen Spielraum. Im Jumper befindet sich zwar eine Uhr, aber ich stelle deine Countdown-Armbanduhr so ein, dass sie euch rechtzeitig warnt, wenn die Zeit knapp wird.« Sie schob den Ärmel meiner Jacke zurück und gab die Alarmzeit in meine Uhr ein.

Dann überprüfte sie noch einmal die Einstellungen der Konsole.

»Okay, seid möglichst um 3 Uhr zurück. So bleibt euch genügend Zeit.« Sie warf ihren Zopf zurück und lächelte uns kurz zu. »Also, schnallen wir euch an – und los geht's.«

Die Kabine war ungefähr so geräumig wie eine eng anliegende Jeans. Ich fragte mich, wie es dem langen Derry überhaupt gelang, sich in einen Jumper zu falten. Vielleicht war Lisa ja deshalb so klein. Sozusagen als Ausgleich. Mav und ich jedenfalls fühlten uns extrem eingezwängt und fanden unter der Konsole kaum Platz für unsere Beine. Ich sah mir die verschiedenen Armaturen an, erinnerte mich aber nur an das leuchtende Datum-Zeit-Display, die Sauerstoffanzeigen und die Uhr, die bei der Rückkehr den Countdown zählte. Alles andere war der Stoff, aus dem technische Albträume sind.

»Kennst du dich mit all diesen Anzeigen aus?«, fragte ich Lisa.

»Ja, aber dafür habe ich schließlich vier Jahre studieren müssen«, sagte sie, während sie mir den Gurt anlegte. »Mach dir nicht zu viel Sorgen. Folge einfach meinen Anweisungen, berühre nichts und lass den Countdown auf deiner Armbanduhr nicht aus den Augen.«

»Dann wird alles klappen. Oder?«

»Genau.« Wir sahen uns an und wussten beide, dass es genauso gut schief gehen konnte. Lisa drückte meine Schulter und lächelte.

»Bist du bereit?«

Ich hielt ihr eine Hand mit erhobenem Daumen hin und strich dann über meine Mundharmonika, die sich in meiner obersten Tasche befand. Mein Glücksbringer.

»Mav?«

»Bereit«, trällerte er und hielt gleich alle vier Daumen hoch.

»Dann kommt rechtzeitig wieder zurück.« Lisa schlug die Kabinentür zu. Das leise Summen der technischen Geräusche verstummte augenblicklich. Nur Mavs schneller Atem war noch neben mir zu hören.

»Ich hab Angst«, sang er mit zitternder Stimme. Ich nahm seine Hand und drückte sie. Dabei ging es mir kein bisschen besser, aber das wollte ich mir natürlich nicht anmerken lassen.

Durch die Plexiglasscheibe konnten wir Lisa sehen, die gerade zu der Hauptkonsole zurückging, wo Refmol wartete. Der Chanter verbeugte sich vor uns. Sehr langsam und sehr tief. Es sah aus wie eine chorianische Variante des altrömischen Grußes: »Seid gegrüßt, ihr Todgeweihten!«

Mir wurde flau im Magen und mein Mund fühlte sich trocken an. Was machte ich hier eigentlich? Ich musste vollkommen verrückt geworden sein.

Lisa hatte uns gewarnt. Sie hatte uns über das so genannte Nichts informiert: Die Leere, durch die man muss, wenn man in die Vergangenheit reist. Sie hatte erklärt, dass ein Zeitsprung niemals länger als zehn Sekunden dauere – und dass wir uns darauf konzentrieren sollten, wenn wir schreien und die Kabinentür aufbrechen wollten. »Haltet die Augen geschlossen und zählt laut die Sekunden«, hatte sie gesagt. »Und haltet euch aneinander fest.«

Mav hakte sich bei mir ein. Lisa hielt eine Hand hoch und begann die Sekunden von zehn an rückwärts zu zählen – wir konnten es von ihren Lippen ablesen. Zunächst bemerkten wir gar nicht, dass es losging – weder heulten die Maschinen auf noch zitterte der Jumper. Ich spürte nur unseren schweren Atem. Lisa hielt fünf Finger hoch. Mav schloss seine äußeren und inneren Augenlider. Vier Finger. Ich verstärkte meinen Griff am Sicherheitsgurt. Drei Finger. Zwei Finger. Irgendetwas stimmte nicht. Dann sah ich ihn: einen Schatten an der Tür des Labors. Ich schrie auf, wollte darauf zeigen, aber meine Hand verfing sich im Gurt. Wer war das? Hatte der Sicherheitsdienst uns doch bemerkt? Lisa hielt ihren Daumen hoch. Ihr Mund formte das Wort

»eins«. Dann war das Labor verschwunden. Wir befanden uns im Nichts.

Der Weichmetallrumpf der T 3 begann hin und her zu wogen und breitete sich schließlich unter dem extremen Druck aus. Die Plexiglaskabine wurde immer länger und floss seitlich in wellenartigen Bewegungen weg. Mavs Arm zuckte in meinem. Ich sah zu ihm hinüber. Seine Konturen verschwammen und verwandelten sich. Gene, Eizellen, junge Mavs, mein Mav mit geschlossenen hervortretenden Augen, alternde Mavs, tote, verschrumpelte Mavs. Dann sah ich meinen eigenen Arm, wie er sich vom Embryo bis zum Skelett verwandelte, und ich begann loszuschreien. Ich schrie weiter, bis keine Luft mehr da war. Das Blut pochte in meinen Ohren, als wollte mein Kopf explodieren. Mein Herz schlug wie wild in einem zum Zerreißen gespannten Körper.

Dann hörte ich Mav niesen.

Das Nichts glitt weg. Mav hat wieder sein mir vertrautes Erscheinungsbild angenommen. Ich rang nach Luft, aber es war zu spät. Ich wurde ohnmächtig.

»Joss?«

Mein Kopf schlug gegen irgendetwas Hartes.

»Joss, öffne deine Augen.«

Mavs zwei Nasen tauchten vor mir auf. Er schüttelte mich.

»Hör auf. Mein Kopf tut weh.«

Erschrocken wich er zurück und begann vorsichtig meine Stirn zu streicheln.

»Du hast lang geschlafen. Wir müssen los, Joss. Wir sind da. Wir sind in der Vergangenheit angekommen.«

Ich versuchte mich aufzurichten, fiel aber in meinen Sitz zurück. Der Gurt. Ich blinzelte und fummelte am Verschluss herum. Mav hatte sich schon losgemacht.

Durch das Plexiglasfenster hinter ihm sah ich den nachtblauen Himmel und eine halb fertige Mauer.

»Geht's dir jetzt besser, Joss?«, fragte Mav und musterte mich besorgt aus der Nähe.

Ich sah auf die Countdown-Uhr von T 3. Ich war über drei Stunden ohnmächtig gewesen. Verdammt, dann blieben uns also nur noch drei Stunden. Und was, wenn uns das nicht reichte?

»Ich bin okay. Komm, gehn wir.«

Der Verschluss des Gurts ging auf. Ich rutschte auf meinem Sitz nach vorn, beugte mich hinunter und zog an der Reisetasche unter meinen Beinen. Sie bewegte sich nicht, also öffnete ich die Türsicherung und stieß die Tür auf. Kühle Luft strömte herein. Der enorme Druck auf meinen Ohren löste sich schlagartig – ein scharfer Schmerz, der mir jedoch die Benommenheit nahm. Wir zwängten uns aus der engen Kabine und ich zog mit einiger Anstrengung meine Tasche heraus. Mav stand ganz still da und lauschte.

»Die Reise war sehr seltsam«, sang er.

»Das kannst du laut sagen. Ich hab einige megaüble Sachen gesehen.«

»Ich habe keine megaüblen Sachen gesehen. Meine Lider waren geschlossen. Aber die Geräusche waren nicht gut.« Seine Ohren zuckten.

»Klingt auch nicht besser. Ich hab gar nichts gehört. Ich hab nur gesehen, dass …« In diesem Moment fiel mir der Schatten wieder ein. »Hey, hast du eigentlich jemanden an der Tür des Labors gesehen, kurz bevor der Zeitsprung begann?«

»Nein, ich hatte doch die Lider geschlossen. Wen hast du gesehen?«

Ich stellte die Tasche auf den Boden. Mav hockte sich hin und begann an den Verschlüssen zu hantieren.

»Ich weiß nicht. Es war nur ein Schatten.« Ich rieb meine Arme. Mein Körper fühlte sich ganz kalt an. »Vielleicht die Wachleute. Ich hoffe, Lisa und Refmol sind okay. Sie könnten ganz schöne Schwierigkeiten bekommen haben. Was meinst du, sollen wir zurück und ihnen helfen?«

Mav sah zu mir hoch; er hielt eine der Holoeinheiten in der Hand.

»Du hast vergessen, was Lisa gesagt hat. Wir kommen genau im gleichen Moment zurück, in dem wir gegangen sind. Das heißt, dass überhaupt keine Zeit vergangen ist – also kann auch nichts Schlimmes geschehen sein.«

Ich kniete mich neben ihn. Er hatte Recht, aber ich machte mir trotzdem Sorgen. Wer war da an der Tür gewesen? Im schlimmsten Fall Camden-Stone. Bitte lass es nicht Camden-Stone gewesen sein …

Es dauerte nicht lang und wir hatten die Holos und die Betäubungsstäbe in Position gebracht. Ich verglich die Zeit auf meiner Countdown-Uhr mit der Uhr in T 3. Sie stimmten nach wie vor überein. Ich schloss die Kabinentür und machte einen Schritt rückwärts. Mav legte den Schalter der

Betäubungsstäbe um und aktivierte die Holos mit der Fernbedienung. Ein paar Sekunden später verschwand T 3 inmitten des halb errichteten Gebäudes unter einem großen schwarzen Nebelfleck. In etwa neunzehn Jahren würden Lisa und Refmol in dem dann fertigen gleichen Gebäude stehen, vielleicht sogar genau an derselben Stelle. Irgendwie hatte ich das Gefühl, dass sie sich in noch größerer Gefahr befanden als wir.

23

Um zur Newman-Klinik zu gelangen, mussten Mav und ich quer über den Campus. Wir hielten uns im Schatten und gingen gelegentlich auftauchenden Studenten aus dem Weg, indem wir auf Nebenwege auswichen oder uns hinter Gebäuden versteckten.

Mav hatte ganz schön unter seiner Maske zu kämpfen. Er atmete schwer und schniefte von Zeit zu Zeit geräuschvoll, als unterdrückte er ein Niesen. Je weiter wir kamen, desto langsamer wurde er. Als wir schließlich an einem kleinen Park vorbeigingen, nahm er meinen Arm.

»Halt. Ich brauche frische Luft«, keuchte er.

Er ließ sich schwer auf eine Bank fallen und zog sich die Maske vom Gesicht. Ich blickte mich unruhig um. Hier gab es nur ein paar Bäume, die Bank und einen Brunnen – mit einem dieser grauen Steinputten, die Wasser pissen. Was sich in unserer Zeit wohl an dieser Stelle befand? Na klar – richtig! Dieser Park würde in etwa achtzehn Jahren dem P-3-Gebäude weichen müssen. Es war gar nicht so einfach, die Reihenfolge der Zeiten nicht durcheinander zu bringen. In der Zeit, in der wir uns jetzt befanden, tyrannisierte Donaldson-Hono noch andere Studenten in der Highschool, hatte Camden-Stone noch sein eigenes Gesicht und Vaughn lag noch in den Windeln. Und das Beste: Ich selbst befand mich ganz in der Nähe in einer Petrischale, mitten in der Zellteilung.

Ich hockte mich vor Mav hin. Allmählich kehrte ein wenig Farbe in sein Gesicht zurück.

»Alles okay?«, fragte ich ihn.

Er nickte und rang sich ein kleines Stereolächeln ab. Ich tätschelte sein Knie.

»Gut, dann gehen wir weiter.« Ich zog ihn auf die Füße. Wir mussten uns wirklich beeilen. Vor allem *ich* musste mich beeilen, bevor mein letzter Rest Mut verschwunden war.

Die Newman-Klinik war ein kleines Gebäude, das hinter den biogenetischen Labors der Universität versteckt lag. Neben den doppelten Plexiglastüren hatte man ein kleines Schild auf dem Boden angebracht: Der SafeAs-Sicherheitsdienst sei stolz darauf, dieses Gebäude bewachen zu dürfen. Ich grinste in mich hinein. Stolz mochten sie ja sein, aber sie waren nicht besonders gut. An der Tür befand sich nur ein einfacher Codescanner. Mein kleiner Türöffner knackte das Schloss in weniger als fünf Sekunden. Mav schnaubte anerkennend. Ich setzte mir die Farbfrequenzbrille auf. SafeAs waren definitiv Amateure. Im Foyer befand sich eine Lichtschranke mit gerade einmal drei Strahlen auf Hüfthöhe. Wir mussten also nur darunter durch und zu dem schicken Empfangstisch kriechen.

»Ich nehme jetzt das Gesichtsding ab«, sagte Mav und löste die Kordel. »Hier sieht mich ja keiner.«

Er öffnete und schloss seine beiden Münder in einer

Folge heftiger Gähnbewegungen. Ich wunderte mich, dass er sich nicht die Kiefer ausrenkte.

»Sind meine Nasen platt gedrückt?«, fragte er und befühlte sein Gesicht.

»Du bist schön wie immer. Komm, gehen wir rein.«

Ich schloss die Tür hinter uns und legte den Türöffner auf das innere Schließfeld. Das Schloss klickte wieder zu. Dadurch würden auch alle verzögert programmierten Alarmsysteme ausgeschaltet werden, die SafeAs vielleicht in einem Anfall von Tüchtigkeit installiert hatten. Ich drückte Mav auf den Boden und kniete mich neben ihn.

»Das Foyer ist durch eine Lichtschranke mit drei Stolperstrahlen gesich…«, sagte ich.

»Ich weiß«, unterbrach er mich. »Ich sehe sie.«

»Du kannst ohne Brille Infrarotstrahlen erkennen?«

»Natürlich. Du nicht?«

»Nein.« Ich schob mir die Brille wieder über die Augen, ließ mich auf den Boden fallen und reckte den Kopf hoch, um die Strahlen im Blick zu haben. Mit einem halben Kopf Vorsprung vor Mav erreichte ich den Tisch. Ich mag ja infrablind sein – aber ich bin schnell.

Das polierte Blechschild auf dem Tisch annoncierte, dass der Empfang die Domäne von Pfleger Gregory Salway war. Er schien ein sehr ordentlicher Mensch zu sein. Offenbar benutzte er sogar ein Lineal, um in seinem Notizbuch Linien zu ziehen. Das Gute an diesem überzogenen Ordnungswahn waren die sorgfältig beschrifteten Codeschlüssel, die an einer Reihe von Haken hingen. Toiletten. Küche. Lagerraum. Labor.

Datenraum.

Mein Magen krampfte sich zusammen.

Mav sah zur Eingangstür. Seine Ohren waren so weit hochgereckt, wie es seine Maske zuließ.

»Da kommt jemand«, flüsterte er.

Shit. SafeAs waren doch gewissenhafter, als ich gedacht hatte.

Ich versteckte mich hinter dem Tisch, Mav kauerte sich neben mich. Im Prinzip keine schlechte Idee, nur war das Pult leider durchsichtig. Also stand ich wieder auf. Es gab keinerlei Möglichkeit, sich im Empfangsbereich zu verstecken, nicht einmal irgendeine freundliche Kübelpflanze. Mav stand ebenfalls auf.

»Was machst du?«, fragte er.

»Wir müssen uns verstecken.«

Er streckte die Hand aus und schnappte sich einen Codeschlüssel.

»Gute Idee«, sagte ich und riss sämtliche andere Schlüssel von den Haken. »Los!«

Mav ließ sich auf den Boden fallen und kroch durch das Foyer. Ich folgte ihm so dicht, dass ich immer wieder seinen Hinterklauen ausweichen musste. Wir hörten, wie draußen die Tür einer Hovercraft zugeschlagen wurde. Uns blieb nicht mehr viel Zeit. Wir hatten die Wahl zwischen zwei Gängen. Mav entschied sich für den rechten. Und ich folgte ihm.

Sobald wir das Foyer durchquert hatten, erhob er sich.

»Keine weiteren Lichtschranken«, sang er völlig außer Atem.

Ich rannte zur ersten Tür zu meiner Linken und wedelte verzweifelt mit der Hand vor dem Sensor herum. Verschlossen. Dann drückte ich sämtliche Codeschlüssel gegen das Scannerfeld. Nichts.

Mav rannte unterdessen zu der Tür am anderen Ende des Gangs. Ich versuchte es an der nächsten Tür. Wieder nichts.

»Joss«, zischte Mav. »Ich habe ein Labor geöffnet.«

In einer Nanosekunde stand ich neben ihm. Plötzlich hörten wir ein lautes Klacken aus dem Foyer. Verdammt – die Wachleute waren im Gebäude. Ich konnte den Lichtkegel einer Taschenlampe erkennen, der über das Empfangspult und Gregs Blechschild glitt.

»Ich bin jetzt drin, Jeff«, hörte ich eine Frauenstimme sagen. »Schalt die Infrarotstrahler auf deiner Seite aus, okay?«

Mav packte mich am Ärmel und zog mich in das Labor. Die Tür schloss sich hinter uns. Wir befanden uns in einem völlig dunklen Raum.

»Welcher dieser Knöpfe ist zum Abschließen?«, fragte Mav. Seine Stimme war so leise, dass ich ihn kaum hören konnte. Ein Glück, dass sich meine Augen schnell an die Dunkelheit gewöhnen. Ich drückte also auf den entsprechenden Knopf und wandte mich sogleich wieder um, um ein Versteck zu suchen.

Das Labor besaß die übliche Ausstattung: vier Bänke in einer Reihe mit Sesseln, Computern und Screens. Am Ende jeder Bank hing eine lang gliedrige Maschine von der Decke, die aussah wie ein schlaffer Orang-Utan. An drei Wänden standen Schränke. In die vierte Wand war eine transparente Sicherheitstür eingelassen. Auf einem Schild im oberen Drittel der Tür stand:

Inkubator A
Nur für autorisiertes Personal
Umweltcode 6

Vom Gang drang gedämpft das Zuschlagen einer Tür herein. Mav stieß ein leises Zischen aus. Diese verdammten Sicherheitsleute kontrollierten wirklich jeden Raum.

»Wir müssen uns verstecken«, flüsterte ich.

Mav öffnete einen der Schränke. Darin standen im Abstand von wenigen Zentimetern Stapel von Petrischalen. Ich berührte ihn an der Schulter und zeigte auf den Inkubatorraum. Er nickte, hielt aber warnend einen Finger hoch.

»Am Türrahmen ist eine Lichtschranke.«

Die Tür war dreifach gesichert und besaß eine Tastatur zum Eingeben des Codes. Ich lächelte. Das war ungefähr so, als kaufte man sich einen Rottweiler und zog ihm dann sämtliche Zähne. Ich legte den Türöffner auf das Feld. Draußen hörten wir die Frau vom Sicherheitsdienst husten. Sie musste jetzt schon im Raum nebenan sein. Mav packte meine Schulter.

Wir seufzten beide erleichtert, als das Schloss schließlich mit einem Klicken aufsprang. Mav ging zuerst hinein und zeigte mir mit einem Finger, auf welcher Höhe sich die Lichtschranke befand.

Wir kamen in einen kleinen Vorraum, der sich zwischen

der transparenten Tür und einer zweiten Tür befand. Wenn die Wachfrau hereinkäme, wären wir sofort erledigt. Warum zum Teufel war diese Tür auch durchsichtig? Wir mussten irgendwie in den nächsten Raum gelangen. Ich drückte den Öffner auf das innere Feld. Genervtes Piepsen. Zu fest. Also etwas lockerer. Als die Tür aufsprang, leuchtete auf Augenhöhe eine große hologrammartige Schrift auf:

WARNUNG
INKUBATORRAUM BENÖTIGT FOLGENDE EINSTELLUNG:
37 GRAD CELSIUS
LICHTSTÄRKE 03
SAUERSTOFF 3:1

Wir gingen durch die Schrift hindurch. Rote und gelbe Funken stoben von Mavs Haut. Die Tür schloss sich hinter uns.

An der hinteren Wand stand eine breite Maschine. Darüber waren verstellbare Lampen angebracht, die den Raum in Dämmerlicht tauchten. Die Maschine sah aus wie ein Essensautomat, nur dass im Display Petrischalen statt Chicken-Nuggets zu sehen waren. Die Luft war so warm, dass ich sie regelrecht durch meine Nase und in meine Lungen dringen spürte. Mav seufzte erfreut.

»Das ist besseres Wetter«, sang er leise.

Aber dann schüttelte er den Kopf, legte ihn in den Nacken und holte tief Luft. Seine Augen traten hervor. Er drückte seine beiden Nasen zusammen, doch es war zu spät.

Das Niesen hörte sich an wie eine Blechbläserfanfare.

Wir erstarrten beide und lauschten. Allerdings klopfte mein Herz so laut, dass ich sowieso nichts anderes hören konnte.

»Ich glaube, es ist okay«, sagte ich schließlich. »Wahrscheinlich ist der Raum schalldicht.«

»Sorry«, keuchte Mav.

»Versuch's dir künftig irgendwie zu verkneifen, ja?«

Ich presste mich flach an die Tür und schob mein Gesicht vorsichtig zu dem kleinen Sichtfenster in der Mitte. Die Silhouette der Wachfrau zeichnete sich im Gang des Labors ab. Sie leuchtete den Raum mit ihrer Taschenlampe ab. Der helle Lichtkegel glitt im Zickzack über die Schränke und schwang dann genau in meine Richtung. Ich wich zurück und deutete Mav an, dass er sich nicht bewegen sollte. Der Lichtkegel flackerte im Fenster. Der Rand des Inkubators glitzerte. Ich zählte bis zehn. Mein Atem beschlug die Tür, sodass meine Wange feucht wurde, als ich mich wieder zum Sichtfenster schob. Das Labor war leer. Die Tür geschlossen.

»Sie ist weg«, sagte ich und atmetet tief durch. »Alles okay, sie ist weg.«

Ich wandte mich um. Mav hatte sich bereits über den Inkubator gebeugt.

»Joss, komm her und sieh dir das an«, drängte er.

»Hast du nicht gehört? Sie ist weg.«

»Ja, ja, aber du musst dir das hier ansehen!«

Er tippte mit einem Finger auf das Display des Inkubators. Ich sah ihm über die Schulter, konnte aber nur eine Reihe beschrifteter Petrischalen erkennen.

»Und?«

»Nein. Sieh dir die da an.«

Ich schob seinen Finger von dem Plexiglas, um die Beschriftung lesen zu können.

AARONSON / 8796632

Holy Shit.

Mav öffnete die Klappe und schob seinen Arm zu dem Tablett. Er klemmte sich meine Schale zwischen die Daumen und zog sie heraus.

Ich packte seinen Arm. »Was tust du da? Bist du total verrückt geworden?«

»Das ist doch hochinteressant«, sagte er und drehte den Deckel von der Schale. »Wir haben die Ehre, den Anfang zu sehen.«

»Stell's zurück. Du wirst das Ding noch fallen lassen.«

Ich versuchte, ihm die Schale wegzunehmen, aber er wich mir aus, hielt sie sich auf Nasenhöhe vors Gesicht und studierte den Klacks klaren Glibber darin.

»Da drin bewegt sich was«, sagte er.

Ich beugte mich vor. Ein bisschen Pampe – weiter nichts. Mav stieß ein unterdrücktes Schnauben aus. Ich sah zu ihm hoch. Er hatte den Kopf zurückgelegt. Seine Kiefermuskeln versuchten, das Unausweichliche zu verhindern. Ich streckte die Hand nach der Schale aus, aber das Niesen war schneller.

»Du blöder Idiot! Sieh dir an, was du getan hast!«

Ein Fleck Rotz war in den Glibber gefallen.

Mav starrte einige Sekunden auf die Schale. Dann wirbelte er zu der Arbeitsbank herum und zog das Nanoskop herunter.

»Wir müssen nachschauen. Schnell, leg sie in das Sichtding.« Er schob mir die Petrischale in die Hand. »Leg sie in das Sichtding!«

Obwohl meine Hände total zitterten, schaffte ich es irgendwie das Ding unter das Objektiv zu klemmen. Mav hielt sich das Binokular an die Augen.

»Ich fass es nicht – du hast wirklich in meine Schale gerotzt!«, heulte ich auf.

Mav hielt eine Hand hoch.

»Nein. Sei ruhig.« Seine Stimme klang ernst. »Ja. Ja! Es geschieht.«

»Was? Was geschieht?«

Mav gab mir das Binokular. Ich sah hindurch.

»Siehst du es?«, sang er fröhlich.

Mir fiel mein Biologieunterricht ein. Ich schaute auf eine Gruppe von Zellen, die sich gerade mitten in der Teilung befanden. Doch am Rand sah man einen dunklen Fleck, der aus etwas anderem zu bestehen schien. Ein Fremder arbeitete sich durch die Zellwand.

»Was ist das dunkle Ding?«, flüsterte ich.

»Das ist deine Resonanz«, sang Mav. »Du stammst auch von der Mav-Linie ab – von mir!«

24

Der dunkle Fleck brach durch die Zellwand und glitt in die Zelle wie ein Tropfen Öl in Wasser. Ich ließ das Binokular sinken. Mav hatte das breiteste Stereolächeln aufgesetzt, das ich je bei ihm gesehen hatte.

»Du stammst von mir ab«, wiederholte er. Seine Ohren vibrierten vor Erregung.

»Du meinst, dass ich aus deinem Rotz gemacht wurde?«, fragte ich tonlos.

Dann stieg ein hysterisches Lachen in mir auf. Das alles hier war einfach komplett durchgeknallt. Mav machte einen erschreckten Schritt zurück, als ich mich vor Lachen krümmte und an der Ecke der Arbeitsbank festhielt. Ich konnte gar nicht mehr aufhören zu lachen.

»Joss, was ist los? Geht's dir nicht gut?«

»Ich bin aus deinem Rotz gemacht worden!«, keuchte ich. Ich bekam kaum noch Luft.

»Was ist das – Rotz?«, fragte er.

»Das Zeug, das aus deinen Nasen kommt.«

»Ah, ich verstehe. Aber du bist nicht aus meinem Rotz gemacht, sondern aus deinem Genmaterial.« Er trat zurück, um mich an das Binokular zu lassen. »Sieh mal, du kannst bei der Verschmelzung deiner Sulon/Sulo-Zellen zuschauen.

Mein Rotz kommt nur dazu, wie ein Sandkorn in der Wüste.«

Schon tauchten höllische Hitze, Dünen und erschöpfte Kamele mit eingesunkenen Hufen vor meinem inneren Auge auf. Ich biss die Zähne zusammen und konzentrierte mich wieder auf die Wissenschaft.

»Das heißt also, dass sich in deinem Rotz auch DNA befindet, oder?«

»Natürlich. Aber nur popelig wenig, wie es in eurem Slang heißt.«

Das *popelig* hätte mich fast wieder losbrüllen lassen. Ich atmete tief durch.

»Aber bist du dann nicht irgendwie Teil meines Sulons?«

Mavs Lächeln erstarrte schlagartig. Er beugte sich so unglaublich schnell zu mir vor, dass ich glaubte, er wollte mir einen Kopfstoß versetzen. Ich wich zurück. Sein Gesicht kam wieder in meinen Blick, große Augen, Ohren hochgereckt.

»Bitte vereinige dich mit mir«, flüsterte er.

Ich blickte ihn einen Moment wortlos an, dann nickte ich langsam.

Er wölbte eine Hand um meinen Hinterkopf, streichelte mir mit den Daumen den Nacken und legte seine Stirn an meine.

Ich schloss die Augen. Ein scharfer Schmerz in meiner rechten Schläfe. Eine rote Explosion hinter den Augen. Mav seufzte, sein heißer Atem traf mein Kinn und meinen Nacken. Dann spürte ich, wie seine Finger sanft über meine Stirn strichen. Eine Geste des Bedauerns.

»Nein. Es darf nicht zu viel von mir in dir sein. Wir müssen nach wie vor dein Sulon finden.«

»Im Datenraum«, sagte ich. Ich berührte meine Schläfe. Der Schmerz war verschwunden.

»Ja. Wir vereinigen uns im Datenraum.« Seine großen ungeschützten Augen suchten meine.

Ich weiß, ich hätte jetzt Blickkontakt halten müssen. Ich hätte ihm zeigen sollen, dass ich daran glaubte, dass die Vereinigung gelingen würde. Aber ich drehte mich weg und zog die Petrischale unter dem Objektiv hervor.

»Joss?«

Ich starrte auf die Glasschale. Dieses Glibberding da drin würde sich in mich verwandeln. Es würde geboren werden, von zwölf Schulen geworfen werden, es würde lernen, Pflaumensoße zu kochen und Blues zu spielen. Dann, mit achtzehn, würde es in einem heißen Inkubatorraum stehen und von Zweifeln und der schrecklichen Wahl zwischen der Rettung eines Freundes und dem Riskieren der eigenen Identität zerrissen werden.

»Die Mav-Linie wird durch dich geehrt«, sang Mav leise.

Der Temperaturanzeiger des Inkubators stand auf 37,6 Grad. Aber mir war verdammt kalt.

An der Tür zum Datenraum gab es keine Lichtschranke. Ich breitete die Codeschlüssel auf meiner Handfläche aus und sah die winzigen Beschriftungen durch. Mav presste seinen Körper gegen meinen und schaute mir angespannt über die Schulter. Er kam mir wieder einmal zu nah. Sein hohes

Summen vibrierte durch meinen Körper. Ich beugte mich etwas von ihm weg und drehte die Beschriftung des letzten Schlüssels um. *Datenraum*. Mav atmete lang und zischend aus. Ich drückte den Codeschlüssel mit aller Kraft auf das Scannerfeld.

Die Tür öffnete sich und über uns ging automatisch ein Licht an. Ich blinzelte und schützte meinen Augen mit der Hand vor dem grellen Licht. Das kleine fensterlose Zimmer roch nach Mottenflügeln und altem Papier.

Den größten Teil des Raums nahm ein Metallkarussell voller Akten ein. An der mittleren Strebe des Karussells war ein Roboter mit zehn langen Sucharmen angebracht, an der Wand neben dem Recyclingschacht befand sich eine kleine Konsole.

Mav schob sich an mir vorbei. Er spähte auf die Aktenfächer des Karussells und steckte einen Finger in eine der schmalen Öffnungen.

»Ich kann die Nummern nicht erkennen.« Er steckte einen zweiten Finger hinein und zog an einer Akte. »Sie bewegt sich nicht. Wie sollen wir da die Nummern entziffern?«

»Mit dem da«, sagte ich und zeigte auf den Roboter.

Die Konsole war einfach zu bedienen. Die entsprechende Nummer eingeben und Enter drücken. Nach einem Piepsen erschien ein Feld auf dem Bildschirm, in das man die Anfrage eingeben musste. Ich fuhr mir mit der Zunge über die Lippen und gab langsam und sorgfältig den Code ein: 8796632.

Nichts geschah. Ich betrachtete den Roboter von allen

Seiten. Tot. Was war los? Mav packte die mittlere Strebe und rüttelte frustriert daran. Die Konsole piepste erneut und eine Nachricht erschien auf dem Monitor:

Für eine Aktenanfrage drücken Sie bitte ENTER.

Diese Dinger waren vor neunzehn Jahren wirklich noch verdammt langsam. Ich drückte die Enter-Taste.

Das Karussell begann sich langsam zu drehen. Die Sucharme des Roboters glitten an den Fächern vorbei und suchten nach der entsprechenden Nummer. Es sah aus wie eine riesige Spinne, die sich langsam vorwärts tastet.

Dann blieben die Arme stehen. Einer der oberen glitt in einen Aktenschlitz und zog eine grüne Plastikmappe heraus. Der Roboter schwenkte langsam herum, bis der Arm sich auf Mavs Brusthöhe befand. Er zog die Mappe aus der ausgestreckten Kralle des Roboterarms.

Ich wollte eigentlich fragen, ob es auch die richtige Akte sei, aber mein Hals war wie zugeschnürt. Ich schluckte mühsam, aber ich brachte keinen Ton heraus.

»Ja, es ist die Akte deines Sulons«, sagte Mav nickend.

»Lies du sie, Mav.« Ich klammerte mich an den Rand der Konsole, schloss die Augen und wartete darauf, den Namen meines Vaters zu hören.

»Nein«, sagte Mavkel. Er blickte mich mit feierlichem Ernst an. »Du musst die Erste sein, die den Namen deines Sulons erfährt. Dann können wir uns am Punkt der Erkenntnis vereinigen.«

Er drückte mir die grüne Mappe gegen die Brust, bis ich

sie schließlich nahm. Ich strich mit den Fingerspitzen über die Nummer, die auf den Deckel geprägt war. Dad. Noch konnte ich einen Rückzug machen. Ich musste nur die Mappe ungeöffnet zurücklegen und hier schnellstens verschwinden. Doch dann wurde mir wieder klar, dass diese Reise in die Vergangenheit nicht nur für Mav, sondern auch für mich wichtig war. Was auch immer geschehen würde – ich musste diese Akte öffnen. Ich musste wissen, wer mein Vater war.

»Okay? Bereit?«, fragte ich mit brüchiger Stimme.

Mav stellte sich vor mich, sein Gesicht nah an meinem, seine Hände auf meinen Schultern. Er nickte. Einer von uns beiden zitterte.

Ich öffnete den Verschluss der Mappe und klappte den Deckel auf. Darin befand sich nur ein einziges beschriebenes Blatt, ein Computerausdruck. Meine Augen suchten die Einträge und Daten nach einem Namen ab, bis sie an drei Wörtern hängen blieben:

DANIEL SUNAWA-HARROD

Ich sah zu Mav hoch. Er packte mich am Hinterkopf und zog mich an sich. Ich schrie auf, als unsere Köpfe zusammentrafen. Die Aktenmappe fiel zu Boden. Mav zog mich noch näher an sich, seine Nasenrücken gruben sich in meine Stirn. Ich versuchte mich loszureißen. Der Name meines Vaters hämmerte durch meinen Kopf, pulsierte, brannte.

»Nein, ich kann es nicht tun!«, schrie ich. Die gesungenen Wörter *Bleib bei mir* klangen in meinen Ohren, obwohl ich sie nicht hörte. Sie waren hellgrün und beruhigend. Plöztlich schoss ein Feuerball aus Schmerzen über sie hinweg. Mav schrie auf und ließ mich los. Er schlug auf den Boden. Ich fiel neben ihn.

Ich war unfähig mich zu bewegen. Unfähig zu denken. Mav stieß ein leises wimmerndes Geräusch aus, aber ich konnte nichts anderes tun, als auf den grauen Teppichboden zu starren. Selbst die kleinste Bewegung war eine Qual.

»Joss?«, krächzte Mav schließlich. Er rollte sich auf die Seite und schaute mich an.

»Es ging nicht, oder?«, fragte ich.

»Nein, es ging nicht.« Er stützte sich an der Wand ab und setzte sich auf.

Ich schob mich langsam rückwärts, bis ich auf meinen Fersen zu sitzen kam. Hinter meinen Augen spürte ich stechende Schmerzen.

»Es war mein Fehler«, murmelte ich. »Ich hätte es intensiver versuchen müssen.«

»Wenn du es noch intensiver versucht hättest, wäre dein Hirn explodiert.« Mav deutete mit den Händen eine kleine Explosion in der Luft an.

»Es muss doch noch irgendeine andere Möglichkeit geben.«

Mav wandte den Blick ab und sah zu Boden. »Nein, die gibt es nicht. Ich werde Kelmav folgen und mich mit ihm vereinigen. Es hätte schon lange geschehen müssen«, sang er leise.

»Nein! Wir können es doch noch mal versuchen! Lass

uns nur ein bisschen ausruhen, dann versuchen wir's noch mal!«

Mav nahm meine Hand.

»Ich hatte nicht die Kraft, durchzudringen, Joss. Es war der letzte Versuch.«

»Sag das nicht.« Meine Stimme überschlug sich. »Wir versuchen es noch mal. Komm!« Ich zog ihn zu mir.

»Nein«, sang er tonlos und schüttelte meine Hand ab.

»Was soll das heißen, *nein*? Willst du einfach hier rumsitzen und sterben?«

»Nicht hier. Später.«

»Super. Okay, dann vergiss aber nicht, mir die genaue Zeit mitzuteilen. Nur, damit ich mir nichts anderes Wichtiges vornehme.«

Ich drehte mich abrupt um und stieß dabei mit der Hüfte gegen die Ecke der Konsole.

»Shit!« Ich trat das verfluchte Ding und schlug mit der Hand auf die Kante der Schalttafel. Sie wackelte hin und her. Ich schlug noch einmal zu. Am liebsten hätte ich losgeheult.

»Joss!« Mav stand auf. Er hielt meine Fäuste fest und drückte sie herunter.

»Lass mich los«, schrie ich und versuchte mich aus seinem schraubstockartigen Griff zu winden.

»Du wirst dir nur wehtun.«

»Wen juckt das schon.«

»Mich. Wir sind Freunde.«

Ich hielt inne.

»Aber ich hab dich im Stich gelassen.«

»Wir haben es versucht. Es hat nicht geklappt. So ist das eben manchmal.«

»Also war alles umsonst.«

»Warum umsonst?«, fragte Mav. »Du hast dein Sulon gefunden und ich habe …« Er neigte den Kopf zu Seite und lächelte. »Ich weiß nicht genau, was du für meine Ahnenlinie bedeutest, Joss. Aber ich schätze es sehr.«

Er ließ meine Handgelenke los und umfasste meine Hände mit der Freundschaftsgeste der Chorianer.

»Und für mich ist es eine Ehre, von deiner Linie abzustammen.« Ich drückte seine Hände und lehnte meinen Kopf gegen seine Schulter. Ich wollte nicht, dass er meine Tränen sah.

»Jetzt kennst du deine Herkunft«, sang Mav.

Ich sah auf die grüne Mappe auf dem Boden. Daniel Sunawa-Harrod war mein Vater. Es war kaum zu fassen. Der Typ, der Camden-Stone verraten, die Zeitsprung-Technik entwickelt und das Institut aufgebaut hatte, war mein Vater! Ob er mich wohl sehen wollte? Ich dachte an sein Holoporträt. Ich sah ihm sogar ein bisschen ähnlich. Dann fielen mir die Narbe an seinem Kopf und die Gedenkfeier ein.

»Er ist tot«, sagte ich. »Ich bin zu spät gekommen. Er ist tot.«

Ich ließ mich gegen die Konsole sinken und kämpfte gegen die Tränen an.

Mavs Robe raschelte leise hinter mir.

»Ist das King's College hier in der Nähe?«, fragte er.

»Auf der anderen Seite des Campus«, murmelte ich und

drehte mich zu ihm um. Er hatte die Mappe geöffnet und deutete mit einem Daumen auf eine Stelle der Akte.

»Dann gehen wir jetzt dahin.«

»Warum?«

»Weil Daniel Sunawa-Harrod in der Zeit, in der wir uns jetzt befinden, noch nicht tot ist.«

25

Aus Wohnheim 3 des King's dröhnte die originale Jazzrockversion von »Pump Mama«. Eine Frauenstimme übertönte das Gitarrensolo und stieß eine Art indianisches Kriegsgeschrei aus.

»Bist du sicher, er wohnt in Wohnheim 3?«, fragte ich Mav.

»So steht es in der Akte«, sang er nickend. Plötzlich musste er niesen und die No-Sun-Maske verrutschte auf seinem Gesicht. Er schob sie zurecht und versteckte dann seine Hände in den Ärmeln der Robe.

»Okay, dann hinein ins Vergnügen«, sagte ich und trat auf die Scannerfläche.

Die Tür glitt auf. Eine große Frau mit einer schwarzen Stachelschweinfrisur spähte auf uns herunter.

»Ohne Geschenk dürft ihr nicht rein«, sagte sie. »Habt ihr ein Geschenk für Susie?«

»Nein. Wir wollen nur Daniel Sunawa-Harrod sehen.«

Zu spät. Die Tür glitt zu.

»Was machen wir jetzt?«, fragte Mav.

Die Tür glitt wieder auf. Ich brauchte ein paar Sekunden, um zu erkennen, dass der junge Joseph Camden-Stone vor mir stand.

»Tut mir Leid«, sagte er. »Maggie ist ein bisschen durch den Wind.«

Sein Gesicht war nur unvergleichlich freundlicher als das des Camden-Stone, den ich kannte. Der Mund war größer und die Mundwinkel waren leicht nach oben gebogen, wie bei einem Delfin. Der Chirurg, der sein Gesicht später wieder herstellte, würde alles richtig machen – bis auf den Mund.

»Sorry, kenne ich dich?«, fragte er. Er machte große Augen, als er Mav in der No-Suns-Robe bemerkte.

»Ei-eigentlich sind wir hier, um Professor Sunawa-Harrod zu sehen«, stammelte ich.

»Professor? Du meinst Doktor?«

»Ja, richtig.«

»Bist du eine Studentin von ihm?«

»Nein. Ich … bin eine Verwandte.«

»Ah, okay. Ja, er ist irgendwo hier …« Er winkte uns in die Eingangshalle. Aus den Lautsprechern dröhnte bereits der nächste Song in ohrenbetäubender Lautstärke. »Ich fürchte, ihr platzt gerade mitten in eine Party rein«, brüllte Camden-Stone gegen die Musik an und bat uns ihm den Gang hinunter zu folgen.

Mein zukünftiger Prof führte uns in eine überfüllte Gemeinschaftsküche. An der Wand hing ein großes Spruchband: *Alles Gute zum 30sten, Susie*. Als die Leute Mavs Maske bemerkten, verstummten ihre Gespräche beinahe sofort. Mav schob sich unbehaglich neben mich.

»Hey, hat jemand Danny gesehen?«, fragte Camden-Stone.

»Ist, glaub ich, in seinem Zimmer«, sagte eine braun gebrannte Frau. Sie musterte Mav geringschätzig.

Camden-Stone zog mich am Ärmel.

»Kommt mit, hier entlang.«

Wir gingen wieder auf den Gang zurück, gefolgt vom Flüstern und Zischen der Partygäste.

»Dein Freund erregt einiges Aufsehen. Es gibt hier so gut wie keine No-Suns«, sagte Camden-Stone zu mir. »Ach ja, übrigens: Ich bin Joe.« Er streckte mir die Hand hin.

»Joss«, sagte ich und schüttelte sie. »Und das ist Mav.«

Mav verbeugte sich leicht.

»Mav? Das ist ein ungewöhnlicher Name. Ist es eine Abkürzung?«, fragte Camden-Stone.

Mav griff nervös nach meinem Ellenbogen.

»Mavis«, sprang ich ein. Mav schluckte.

»Mavis?« Camden-Stone presste seine Lippen zusammen, um nicht loszulachen. »Ist mir ein Vergnügen, Mavis.« Er verbeugte sich höflich.

»Mav hat ein Schweigegelübde abgelegt«, sagte ich schnell.

Wir blieben vor einer geschlossenen Tür stehen. Camden-Stone klopfte, erhielt aber keine Antwort. Er zuckte die Achseln.

»Vielleicht ist es besser, wenn ich zuerst reingehe«, sagte er und grinste. »Nur für den Fall, dass er nicht allein ist.«

Er öffnete die Tür nur so weit, dass er sich durchquetschen konnte, und schloss sie schnell wieder hinter sich.

Ich atmete tief durch. Ich war gerade einmal zwei Meter von meinem Vater entfernt. Würde er mir glauben, dass ich seine Tochter war? Wahrscheinlich nicht, die ganze Geschichte war ja auch vollkommen verrückt. Ich musste es ihm schonend, aber zugleich auch überzeugend beibringen.

Camden-Stone öffnete die Tür und streckte seinen Kopf heraus.

»Er fühlt sich nicht besonders gut. Vielleicht solltet ihr morgen noch mal wiederkommen«, sagte er.

»Nein! Das geht nicht. Ich muss ihn unbedingt heute Abend sehen.« Ich hoffte, dass meine Stimme nicht übermäßig panisch klang.

»Na dann, wenn es so wichtig ist, kommt eben rein.«

In dem Raum stand nicht viel mehr als ein Bett. Ein ungemachtes Bett. Daniel Sunawa-Harrod lag auf dem Bauch und umarmte ein Kopfkissen. Camden-Stone schob ein Paar zerknitterte Jeans zur Seite und setzte sich neben ihn aufs Bett.

»Ich glaube kaum, dass ihr viel Vernünftiges aus ihm rauskriegt. Die Glücksjoints heute Abend waren ein bisschen zu viel des Guten«, sagte er und schüttelte Sunawa-Harrods Schulter. »Danny, wach auf. Du hast Besuch.«

Sunawa-Harrod stöhnte. Camden-Stone drehte ihn sanft auf den Rücken.

Mein Vater fuhr sich mit dem Handrücken über den Mund und kniff die Augen gegen das Licht der Nachttischlampe zusammen.

»Was willst du?«, fragte er und öffnete langsam die Augen.

»Dan, das sind Joss und Mav. Sie wollen mit dir sprechen.«

»Wer?«

Er versuchte sich aufzusetzen, hatte aber offensichtlich nicht genug Kraft. Also stützte er sich auf einen Arm und beäugte uns misstrauisch.

»Ich kenne euch nicht, oder?«, fragte er mich. Er sah zu Mav. »Nee, ich kenne euch ganz sicher nicht.«

»Ich bin deine Tochter«, platzte ich heraus. Shit! So viel dazu, es ihm schonend beizubringen. Ich grub meine Fingernägel in meine Handfläche. Immer langsam, Joss.

»Meine Tochter«, wiederholte er verblüfft. Dann schnaubte er genervt und schüttelte den Kopf.

»Ist das deine Art von Rache?«, fragte er Camden-Stone. Dann wandte er sich wieder an mich. »Hat er dir die ganze Geschichte erzählt? Es ist nicht meine Schuld, dass Jenny sich für mich entschieden hat.«

»Nein, darum geht es nicht«, protestierte Camden-Stone. »Ich arbeite noch an der Racheaktion.«

Ich sah Sunawa-Harrod eindringlich an. Er musste mir einfach glauben. Ich wollte endlich einen Vater. Ich wollte, dass er mich Tochter nannte. »Das ist kein Witz«, sagte ich langsam. »Ich bin aus der Zukunft hierher gereist – durch einen Zeitsprung. Ich bin in der Maschine gekommen, die du entwickelt hast. Ich bin deine Tochter.« Meine Stimme hatte einen fast flehenden Ton angenommen.

Sunawa-Harrod sah mit hochgezogenen Augenbrauen zu Camden-Stone hinüber. »Hübsch, aber total durchgedreht.«

»Zu viele Glücksjoints?«, fragte Camden-Stone.

Sie lachten beide.

Camden-Stone beugte sich näher zu Sunawa-Harrod vor. »Sag mal, gibt es eigentlich noch weitere verlorene Töchter, von denen du mir nichts erzählt hast?«, flüsterte er verschwörerisch.

Ich starrte Camden-Stone an. Die Wörter *verlorene Töchter* dröhnten in meinem Kopf. Wie ein Echo hallten sie durch meine Gehirnwindungen. Ich war Daniel Sunawa-Harrods verlorene Tochter. Das hieß: Ich war auch seine Erbin. Die Wahrheit traf mich wie ein Schlag: der Vorbehalt! *Ich* war Tori Sukas nächstes Opfer!

»Was ist los? Du bist ja plötzlich ganz bleich«, sagte Camden-Stone.

»Mir geht's gut«, stammelte ich. Mav rückte näher an mich heran und begann besorgt zu summen. Die beiden Männer starrten ihn an. Ich ließ mich ein wenig auf dem Bett zurücksinken. Camden-Stone beugte sich über mich und musterte mich.

»Ich glaube, du hast dir wirklich zu viel von dem Glückszeug reingezogen. Soll ich einen Arzt rufen?« Er schien sich echte Sorgen zu machen.

»Nein, ich bin schon okay. Bin okay«, murmelte ich und packte ihn am Ärmel seines Hemds. »Ich muss nur irgendwie beweisen, dass ich die Wahrheit sage. Frag mich etwas, egal was.«

Verlegenes Schweigen. Camden-Stone zog vorsichtig sein Hemd aus meiner Hand. Er sah Sunawa-Harrod an und zuckte die Achseln. Der räusperte sich und setzte ein pseudo-ernstes Gesicht auf.

»Okay. An welchem Tag seid ihr zurückgesprungen? In

welchem Jahr?« Es war klar, dass er mich nur hochnehmen wollte.

»Am zwölften März '67«, sagte ich.

»Hey, das ist mein Geburtstag«, sagte Camden-Stone. »Jetzt haben wir März '48. Wenn ihr also im März '67 …« Er blickte zur Decke und rechnete die Zeit im Kopf nach. »Mein Gott, dann bin ich fünfzig. Kennst du mich? Bin ich immer noch der gut aussehende, kultivierte Mann von Welt?«

Er strich sich die Haare glatt und tat so, als machte er sich vor dem Wandspiegel zurecht. Ich fing seinen Blick im Spiegel auf. Was würde passieren, wenn ich ihm seine ganze Geschichte erzählte? Würde sie dann anders verlaufen? Würde sie ihn oder meinen Vater dazu bringen, sich anders zu verhalten? Ich hätte es gern so gehabt. Aber wenn sie irgendetwas anders machten, könnte das alle möglichen Konsequenzen haben, vielleicht würde es gar nicht zum Institut und zu der Partnerschaft von Mav und mir kommen?

»Nein, ich kenne dich nicht«, sagte ich.

Mav schniefte laut und tippte unter seiner Robe auf sein Handgelenk. Ich sah auf meine Countdown-Uhr. Kaum dreißig Minuten und T 3 würde in unsere Zeit zurückgerissen werden.

»Gut, dann sag uns irgendwas, was in der Zukunft geschehen wird«, sagte Sunawa-Harrod.

»Das beweist doch gar nichts«, wandte Camden-Stone ein. »Sie muss irgendwas aufschreiben, was in der Zukunft geschieht. Dann versiegelt sie es und wir öffnen es erst, nachdem es eingetroffen ist.«

»Wie zum Teufel kommst du denn darauf?«, fragte Sunawa-Harrod lachend.

Camden-Stone hüstelte verlegen. »Hab ich in einem dieser alten 2-D-Filme gesehen.«

»Meine Güte, ist das bescheuert. Ich weiß nicht mal, warum wir uns überhaupt mit ihr unterhalten. Sie ist total verrückt.«

Mav stieß mich an und tippte erneut auf sein Handgelenk. Er hatte Recht, wir mussten zurück zum Jumper.

»Das ist gar nicht bescheuert«, sagte ich. »Habt ihr einen leeren Reader da?«

»Oh, ich hab sogar noch etwas viel Besseres«, sagte Camden-Stone. »Wartet einen Augenblick.« Er eilte aus dem Zimmer.

Sunawa-Harrod rutschte genervt im Bett hin und her. Er langte zum Nachttisch und angelte sich einen Glücksjoint aus einer halb leeren Schachtel.

»Ich sage die Wahrheit«, wiederholte ich.

Mein Vater zündete den Joint an. Die Spitze seines Zeigefingers war dunkelblau.

»Sicher. Ich hab irgendeine Frau geschwängert, als ich zehn war. Kommt dauernd vor.« Er lehnte sich zurück und begann zu lächeln, als die Droge in sein Hirn drang. Ich beugte mich zu ihm vor.

»Du könntest mitkommen und dir den Jumper anschauen. Dann wirst du mir glauben.«

Mavs Ohren zuckten unter der Maske. Sunawa-Harrod blies den ausgeatmeten Rauch nach oben an die Decke.

»Mich kriegt nichts aus diesem Bett«, sagte er. »Schon

gar nicht die Drogenfantasien von irgendeiner hysterischen Psychotante.«

Er lehnte sich in sein Kissen und musterte mich. Es war vollkommen still im Zimmer. Das einzige Geräusch war das leise Zischen des Papiers, als er an dem Joint zog. Ich starrte auf den Boden und suchte verzweifelt nach den magischen Worten, die ihn überzeugen würden. Aber warum eigentlich? Egal, was ich sagte – nichts würde die Meinung dieses Fremden ändern, der da vor mir saß. Ich musste mich also mit der versiegelten Voraussage begnügen. Wenn er sie eines Tages öffnete, würde er wenigstens dann wissen, dass ich die Wahrheit gesagt hatte.

Mav deutete hektisch zur Tür, aber ich konnte jetzt noch nicht gehen. Zum x-ten Mal sah ich mich im Zimmer um. Da entdeckte ich ein Altsaxofon, das an der Wand lehnte.

»Spielst du das?«, fragte ich und zeigte auf das Sax.

Sunawa-Harrod nickte.

»Ich spiele Blues-Mundharmonika«, sagte ich und zog meine Harp aus der Tasche. »Eine chromatische.«

»Lass sehen.«

Ich gab ihm die Mundharmonika. Er balancierte sie auf der Hand.

»Hübsch und leicht. Aber es wäre zugegebenermaßen ja auch ziemlich stressig, mit einem Cello auf Zeitreise zu gehn, hm?«

Er lachte über seinen eigenen Witz und gab mir die Harp zurück.

»Spielst du gut?«, fragte er.

»Mit 'ner Band«, sagte ich. »Ich schreibe auch Songs.«

Er drückte sorgfältig seinen halb gerauchten Joint aus, lehnte sich über das Bett und griff nach seinem Sax.

»Gut. Dann spiel was, was du geschrieben hast. Ich steig ein.« Er fuhr mit seinen Lippen über das Mundstück und feuchtete es an.

»Klar, warum nicht«, sagte ich und versuchte möglichst cool zu wirken. »Hab gerade ein Duett fertig. Hier, ich spiel zuerst deinen Part.«

Ich holte tief Luft, hielt mir die Harp an den Mund, bekam aber im selben Augenblick einen Hustenanfall.

»Alles okay?«, fragte Sunawa-Harrod.

Mav stieß ein weiteres besorgtes Summen aus.

»Alles okay.«

Ich holte erneut Luft und sah meinem Vater in die Augen. Dieses Mal kam der »Dogstar Blues« stark und klar. Sunawa-Harrod hörte mit seitlich geneigtem Kopf zu und schlug den Takt mit einem Fuß auf die Matratze.

»Okay, kapiert«, sagte er. »Was dagegen, wenn wir es etwas jazziger spielen?«

Er wartete meine Antwort gar nicht erst ab, sondern stieg mit einer schnellen cleveren Variation seines Parts ein. Er spielte schnell, mit vielen Noten und einer ausgefeilten Technik. Ein Charlie-Parker-Fan.

Ein alter Bassspieler hatte mir mal gesagt, dass es im Blues und Jazz nur darum ging, die eigene Stimme und die eigenen Rhythmen durch die Musik auszudrücken. Wenn er Recht hatte, drückte Daniel Sunawa-Harrod gerade ein tief sitzendes Bedürfnis aus, die Nummer eins zu sein.

Ich versuchte uns zur Melodielinie zurückzubringen,

aber er unterbrach mich und ging zu einem weiteren kreischenden Solo über. Offenbar hatte er keine Ahnung, was *Duett* eigentlich bedeutete. Ich wurde sozusagen aus meinem eigenen Song gespielt. Doch plötzlich nahm er seine Geschwindigkeit zurück – nun klang jede Note entschieden und klar, wie eine Feststellung. Der Wechsel brachte mich endgültig aus dem Rhythmus; ich hörte auf zu spielen. Sunawa-Harrod warf mir einen beinahe entschuldigenden Blick zu und schloss die Augen. Die Musik verwandelte sich in ein hohes Heulen. Er spielte für sich selbst, wusste jedoch nicht, dass in seiner Melodie eine Einsamkeit mitklang, die mich an Mavs Totenklage für Kelmav erinnerte. Ich warf Mav einen Blick zu. Er wiegte sich langsam hin und her und ich hatte den Eindruck, als summte er leise eine zweite Stimme mit.

Dann kam Camden-Stone zurück und warf die Tür hinter sich zu. Sunawa-Harrod brach sein Spiel ab.

Plötzlich war es wieder still im Raum.

»Wir jammen nur ein bisschen, Joey«, sagte Sunawa-Harrod. Er räusperte sich. »Also, was hast du uns mitgebracht?«

Camden-Stone hielt eine edle Aktenmappe mit einer Goldgravur auf dem Deckel hoch. Er öffnete sie und nahm einen goldfarbenen Kugelschreiber und ein Blatt Papier heraus.

»Dad hat mir das Set letztes Jahr zum Geburtstag geschenkt«, sagte Camden-Stone. »Sieht nicht schlecht aus, was?«

Er reichte mir den Kuli und das Blatt. Unglaublich – es

war der Kuli, der mir gerade vor ein paar Tagen in seinem Büro aufgefallen war.

»Okay, Joss. Schreib irgendwas auf, was in der Zukunft geschehen wird. Aber pass auf – dieses Papier ist sündhaft teuer.«

Ich kniete mich vor den Nachttisch und legte das Blatt vorsichtig auf die harte Oberfläche.

Camden-Stone lehnte sich halb aufs Bett und versperrte Sunawa-Harrod die Sicht.

»Nicht hinschauen, Dan«, sagte er. »Wenn wir sehen, was sie schreibt, ist alles umsonst.«

»So ein Quatsch aber auch«, murmelte Sunawa-Harrod nur.

Ich starrte angestrengt auf das weiße Blatt Papier. Was sollte ich schreiben? Etwas, das Sunawa-Harrod bewies, dass ich wirklich aus der Zukunft stammte. Dass ich wirklich seine Tochter war. Irgendetwas Großes. Dann fiel mir der Unabhängigkeitstag ein und ich schrieb:

Daniel Sunawa-Harrod erhält am 10.10.50
den Nobel-Takahini-Preis für Wissenschaft.

Ich warf ihm einen Blick zu. Er lümmelte auf dem Bett, hatte das Mundstück von seinem Sax abgeschraubt und machte es sauber. Ich fügte hinzu:

Ich weiß, dass du Joseph Camden-Stone das Zeitfeld gestohlen hast.

Keine Ahnung, warum ich das schrieb. Wahrscheinlich nur, damit er wusste, dass er nicht völlig unbemerkt damit davonkam.

»Bist du fertig?«, fragte Camden-Stone.

»Ja.«

»Dann steck das Blatt da rein.« Er reichte mir einen langen elfenbeinfarbenen Umschlag.

Ich faltete das Blatt zusammen, schob es in den Umschlag und klebte ihn sorgfältig zu. Dann schrieb ich auf die Vorderseite:

Von Daniel Sunawa-Harrod am 11.10.50 zu öffnen.

Ich hielt meinem Vater den Umschlag hin.

»Also, machst du mit?«, fragte ich ihn. »Behältst du ihn und öffnest ihn an diesem Tag?«

Er zuckte die Achseln. »Warum nicht.« Er nahm den Umschlag und balancierte ihn auf seiner Hand.

Ich berührte seine Schulter.

»Bitte vergiss es nicht.«

Mav zappelte zunehmend nervös neben mir herum. Ich nickte ihm zu.

»Wir müssen los«, sagte ich.

»Besucht uns doch mal wieder in unserer Zeit«, sagte Sunawa-Harrod. »Dann können wir zusammen eine Party feiern.« Er kicherte über seinen eigenen Witz.

Camden-Stone hielt mich am Arm fest.

»Kann ich meinen Kuli wiederhaben?«

»Klar. Sorry.« Ich gab ihn ihm.

»Kein Problem. Na dann, vielleicht sehe ich euch ja mal wieder.« Er lächelte und öffnete die Tür von Sunawa-Harrods Zimmer.

Genau in diesem Augenblick fiel mir der Schatten im Labor ein.

26

Mav und ich waren gerade bei dem getarnten Jumper angekommen, als die Uhr an meinem Handgelenk zu piepsen und vibrieren begann.

»Uns bleiben nur noch fünf Minuten«, sagte ich.

Er nickte und zog die Maske von seinem Gesicht. Ich deaktivierte das Holo und die Betäubungsstäbe. Der dunkle Fleck, der T 3 verborgen hatte, begann zu verschwimmen und die Konturen des Jumpers tauchten in dem schwarzen Nebel auf. Mav riss die Stäbe aus dem Boden und schob sie in meine Reisetasche. Ich öffnete die Kabinenluke und stieg hinein.

Die Countdown-Uhr zeigte drei Minuten und vierundzwanzig Sekunden an.

Ich schob meine Tasche unter die Konsole zwischen meine Beine. Mav schwang sich auf seinen Sitz, riss sich die Kapuze vom Kopf und schüttelte seine Ohren. Zwei Minuten und vierzig Sekunden.

»Was machen wir mit dem Schatten im Lab?«, fragte ich ihn. »Was, wenn es Camden-Stone ist?« Ich schloss die Luke und sicherte den Verschluss.

»Refmol ist da«, sang Mav zuversichtlich. »Refmol wird uns schützen.«

Er hatte Recht. Der Chanter würde uns helfen. Vielleicht konnte er sogar noch einen anderen Weg finden, um Mav zu retten. Doch dann fiel mir wieder Refmols eigene Verzweiflung ein und erneut stieg Angst in mir auf. Dies war Mavs letzte Chance gewesen. Wir hatten es nicht geschafft. Ich hatte versagt.

Mav packte meinen Arm.

»Da, nur noch eine Minute! Dieses Mal schütze ich meine Augen nicht.«

»Okay, aber ich kneife meine so fest es geht zusammen«, sagte ich und schluckte schwer. Ich nahm Mavs Hand in meine.

Die Uhr zählte den Countdown. Ich sah die roten Zahlen vorbeifliegen. Zehn Sekunden. Plötzlich fiel mir Sunawa-Harrods blaufleckiger Finger ein. Hätte ich ihn wegen seiner Zukunft warnen sollen? Hätte ich Camden-Stone warnen sollen? Dann sah ich, wie sich die Metallhaut von T 3 zu wellen begann. Ich schloss die Augen. Konzentrierte mich ausschließlich auf das Atmen. Tief. Ruhig. Gleichmäßig. Es gab nur noch meinen Atem, keine Geräusche, nichts zu sehen. Der Sauerstoff kribbelte in meinem Kopf. Ich spürte, wie Mav neben mir erschauerte. Dann entspannte er sich.

Zehn Sekunden später öffnete ich die Augen.

Zu viel Licht. Ich blinzelte. Dann erkannte ich verschwommen Lisa und Refmol, die noch immer an der Konsole standen. Lisa kam lächelnd auf uns zu. Ich wandte meinen Kopf zur Tür. Die Gestalt war zu schmal für Camden-Stone.

»Pass auf, hinter dir!«, schrie ich, aber die Kabine von T 3 schluckte meine Warnung.

Ich schlug mit der Handfläche auf den Verschluss des Sicherheitsgurts und drückte gegen die Luke. Sie sprang auf. Ich wollte mich herausziehen, blieb aber am Kabinenverschluss hängen. Lisa kam auf mich zugerannt. Sie befand sich genau zwischen mir und der Tür.

»Ihr habt es geschafft!«, rief sie freudestrahlend.

Im nächsten Moment traf ein lautloser Laserstrahl ihre Schulter. Ihr Körper wirbelte herum. Sie glitt auf ihrem eigenen Blut aus und schlug auf den Boden.

An der Tür stand Tori Suka. Sie hob den stumpfen Lauf des Lasers. Ruhig. Das rote Ziellicht glitt über meine Brust. Sie hatte das Visier genau auf mich gerichtet und sah hindurch.

»Nein!«, kreischte Mav hinter mir.

Tori Sukas Augen weiteten sich. Sie öffnete den Mund, als wollte sie etwas sagen. Dann sank sie in die Knie und fiel vorwärts auf ihre Waffe. Zwischen ihren Schulterblättern ragte eine lange dünne Klinge hervor.

Ein Mann stand in der Tür. Ein Mann in einem hässlichen roten Jeansanzug. Der Muskelprotz.

Lisa stöhnte vor Schmerzen.

»Sie sollten Ihre Freundin zum Arzt bringen«, sagte der Muskelprotz mit einer Geste zu Lisa. Dann ging er zu Sukas Leiche.

Ich hielt mich am Rumpf von T 3 fest, um nicht zusammenzuklappen.

»Wer sind Sie?«

»Nennen Sie mich einfach George«, sagte er. »Lenny hat mich angeheuert, Sie zu bewachen. War, wie's scheint ja auch nötig.«

Refmol rannte zu Lisa. »Sie verliert die Lebensflüssigkeit. Schnell, Mavkel. Hilf mir.«

Mav nahm kurz meinen Arm. »Komm. Setz dich erst mal hin«, sang er sanft.

Er stützte mich und führte mich zu Refmol. Vorsichtig setzte ich mich neben Lisa auf den Boden. Refmol hatte seinen Schal auf die stark blutende Wunde gedrückt.

»Ich glaub, ich muss mich übergeben«, flüsterte ich und drückte mir eine Hand auf den Mund.

»Legen Sie den Kopf zwischen die Beine«, sagte George.

Ich ließ meinen Kopf zwischen meine Knie sinken. Es half.

»Woher wusste Lenny, dass Suka hinter mir her war?«, fragte ich und hob meinen Kopf ein wenig.

»Lenny hat mir nichts Konkretes gesagt, nur, dass ich ein Auge auf Sie haben sollte. Ein extrem wachsames Auge.« Er hob Sukas Schulter und zog die Waffe unter ihr hervor.

»Joss, wir brauchen einen Menschenarzt für Lisa«, sang Mav eindringlich.

»Ich hol jemanden«, sagte ich und stemmte mich auf meine Knie.

Weiter kam ich nicht. Ich hörte das eigentümliche Zischen eines weiteren Laserschusses. George brach neben Suka zusammen.

Ich blickte zur Eingangstür. Camden-Stone. Er hatte die

Waffe noch im Anschlag. Angewidert stieß er Sukas Leiche mit einem Fuß an.

»Dummes Miststück«, knurrte er. »Trifft nicht mal 'nen Hasen, den man auf den Boden genagelt hat.«

»*Sie* haben Suka angeheuert!«, sagte ich tonlos. Von einem Moment zum nächsten fügten sich alle Teile des Puzzles zusammen.

»Natürlich habe ich das«, gab Camden-Stone zurück. »Sie werden mein Institut nicht bekommen, Aaronson.« Er machte einen Schritt über die beiden Körper und richtete seine Waffe auf mich. »Sie werden es nicht bekommen.«

»Ich ... ich will es gar nicht«, stammelte ich.

»Es gehört jetzt mir. Ich habe die ganze Arbeit gemacht. Ich habe es aufgebaut. Es gehört mir.« Seine Augen hatten einen irren Ausdruck angenommen.

»Klar gehört es Ihnen«, sagte ich verzweifelt, aber er hörte mir gar nicht zu. Er schien irgendwie durchgedreht zu sein.

Refmol hielt seine Hand hoch. »Professor Camden-Stone, tun Sie das nicht ...«

Camden-Stone riss die Waffe herum und feuerte los. Der Schuss warf Refmol seitlich gegen Mav.

»Er will töten«, keuchte der Chanter und klammerte sich an Mavs Schulter fest. »Ich habe es an seinen Gedanken gespürt. Rastun! Sofort Rastun!«

Rastun?

Die Gedankenwaffe!

Dann ging alles ganz schnell. Mav packte mich am Arm und zog mich an sich. Er presste meinen Kopf an seine

Brust und begann eine Totenklage zu singen. Ihr pulsierender Rhythmus entsprach genau seinem Herzschlag und vibrierte in meinem Kopf. Ich versuchte mich loszureißen, aber seine Hand hielt mich fest.

Das Pulsieren wurde schneller und schneller. Mir war, als würden mich dieser Klang und dieser Rhythmus zerreißen. Ich schnappte nach Luft. Die schmerzhaften Wellen gingen in einen sanfteren Dauerschmerz über. Irgendwo, weit entfernt, hörte ich Mavs Stimme. Was sagte er? Ich hielt meinen Kopf näher an seinen Mund, um ihn besser zu verstehen.

Refmols Totenklage verschmolz mit der von Mav. Und mit meiner. Ich schrie. Rollte in einem Feuerball. Mav versuchte sich mit mir zu vereinigen. Er sagte, jetzt können wir uns vereinigen. Jetzt hatte er die Kraft.

Dann zog er mich hoch, heraus aus den Schmerzen.

Wir schwebten über ihnen. Und waren mit anderen zusammen. Refmol, Molref, Gohjec, Jecgoh. Unsere Blicke richteten sich auf den, der uns verletzte. Camden-Stone. Auch er war bei uns. Schwebte. Wir sahen seine Gedanken. Alle seine Pläne. Wir spürten seine Schmerzen. Tief in ihm sahen wir das Violett. Gelassenheit. Frieden. Es war so klein, aber wir konnten es erreichen. Wir hörten seinen Schrei: *Warum hat Danny das getan?* Die Frage durchdrang ihn und verdunkelte die Farben seiner Gedanken mit schwarzer Bitterkeit. Wir mussten diese Schwärze entfernen. Nur das Violett übrig lassen. Wir tasteten uns voran, durchschnitten das ölige Dunkel. Doch als wir das Violett erreichten, war es zu klein, zu schwach. Das Violett starb.

Camden-Stone starb. Wir drückten das Violett an uns, das schnell in ein helles Blau überging. Kaltes bleiches Blau, das sich in Spiralen im Nichts verlor.

Joseph Camden-Stone war tot. Wir sangen die Totenklage und betrauerten den Sieg der schwarzen Bitterkeit.

Langsam lösten wir uns voneinander. Die anderen ließen sich erschöpft zurücksinken. Es gab nur noch Mav und mich. Zusammen. Eins. Forschend. Das langsame Kennenlernen neuer Freuden und alter Narben. Es gab noch so viel zu entdecken.

Plötzlich schlugen die Schmerzen in mir hoch und rissen mich zu Boden. Ich hörte Mav noch rufen, konnte meinen Sturz aber nicht mehr aufhalten. Ich stürzte immer tiefer in einen pulsierenden betäubenden Schmerz. Dann drückte irgendetwas Kaltes und Hartes an meinen Hals und ich spürte einen sauren Geschmack in der Kehle.

Das Letzte, was ich hörte, war ein zartgrünes Flüstern in meinem Kopf: *Ich bin bei dir, Joss.*

Das Erste, was ich wahrnahm, als ich wieder zu mir kam, waren grauenhafte Kopfschmerzen. Mavs Gedankenflüstern war verschwunden. Ich zitterte und kniff die Augen gegen das Licht der Lampe zusammen, die von einer weißen Decke hing. In der Luft lag ein beißend aseptischer Geruch vermischt mit einem Hauch von Lavendel.

»Wie geht es dir, Joss?« Ein breit lächelndes Männergesicht beugte sich über mich. Das größte Gebiss, das ich je gesehen hatte. Er legte eine Hand an meine Wange. »Wir haben uns schon gefragt, wann du endlich aufwachst.«

Ich wollte eigentlich sagen, dass ich Kopfschmerzen hatte, brachte aber nur ein Stöhnen heraus.

»Hast du Schmerzen, Joss?« Das war Mavs Stimme.

Ich wandte ihm meinen Kopf zu. Großer Fehler. Tausend farbige Punkte explodierten vor meinen Augen und füllten den Raum.

»Machen Sie sich keine Sorgen«, sagte der Mann. »Ihr Kopf braucht noch ein paar Schmerztabletten. Aber glauben Sie mir, Sie sind schneller wieder auf den Beinen, als Sie denken.«

»Mav?«, flüsterte ich.

»Ich bin hier.«

Die Punkte lösten sich langsam auf. Mavs Kopf schwebte irgendwo nicht weit über mir, seine Ohren ragten besorgt nach oben.

»Bist du okay?«, fragte ich und streckte die Hand nach ihm aus.

»Mir geht's gut.« Er nahm meine Hand und streichelte sie mit seinen Daumen.

Der Krankenpfleger tippte Daten in den Computer neben dem Bett ein.

»Der Arzt wird gleich hier sein. Möchten Sie etwas gegen die Schmerzen?«, fragte er.

»Ja, bitte.«

Er nickte. »Passen Sie bitte so lang auf sie auf, Mav«, sagte er und verließ den Raum.

»Ich nehme dir die Schmerzen, Joss«, sang Mav. Er streckte eine Hand aus und hielt sie über meine Stirn. Ich zuckte zusammen.

»Hast du Angst vor meiner Berührung?«, fragte er und klappte seine Ohren angespannt zurück.

»Nein. Mein Kopf tut nur so weh.«

»Ja, weil der Weg zu deinen Gedanken geöffnet wurde.« Er drückte meine Hand. »Die Schmerzen vergehen wieder.«

»Du meinst, wir sind jetzt vereinigt? Richtig?«

»Wir sind vereinigt. Refmol meint, wir werden nicht die ganze Zeit verbunden bleiben, aber es ist trotzdem eine Vereinigung.«

»Reicht sie für dich aus?«, fragte ich und hielt gespannt den Atem an. Die Kopfschmerzen dröhnten in meinen Ohren.

Mav legte sanft seine Stirn an meine.

»Ja. Sie reicht«, sang er leise.

Eine Welle von Erleichterung und Glück floss durch meinen Körper und ließ mich für einen Moment sogar die Kopfschmerzen vergessen. Mav legte seine Hände um meinen Kopf. Das Dröhnen in meinen Ohren wurde sofort schwächer. Ich bemühte mich, den Gedanken *bin froh* zu formen. Sofort pochten neue Schmerzen in meiner Schläfe.

»Ich auch«, sagte Mav und richtete sich wieder auf. »Wenn du erst wieder auf den Füßen bist, wartet eine Menge Gedankentraining auf dich.«

Er nahm ein Päckchen vom Nachttisch und hielt es mir hin. Es war in Goldpapier eingepackt, von dem ein Gewirr silberner Geschenkbänder hing.

»Sieh mal, hier ist ein Gesundwerdegeschenk.«

Ich lachte. »Du meinst ein Genesungsgeschenk. Machst du es für mich auf?«

»Ist das erlaubt?«

»Wenn man den anderen darum bittet, schon.«

Er stellte das Päckchen aufs Bett und riss das Papier mit einem Schnippen seiner Daumenklaue auf. Es war der Gedankenwürfel. Zum dritten Mal.

Mav musste noch viel lernen.

Genau wie ich.

27

Heute haben wir gehört, dass Lisa ihren Arm wieder benutzen kann. Es war eine Zeit lang ungewiss, aber die Ärzte sagten jetzt, dass sie sich vollständig erholen wird. Obwohl sie meint, dass sie den, der ihr auch nur *eine* weitere Spritze in den Hintern jagt, mit ihrem gesunden Arm verprügeln wird.

Auch Refmol geht es schon viel besser. Glücklicherweise haben Chorianer ihr Herz nicht an der gleichen Stelle wie Menschen – sonst befände sich Refmol jetzt in weit größeren Schwierigkeiten.

Mav hat mir erzählt, was geschehen war, nachdem das Rastun Camden-Stone getötet hatte.

Als unsere Verbindung nachließ, lösten Gohjec und Jecgoh sofort Alarm aus. Und keine Sekunde später wimmelte es im Labor nur so von Sicherheitspersonal und Ärzten, die mich sogleich mit starken Beruhigungsmedikamenten voll pumpten. Nicht, dass ich mich darüber beklagen würde …

Ich glaube, dieses Rastun wird mir noch eine ganze Weile nachgehen. Wir sind praktisch bis zu Joseph Camden-Stones Kern vorgedrungen – was dazu führte, dass ich diesen Mann jetzt einfach nicht mehr loswerde. Innerhalb einiger weniger Sekunden habe ich seine Gefühle und seine Erinnerungen hautnah erfahren.

Ich spürte die Erniedrigung und den scharfen Schmerz von Sunawa-Harrods Verrat – ein viel größerer Schmerz für ihn als sein verbranntes, entstelltes Gesicht. Und ich spürte seine Schadenfreude, als er sich daran erinnerte, dass Mav und ich an seinem fünfzigsten Geburtstag die Zeitreise unternehmen würden. Er schleuste Tori Suka in das Zeitgebäude ein, damit sie mich umbrachte, wenn wir zurückkehrten. Er wusste, dass es bei unserer Rückkehr geschehen musste. Sonst wäre die Geschichte danach anders verlaufen und er hätte vielleicht die Leitung des Instituts abgeben müssen. Joseph Camden-Stone war ein sehr cleverer Mann – und sein Leben lang von dunklem Ehrgeiz getrieben. Er hatte sogar seinen Geburtstagsempfang verlassen, um seinen Sieg im Überwachungsraum des Labors auf dem Bildschirm mitzuverfolgen. Als er dann aber sah, dass Suka von George getötet wurde, scheint das Dunkel in ihm endgültig überhand genommen zu haben.

Und ich hatte selbst erlebt, dass Joe Camden-Stone vor dem Unfall und dem Verrat ein Mädchen namens Joss kennen lernte und sie mochte. Vielleicht geht mir das mehr nach als alles andere.

Mav sagt, dass die Folgen des Rastuns sich langsam verlieren. Er wird mir beibringen, wie man den Rastungeist, der einen verfolgt, abblocken kann. Inzwischen habe ich schon einiges über unsere Gedankenverbindung gelernt. Refmol hatte Recht: Mav und ich haben keine vollständige Chorian-Vereinigung erlebt. Wir sind nicht dauernd in Verbindung. Es ist mehr wie eine dieser altmodischen Telefonverbindungen, bei denen es oft rauscht und man den anderen nicht hören kann. Wir müssen uns ziemlich anstrengen, um den anderen zu erreichen – aber irgendwie bin ich auch ganz froh, dass ich die Möglichkeit habe, manchmal aufzulegen.

Apropos erreichen: Ingrid hat mich in den letzten zwei Wochen mehrmals angerufen. Sie will eine Dokumentation über die ganze Sache drehen. Allerdings kann ich mir nicht recht vorstellen, dass sich Lenny über Spyder und Killer ausfragen lässt. Er hat auch schon George aus dem Krankenhaus weggezaubert, bevor die Bullen ihn befragen konnten. Für Lennys Kumpane gibt es eben einen eigenen, ganz besonderen Genesungsplan.

Gestern habe ich Sunawa-Harrods Anwalt, Mr Trant, getroffen und meinen Anspruch am Erbe angemeldet. Wenn alle gerichtlichen Schritte erfolgt sind, werde ich die Hauptanteile am Institut für neohistorische Studien besitzen. Schon der Gedanke daran macht mich schwindelig. Natürlich wird das Kollegium einen neuen Direktor ernennen, aber ich glaube eigentlich nicht, dass sie mich jetzt noch von der Uni werfen werden. Und ich kann es kaum erwarten, Chaneys Gesicht zu sehen, wenn er herausbekommt, dass ich Sunawa-Harrods Tochter bin.

Zu meinem Erbe gehört auch ein Brief, den mir Trant aushändigte. Ein echter Brief, wie in alten Zeiten, in einem verschlossenen elfenbeinfarbenen Umschlag. Er ließ mich in seinem Büro allein, als ich ihn öffnete. Der Brief war vor einigen Wochen datiert und lautete:

Liebe Joss,
am Tag nach der Verleihung des Nobel-Takahini-Preises öffnete ich deine Voraussage und entdeckte, dass du auch von meinem Verrat an Joseph wusstest. Ich habe mich sehr geschämt – und tue es noch heute. Deshalb habe ich mich nie mit dir in Verbindung gesetzt. Wie hätte ich dir in die Augen schauen sollen?
Ich war nie ein Familienmensch und habe der Klinik auch nur einmal gespendet. Vor langer Zeit habe ich einige Verbindungen spielen lassen und die Klinikakten eingesehen. Sie bestätigten, dass du mein einziges Kind bist – und ich glaube, dass du zumindest deine musikalische Begabung von mir geerbt hast.
Ich möchte dir diesen Rat mit auf den Weg geben: Steck dir keine IQ-Chips in den Kopf, lass die Finger von diesen Glücksjoints und vergiss nicht, dass letzten Endes alles, was man tut, auch Konsequenzen hat.
Dein Vater,
Daniel Sunawa-Harrod

Nach allem, was ich in den letzten Wochen so erlebt hatte, konnte mich eigentlich nichts mehr umhauen, aber dann reichten doch ein paar Worte auf einem altmodischen Fetzen Papier … Glücklicherweise brachte mir Trant ein Päckchen Papiertaschentücher. Er ist ein netter Typ – für einen Anwalt.

Im Augenblick besticke ich gerade ein Stoffquadrat für Daniel Sunawa-Harrod. Mav hat eine Menge Symbole darauf gezeichnet; er sagt, es wären Anweisungen der Chorianer an die Toten. Es sieht aber eher aus, als hätte jemand eine Ameise in Tinte getaucht und losrennen lassen. Wenn der Flicken fertig ist, bringen wir ihn zu dem alten Mann in das Museum. Er wird mir bestimmt erlauben, ihn dem Quilt hinzuzufügen. Ich kann eigentlich gar nicht sticken, darum wirkt es etwas chaotisch. Aber wenigstens kann man die Beschriftung lesen:

Daniel Sunawa-Harrod,
Sulon von Joss Aaronson.

Lies mich ...

Leseprobe aus dem Ravensburger Taschenbuch 58193 »Flash Jack« von Maureen McCarthy

Also gingen Diana und ich am nächsten Tag auf dem noch warmen Asphalt unserem Schicksal entgegen. So empfanden wir es jedenfalls. Frank war schon früher los und erwartete uns um Punkt zehn vor dem Laden.

Ich war düsterer Stimmung, obwohl ich ihre Hand hielt und obwohl ich wahnsinnig verliebt war in sie. Die Sache konnte unmöglich gut ausgehen, aber das wollte ich natürlich nicht zugeben. Was stand uns noch bevor? Und Frank erst?

Das Mindeste, was mich erwartete, war Prügel von Dad. Er hat Sean einmal verprügelt, als der so alt gewesen war wie ich. Sean hatte Mum angebrüllt, weil sie mit ihm geschimpft hatte, und sie auf den Arm geboxt, als sie ihm irgendetwas wegnehmen wollte. Dad hatte erst nichts dazu gesagt, aber ich sah, wie sein Gesicht rot anlief und er die Lippen zusammenpresste. Er war vom Tisch aufgestanden, hatte einen Kochlöffel aus der Küchenschublade geholt, Sean nach draußen gezerrt, auf den Boden geworfen und ihm mindestens zwölfmal richtig fest eins über den Hintern gezogen. »Wag es nicht, deine Mutter noch einmal zu schlagen«, hatte er gebrüllt. »Hörst du? Nie mehr! Wenn du jemanden schlagen willst, schlag mich!«

Mum mit der Faust auf den Arm zu boxen erschien mir im Vergleich zu dem, was wir vorhatten, harmlos.

Diana trug einen kleinen Rucksack über der Schulter. Neben einer Unmenge anderer Dinge schleppte sie ihre Kamera mit und eine Art Minidegen mit einem kunstvoll verzierten Griff, der in einer Scheide aus Leder steckte und ihrem Vater gehört hatte. Ich hatte ihr gesagt, dass es verrückt war, so was mitzunehmen, und dass wir mit Sicherheit Ärger bekommen würden.

»Als hätte ich vor, jemanden damit zu erstechen«, rief sie empört, als wäre ich der volle Schwachkopf, so was überhaupt in Erwägung zu ziehen.

»Und wieso hast du ihn dann mit?«

»Weil es mein wertvollster Besitz ist«, blaffte sie mich gereizt an. »Mein Glücksbringer.«

»Na gut.« Ich fasste sie wieder an der Hand, um ihr zu zeigen, dass ich ihr vertraute. Außerdem hatte ich ihr schließlich auch nichts von Rickys Revolver erzählt, den ich Frank gegeben hatte. Wer war ich also, sie zu kritisieren? Franks Lächeln, als ich ihm den Revolver gegeben hatte, war mir wie Öl runtergegangen, und eine Weile lang hatte ich das Gefühl gehabt, allein für sein Lächeln lohnte es sich mitzumachen. Doch mittlerweile dämmerte mir der Irrsinn dieser Aktion. Das einzig annähernd Positive daran war, dass Diana anscheinend das Interesse an ihren eigenen Einbruchsplänen verloren hatte. Sie war gleich Feuer und Flamme gewesen, als ich ihr von Franks Vorhaben erzählt hatte.

»Können wir noch mal alles durchgehen …?«, fragte ich jetzt nervös. Ich wollte jedes Detail noch ein letztes Mal mit ihr besprechen und mir ganz bewusst machen, was ich gleich tun würde – und uns beiden dadurch auch die Chance geben, doch noch abzuspringen und stattdessen lieber irgendwas Erlaubtes und Lustigeres zu machen.

»Jack, wir haben das doch mit den anderen schon zwanzigmal durchgekaut!«, stöhnte Diana. »Lass mal locker! Es wird schon nichts schief gehen. Und wenn, hab ich ein Handy mit.«

Ein Handy! Ah ja. Das wird uns ganz bestimmt helfen, wenn einer mit einer Eisenstange auf uns losgeht.

Das Handy war einer der wichtigen Ausrüstungsgegenstände in Dianas Rucksack. Sie hatte ihrer Mutter vorgelogen, sie würde zu einer Freundin gehen und brauchte deswegen das Handy. Ihre Mutter hatte die Lüge (laut Diana) zwar durchschaut, aber trotzdem geschluckt, weil sie sich nach der peinlichen Szene auf der Straße wieder bei Diana einschleimen wollte.

Wir hatten beide gelogen, was unsere Pläne für den Abend anging. Ich war angeblich bei Ricky und spielte das neue Computerspiel, das er aus Hongkong mitgebracht hatte. (Dad hatte angefangen, Ricky nur noch *Ricky Rolls* zu nennen, was mich tierisch nervte. Aber ich konnte es ihm ja schlecht verbieten.) Um halb zwölf sollte ich wieder zu Hause sein, damit wir am nächsten Morgen ganz früh zu Grandma aufbrechen konnten. Unser kleines Abenteuer würde nicht länger als eine halbe Stunde dauern, hatten Frank und Diana versprochen. *Ja, klar!* Ricky war übrigens der einzig normale, lebende Mensch, der wusste, wohin ich ging und was ich vorhatte.

Wie verabredet wartete Frank in der kleinen Gasse

neben dem Laden auf uns, wo er am Fenster lehnte. Er hatte eine Plastiktüte dabei, die er nervös von einer Hand in die andere schob. Ich wusste, was in der Tüte war: zwei Rollen Abklebeband. Sobald feststand, dass Diana mitmachte, hatte sie ihm detailliert beschrieben, wie sich Fensterscheiben fast geräuschlos einschlagen lassen. Man klebt die Scheibe vorher ab und wenn man das Glas dann einschlägt, hört man nichts, weil die Splitter am Band kleben bleiben und nicht auf den Boden fallen können. Frank hatte sich ihren Vortrag wortlos angehört, aber am Zucken seiner linken Augenbraue hatte ich gesehen, wie beeindruckt er war. Bei ihm ist das ein sicheres Zeichen für Anerkennung. Ich musste lächeln, als ich jetzt sah, dass er trotzdem vorsorglich einen von Mums Gartenhandschuhen mitgenommen hatte. Frank hatte noch nie Blut sehen können.

Gegen zehn war es schließlich dunkel und alle Geschäfte ringsum hatten mehr oder weniger dichtgemacht. Die große Videothek ein paar Häuser weiter war zwar noch geöffnet, aber die Kunden blieben alle nicht lange. Frank hatte vor, das Seitenfenster des Ladens einzuschlagen, das auf die Gasse hinausging. Wir schlenderten zweimal daran vorbei, während wir auf den Wagen warteten. Tristan, der ältere Bruder von einem von Franks Schulfreunden, hatte sich breitschlagen lassen, die Boxen und Franks andere Sachen abzutransportieren und dann hinter unserem Haus abzuladen.

Das war aber auch schon alles. Er hatte klar gesagt, dass er sofort losfahren würde, sobald es irgendwie brenzlig werden sollte.

Frank konnte nicht still stehen, er spähte immer wieder um die Ecke in die Straße und schüttelte verzweifelt den Kopf, als hätte der Typ ihn sitzen lassen.

Aber Tristan kam, wie ausgemacht, genau um Viertel nach zehn angefahren. Er parkte seinen alten Kombi in der Gasse und schlenderte dann in Lederjacke und Stiefeln mit silbernen Kappen auf den Spitzen zu uns rüber.

»Hey, *Dudes*!« Er rieb sich die Hände. »Alles roger?«

Wir nickten. Der Idiot hielt sich anscheinend für einen Schauspieler in einem Gangsterfilm. Na ja, wenn es ihm Spaß machte. Er hatte blond gefärbte Rastalocken, trug eine Sonnenbrille und war etwa neunzehn. Frank machte sich nicht die Mühe uns vorzustellen, was mir zum ersten Mal nichts ausmachte. Ich merkte, dass er diesen Tristan auch für einen Volltrottel hielt.

»Ich sehe, du hast auch 'ne Schnecke dabei?« Tristan fuhr Diana grinsend durchs kurze Haar. »Ich weiß nicht, ob das so eine gute Idee ist, Alter!« Das sollte wohl so eine Art Witz sein. Aber niemand lachte. Diana schaute ihn nur böse an, als würde sie ihm eine semmeln, wenn er noch einmal das Maul aufmachte.

Frank hielt seine Plastiktüte auf und starrte hinein. Ihm schien erst jetzt klar zu werden, dass er das, was da drin war, auch benutzen musste. »Hoffentlich funktioniert's.« Er schaute mit einem unsicheren Lächeln zu Diana rüber. »Ich bin nicht scharf drauf mich zu schneiden.«

»Soll ich es machen?«, bot Diana bereitwillig an.

»Nee.« Frank schüttelte den Kopf. »Du musst Wache schieben.«

Absolut lesenswert!

Maureen McCarthy
Flash Jack
Alles weg! Stereoanlage, Fernseher und – Jacks Skateboard! Diese verdammten Einbrecher. Ausgerechnet in den Sommerferien! Was soll Jack nun mit sich anfangen, umgeben von nervenden Brüdern?
Da begegnet ihm Diana. Älter als er und geheimnisvoll. Eine, die sich über alle Konventionen hinwegsetzt. Und die doch so verletzlich ist. Das aber wird Jack erst klar als sie aus seinem Leben wieder verschwunden ist.
ISBN 3-473-**58193**-3

Mary E. Pearson
Unterbrich mich nicht, Gott
Dass er jemals im Himmel landen könnte, damit hat David nicht gerechnet. Und jetzt schon gar nicht! Er muss unbedingt zur Erde zurück! Da gibt ihm Gott eine Chance: Er fordert ihn zu einer Debatte heraus und David findet so viele Argumente wie die Ewigkeit Tage hat … Noch ahnt er nicht, dass Gott ihn nur auf die Probe stellen wollte. Denn David hatte einen Unfall. Den hat er – überlebt!
ISBN 3-473-**58177**-1

Gute Idee.

Ravensburger